사람 사는 세상

글벗동인 제2 소설집

사람 사는 세상

장소현
곽설리
김영강
정해정
조성환

문학나무

변방의 열린 가능성을 생각한다

〈글벗동인〉의 두 번째 글 모음을 펴내면서 이런저런 생각을 합니다. 그중의 하나가 변방(邊方)이라는 낱말입니다.

우선은 한눈팔지 말고 그저 부지런히 쓰자는 소박한 마음으로 모였고, 그렇게 열심히 하다 보니 1년도 채 못 돼서 이렇게 또 한 권의 작품집을 묶을 수 있으니 그렁저렁 다짐은 지켰다는 뿌듯함이 큽니다. 스스로 대견하기도 하구요. 하지만 다른 한편으로는 이제부터는 왜 쓰는지, 무엇을 써야 할지 등을 짚어가며 좀 찬찬히 또박또박 가자는 생각을 합니다.

거기서 만나는 것이 바로 변방이라는 낱말입니다.

지금 우리가 쓰고 있는 글들은 이른바 이민문학, 교포문학 또는 동포문학, 해외한인문학, 미주한인문학, 코리언–아메리칸 문학… 등등 여러 가지 명칭으로 불립니다. (요새는 '디아스포라 문학'이라는 멋쟁이 용어가 널리 쓰이는 모양입니다만) 이름이야 어찌 되었건 이 글들은 변방 중의 변방 취급을 받습니다. 우리네 삶이나 꼭 마찬가지지요. 한국 문단에서는 바다 건너 변두리 시골 글동네 취급 푸대접이고, 미국 안에서는 소수계 문학이지요. 실제로 한국 문단에서 제대로 대접받는 미주 문인은 몇 분밖에 안 되는 것이 현실입니다.

하긴 뭐, 명칭이 여러 가지라는 것부터가 제자리를 잡지 못한 채 불분명하다는 뜻이겠지요.

변방의 삶은 대체로 축축합니다. 뜨거운 사막에서도 젖어 있다는 느낌이 들어요. 고원 시인께서 시선집 『나그네 젖은 눈』 서문에 쓰신 한 구절이 실감으로 스며듭니다.

"나는 오나가나 나그네다. 이 길손의 눈은 늘 젖어 있다고 스스로 느낀다. 먼데 있는 친구들 혹은 나그네들의 손을 잡고, 서로 껴안고, 글썽한 눈끼리 눈으로만 애기하고 싶을 때가 자주 있다."

하지만 변방이라고 꿈마저 없는 건 아닙니다. 이를테면, "우리는 한국의 작가들이 쓸 수 없는 그런 글을 쓰자."는 소박한 꿈을 가질 수 있죠. 속절없는 희망사항으로 끝날지도 모르지만, 꿈은 키울 수 있는 것이죠.

기발하고 자극적인 소재를 찾아 헤매는 '소재주의'를 말하려는 것이 아닙니다. 변방이라는 낱말 안에 단단한 씨앗처럼 들어 있는 근본적인 것들에 대한 생각입니다.

예를 들어, 지금 내가 살고 있는 곳과 떠나온 곳 사이에 늘 아지랑이처럼 어른거리는 그리움, 사람과 사람 사이를 매섭게 파고드는 사막바람의 정체, 알록달록 여러 인종들이 섞여 아옹다옹 고달프게 살아가다가 문득 "나는 누구인가? 한국 사람 맞나?"라는 생각이 드는 순간의 머뭇거림, 영어를 하는 아이들과 한국말을 고집하는 나 사이의 불협화음, 인종차별을 당하면서 다른 한편으로는 고약하게 인종차별을 하면서 과연 피부색이란 무엇인가를 생각하는 낭패감, 붉게 타오르며 지는 해를 혼자서 바라보며 울컥하는 먹먹함, 내 뼈를 어디에 묻는 것이 옳을지 스스로에게 묻는 서늘한 외로움… 그런 것들, 그러니까 고국을 떠나지 않고 그냥 살았으면 하지 않아도 될 고민이나 복잡하게 얽힌 감정들을 차근차근 곱씹으며 되새김질해 보자는 것이죠.

변방이 늘 서글프고 외롭고 고달프고 사무치게 그립고 아득하고… 그런 곳만은 아닐 겁니다. 신영복 선생의 말씀을 다시 읽어봅니다.

"변방은 창조의 공간입니다. 기존의 틀 속에 갇히지 않고 지배 이데올로기로부터 상대적으로 자유로운 공간이기 때문입니다."

"인류사는 언제나 변방이 역사의 새로운 중심이 되어 왔다. 역사에 남아 사표(師表)가 되는 사람들 역시 변방의 삶을 살았다. …(줄임)… 인류 문명은 그 중심지가 부단히 변방으로, 변방으로 이동해 온 역사이다. …(줄임)… 변방이 새로운 중심이 되는 것은 그곳이 변화의 공간이고, 창조의 공간이고, 생명의 공간이기 때문이다."

— 신영복 교수 〈변방을 찾아서〉에서

변방을 떠돌며 사는 우리들에게는 정말 큰 힘이 되는 말씀이지요. 우리가 지금 살고 있는 이 변방이 그런 열린 창조의 공간이기를 빕니다.

하지만 신영복 선생께서 강조하신 결정적인 전제를 거듭거듭 마음에 새깁니다. 변방이 창조 공간이 되기 위해서는 콤플렉스가 없어야 한다는 것, 중심부에 대한 열등의식이 없어야 하는 것….

마종기 시인께서 현대문학상을 받으면서 쓴 수상소감의 마지막 구절을 옮겨봅니다.

"나는 피차별자가 희망하는 열린 공동체의 의미를 늘 꿈꾸며 나머지 삶을 한국의 디아스포라 시인으로 살아갈 것이다."

우리도 그런 꿈을 키우고 싶다는 꿈을 꿉니다. 디아스포라 글쟁이의 삶, 분명히 힘겹고 고달프겠지만, 아주 의미가 없는 건 아닐 겁니다.

　젖은 눈으로 바라보는 곳이 꼭 고향이어야 할 필요는 없겠지요. 이 변방을 창조의 공간으로 만드는 일에 조금이라도 보탬이 되고 싶다는 소망은 그것대로 소중하겠지요. 그렇게 믿습니다.

　부디, 변방의 소박한 목소리들을 즐겁게 읽어주시고, 잠시라도 아주 잠깐만이라도 젖은 마음으로 먼 곳을 바라보신다면 정말 고맙겠습니다.

코로나19 팬데믹 세상을 넘기고
2021년 새로운 봄을 맞으며
미국 나성골에서
글벗동인 일동

차례

장소현 약력

서울대 미대와 일본 와세다대학교 대학원 문학부 졸업.

극작가, 시인, 미술평론가, 언론인 등 활동.

자칭 '문화잡화상'으로, 이런 저런 글을 써서 여기 저기에 발표하고 있다.

시집, 희곡집, 칼럼집, 소설 모음집, 꽁트집, 미술책 등 24권의 책을 펴냈다.

50편의 희곡을 미국과 한국에서 공연 또는 발표했다.

고원문학상과 미주가톨릭문학상 수상.

장소현

헬로, 미스타 남바왕

1

아, 콩밭떼기 씨! 잘 알지, 내가 형님으로 모시는 분인데….

메라구? 그 양반을 주인공으로 삼은 소설이 나왔다구?! 아, 어디 좀 봅세다, 어디!

진짜네! 히야, 이거 참말로 굉장하구만! 가문의 영광이로구만 기래! 히야, 이거 참말로 내 일처럼 기분 좋구만! 남바왕! 그레이트! 우화화화앗… 한 잔 안 할 수 없디, 당장 잔치 열어야 할 판이네! 우화화화홧….

잠깐, 가만 있자, 그런데… 아니 형님이 이렇게 신나는 일을 왜 나한테는 말을 안 하셨나? 이거 내레 많이 섭섭하구만 기래!

그건 그렇고, 이 소설 누가 쓴 거요? 거 참 세상 볼 줄 알고, 사람 제대로 알아보는 사람이로구만, 브이티풀!

아, 콩밭떼기, 이 양반 참말로 멋진 사람이다, 생긴 것도 멋쟁이고, 착하고, 남 몰래 좋은 일도 많이 하고… 본인은 늘 노(No)-가방끈이라고 겸손해 하지만, 세상 사는 게 어디 학교에서 배워서 되는 거이 아니디요, 안 그렇습네까? 지식보다 지혜가 중요하다는 말씀이디! 아, 이거 아는 체해서 미안합네다. 어디서 주어들은 이야기올시다.

말이 나온 김에 한 마디만 더 합시다. 아, 많이 배운 것들이 그 지식 가지구 얼마나 나쁜 짓을 많이 합니까? 그런 인간들만 없어두 세상이 한결 조용할 겁네다. 안 기래요? 기런 데다 비하문, 우리 콩밭떼기 형님은 그야말로 공자님이디! 참말로 슬기롭고, 속이 꽉찬 진국이지, 진국! 거럼!

아, 우리가 일터에서 처음 만났디요. 형님은 풀 깎고, 나는 수영장 청소하다 보니 부자동네에서 주로 일을 하게 되는데… 형님은 마당 넓고 잔디밭 크고 나무 많은 집이래야 수입이 짭짤하고, 나도 커다란 고급 수영장 있는 집이라야 일할 맛이 나지….

어느 날 뜨리한 부잣집에 일하러 갔는데, 웬 잘생긴 동양 사람이 정원수를 다듬고 있는데… 탁 보니까, 영락없는 한국 사람이야, 김치냄새 된장찌개 냄새가 팍팍 나는 기라!

장소현

그래 서로 인사 나누고, 내친 김에 그날 저녁에 한 잔 했지! 서로 무지하게 잘 맞고, 잘 통하는 거라! 거 참 신기허두만… 나이도 비슷하고, 꼬불꼬불 인생길 험하고 힘들게 살아온 것도 어슷비슷하고, 가방끈 짧은 것도 똑같고… 지금 하는 일도 피장파장 거기서 거기이고… 무엇보다도 말이 잘 통해. 오랜 친구 사이처럼… 금방 친해져서 형님 아우 하는 사이가 됐지. 형님이 나보다 약간 더 살았으니까 내가 모시기로 했지….

이 양반이 말이 별로 없는데, 우스갯소리도 곧잘 해요. 자기는 미국 이민 온 덕에 소원성취 하나 했다나… 그 뭐요, 의사, 변호사, 판검사, 박사처럼 '사' 자 붙은 직업 가져보는 게 평생소원 중에 하나였는데, 그 꿈을 이루게 되었다는 거라. 정원사니까! 장의사를 할까도 했는데 너무 슬프고 무서울 것 같아서 그만 뒀다나… 어때, 웃기기 않소?

아무튼, 그 뒤로 일하는 동네와 시간을 맞춰가지고 자주 만났지… 일을 해도 같이 하면 재미있지, 재미있는 얘기도 나눠가면서… 아, 우리네 직업은 그게 가능하디, 자유업이니까, 자유업! 넥타이 맨 월급쟁이들과는 다르지! 일을 하다가 주인 아새끼레 티껍게 굴면 그 자리에서 당장 때려치우면 그만이지! 왜 부러우슈? 우화화화홧! 그렇게 자유로운 직업인데 '사' 자까지 붙었으니 그야말로 출세한 거지… 형님이 나보고도 '청소사'나 '환경관리사'라고 부르라길래 내가 거절했지.

"형님이나 '사' 많이 하슈. 난 죽을 '사'자 싫수다레!"

그랬지, 우화화화아앗!

좌우지간에 그렇게 일주일에 두세 번은 만났나? 그러니까, 둘이가 세상에서 제일 자주 만나는 사이가 된 거지. 친형제보다도 더 끈끈해진 거라. 모든 것이 쿵 하면 짝으로 잘 통했는데, 제일 비슷한 것이 '영어 알러지'였수다레, 영어 알러지! 멀쩡하다가도 영어 근처에만 가면 경끼가 나고, 영어 소리만 들어도 소름이 돋고….

이왕에 미국에 살 팔자니 영어를 좀 잘했으면 정말 좋겠는데, 그게 마음처럼 안 되는 거라. 답답하지, 답답해! 나야 그나마 엉터리 부러진 영어로 얼렁뚱땅 버티면 되지만, 형님은 미국 사돈영감하고 이야기도 나누면서 친하게 지내고 싶은데, 영어가 통 안 되니… 스트레스가 이만저만이 아니었지, 스트레스가 쌓여서 영어 알러지가 된 거라… 옆에서 보기도 참 힘들었지, 안쓰럽고….

언젠가는 형님하고 내가 영어학원에 등록을 했지, 비싼 돈 내고… 그런데, 그 공부라는 게 아무나 하는 게 아니더구만… 하루 종일 힘들게 일하고 저녁에 학원에 가서 책상 앞에 앉아 봐야 꼬박꼬박 졸리는데, 그놈의 학원 의자에 특제 수면제를 발라놨는지 엉덩이만 붙이면 졸

장소현

려! 그거 참 이상하데, 술 먹을 때는 쌩쌩한데 책만 잡으면 왜 그리 졸린지… 처방이 없어, 처방이!

영어 단언지 뭔지 열심히 외워도 돌아서면 까먹고, 앉아서 외운 거 일어서면 캄캄해, 너무 급하게 일어서서 그런가 싶어서 천천히 살그머니 일어나 봐도 까먹기는 마찬가지! 하나 겨우 외우면 두 개 까먹고….

그런데, 신기하게 욕은 잘 외워져, 그것 참 신기하데… "갓담근 산너머배추" 이런 욕은 금방 외워져서 써먹고 싶어지니… 아이구, 안 되겠습디다. 욕 배우러 비싼 돈 내고 학원 다닐 수야 없는 노릇이지, 더구나 우리 형님은 미국 사돈영감하고 하는 영언데, 욕지거리를 할 수는 없지, 그건 안 되지! 당장 때려치웠지! 한 일주일이나 댕겼나? 돈 낸 거 돌려 달랬더니 환불은 안 된다나 어쩐다나… 예라, 영어 잘하는 놈들끼리 잘 먹고 잘 살아라!

내가 보기에는 우리 형님이 영어 배우는 것보다, 그 미국 사돈영감님이 한국말 배우는 게 훨씬 빠를 것 같아 보이는데, 그 미국 사위는 제 마누라 덕에 한국말을 곧잘 해요. 급한 놈이 우물 파는 격이지. 그렇다고 사돈한테 "나 당신하고 말도 하고 친하고 싶은데 한국말 좀 배우쇼." 그럴 수는 없는 일이지… 그래서 내가 형님에게 차근차근 알아듣게 설명해드렸지.

"형님, 내가 보기에는 형님이나 나나 영어 알러지가 아주 심한 모양이니 이쯤에서 접읍시다. 우리가 영어 몰라 두 지금까지 이렇게 잘 살았는데 뭐가 걱정이슈! 그리구 내가 듣기로는 자동통역기계라는 구세주가 곧 나올 모양이니, 그때까지만 참고 기다립시다. 벌써 나왔는데, 조금만 더 기다리면 우리도 쓸 수 있게 될 모양이유!

그 전에 정 급하면 통역사 쓰면 되니 걱정 마세유. 내가 전에 좀 급해서 신문에다가 〈통역할 사람 구함. 유학생 환영. 일 조금하고 돈 많이 줌.〉 이렇게 광고를 냈더니 연락이 무지무지하게 많이 옵디다. 걱정한다고 세상개뿔도 달라질 것 없으니 걱정할 거 없다구요."

그 말을 듣더니 형님도 좀 위안이 되는지 어디 가서 술이나 한 잔 하자고 하십니다. 하여간에 영어가 뭐길래 우리를 이렇게 괴롭히는지… 바벨탑이여 너를 저주하노라!

아, 이런 일도 있었구만… 어느 날인가, 형님이 무슨 좋은 일이 있었는지 싱글싱글 웃더구만….

"웬 싱글벙글이슈? 복권이라두 맞으셨수?"

"좋은 미국 이름 하나 얻었네."

"미국 이름?"

이야기를 들어보니, 미국 사람들이 '밭떼기콩'이라는 이름이 발음하기도 힘들고 귀찮으니 부르기 좋은 미국식 이름 하나 만들자 그러면서 '버트'가 어떠냐 그러드래요.

밭떼기하고 제일 비슷한 걸 찾은 거지….

　형님이 그 자리에서 바로 좋다고 했다는구만요. 어린 시절 미국 서부영화를 보면서 배우 버트 랑카스타를 그렇게 좋아했다나 뭐라나… 그러니 '버트'라는 이름이 황홀했겠지. 마치 자기가 버트 랑카스타가 되어 멋지게 총을 뽑는 것처럼….

　그래서 내가 근엄한 목소리로 엄숙하게 한 마디 했지.

　"형님, 그건 안 될 말씀이요. 당장 물리시요!"

　"안 돼? 왜?"

　"버트 콩이라니! 내 귀에는 '베트콩'이라고 들리는데, 형님처럼 잘생긴 양반에게 베트콩이 뭐요, 베트콩이! 내가 월남에 살아봐서 아는데, 형님처럼 멋지게 생긴 베트콩은 본 적이 없어요. 그리구… 형님, 내가 월남에서 베트콩한테 여러 번 죽을 뻔했거든… 그러니 그 이름 당장에 취소하슈, 당장!"

　내가 워낙 쎄게 나가니까, 형님도 할 말이 없는지 입맛만 쩝쩝 다시면서 뭐라고 쫑얼거립디다. 이름이라는 건 부르는 사람을 위해서 있는 거라나 뭐라나, 원 사람이 한없이 착해빠져 가지구….

　그나저나 주기자, 이야기 나온 김에 우리 한 잔 합시다. 내가 밭떼기 형님한테도 연락할 테니… 잘 됐네! 쇠

뿔도 단 김에 뽑으라고, 오늘 저녁 어떠셔? 오늘은 바빠서 안 된다고? 그럼 내일은?

아니지, 그것보다 내가 우리 형님 소설부터 읽어야지! 우리 형님이 소설 주인공이 되시다니 출세했네, 출세했어!

2

내가 미스타 남바왕을 알게 된 것은 기사 때문이었다. 내가 담당한 〈보통사람 열전〉이라는 기획연재 기사를 위해 인터뷰를 하면서 처음 만났다. 지극히 평범한 사람들이 살아가는 애환을 재미있게 다루는 기사였다.

"어이, 주기자! 재미있는 사람 하나 있는데 취재 좀 해보지! 주기자가 죽이지 말고 잘 살려봐!"

부장이 주는 전화번호로 연락해서 만나보니 참 재미있고 통쾌한 사람이었다. 재미있다기보다 매력적인 인물이었다. 좋은 사람이라는 느낌도 들었다. 별로 길지 않은 내 기자생활에서 특별히 기억에 남는 사람 중의 하나였다. 나는 그 기사의 제목을 〈영어가 뭐길래?〉로 잡았다.

"나는 미국에 이민 오기를 참 잘했다고 생각한다. 미국생활이 행복하다. 이민은 나 같은 사람이 와야 한다."고 자신만만하게 말하는 사람을 만난 것도 오랜만이었다. 미국에 사는 한국 사람들이 대체로 조심스럽게 눈치를 보며 움츠리는 경향이 있는데, 이 사람은 전혀 그렇지 않았다. 여러 모로 긍정적 에너지가 넘치는 사람이었다. 가진 것도 배운 것도 자랑할 것도 없는데 당당했다.

영어를 거의 못하지만 전혀 주눅 들지 않고 "남바왕!"을 외치며 신나게 살았고, 그것이 대체로 통했다.

내가 쓴 옛날 기사 스크랩을 찾아서 그 양반 기사를 읽어보니 그런대로 재미있었다. 무엇보다도 세상에 이런 사람이 많았으면 좋겠다는 생각이 들었다.

미스타 남바왕의 본명은 남궁동창이다. "동창이 밝았느냐 노고지리 우지진다." 해가 뜨고 동창이 밝는 대로 발딱 일어나 부지런히 일하면 복 받을 것이라며 아버지가 지어준 이름이란다.

그렇게 의미심장한 이름을 미국 사람들은 '똥챙냄쿵'이라고 이상하게 부른다. 엄청나게 기분 나쁘다. 똥챙냄쿵이라니! 야 이놈들아, 나는 똥챙냄쿵이 아니고 남궁동창이다, 나암~ 구우웅~ 도옹~ 차아앙! 알겠느냐, 이 썩을 놈들아!

"동창이 밝았느냐 노고지리 우지진다." 이런 멋진 노래 들어는 봤느냐, 이 게을러터진 놈들아!"

남궁동창 씨가 '미스타 남바왕'이라는 그럴듯한 별명으로 통하게 된 것은 영어를 못하는 약점을 눙치려고 툭하면 "남바왕!"이라고 외치며 엄지를 척 올리는 재미있게 과장된 몸짓을 하는 데서 비롯된 것이다.

"영어 못한다고 주눅들 필요 조금도 없습니다. 영어 못해도 눈치코치 손짓 발짓으로 다 통해요. 문제는 말이 아니라, 마음입니다, 마음! 이빨 빠지면 잇몸으로도 백세까지 너끈하게 살 수 있습니다, 여러분!"

이것이 그의 지론이고, 실제로 그렇게 당당하게 살고 있다. 미국 사람들과 대화를 되도록 피하지만, 어쩔 수 없이 꼭 해야 할 때는 눈치코치로 때려잡아서 대충 이 때다 싶을 때 엄지손가락을 세우며 "베리 굿! 남바왕!" 외치면 상대방도 활짝 웃으며 좋아하더라는 이야기다. 그 때가 언제냐는 상대방 얼굴을 잘 보면 감이 잡힌다나 어쩐다나. 웃는 낯에 침 뱉으랴, 칭찬은 고래도 춤추게 한다, 이것이 그가 믿는 진리다.

세월이 흐르면서 실력이 조금씩 늘어, 남바왕 외에도 그레이트! 원더풀! 브이티푸르! 오 마이 갓! 어메이징! 등 남궁 선생의 표현도 한결 풍성해졌다. 적재적소에 알맞게 사용하는 것만 잘하면 되는 일이었다.

수영장 청소하러 일주일에 한 번씩 가는 집은 대체로 비어 있거나, 개만 홀로 외롭게 고독을 씹고 있다가 꼬리를 치며 반기는 경우가 많았고, 어쩌다 주인이 나와서 말을 거는 것은 대부분이 꾸부정한 할머니나 할아버지였다. 하루 종일 말상대가 없어서 심심하던 차에 사람을 보니 반갑게 나와서 수다를 늘어놓는 것이다. 이럴 때 하는 이야기는 거의가 자랑거리이거나 남편 험담 아니면 대통령 욕하기 그런 것이었다. 그러므로 혼자 떠들게 놔두고 듣는 척하면서 중간중간에 베리굿, 남바왕, 어메이징… 대꾸하면 만사형통이다. 말하자면 판소리 감상하면서 얼씨구! 잘 한다! 추임새 넣는 것이나 마찬가지다. 그 추임새는 제법 잘 통했고, '미스타 남바왕'이라는 별명에 잘 어울렸다.

하지만 추임새가 늘 잘 통하기만 하는 것은 아니다. 가끔은 아슬아슬 위험한 일도 겪게 마련이다.

그날도 손님집 수영장을 청소하러 갔다. 잘 어울리는 노부부가 오순도순 알콩달콩 잘 사는 집으로 아주 오래된 고객이었다. 아주 착하고 좋은 사람들이었고, 노부부의 진한 사랑이 느껴져 참 보기 좋고 부럽기도 했다.

노부부만 사는데 수영장이 무슨 필요인가 싶어서 청소비를 받는 것이 미안했는데, 어쩌다 놀러오는 손자들이 수영을 너무나 좋아하기 때문에 수영장이 있어야 한다는 것이다, 놀러오는 손자들을 위해서라기보다, 수영장을 깨끗하고 쾌적하게 해놓으면 손자들이 한 번이라도 더 자주 찾아오지 않을까 하는 바램을 이야기하는 것 같아서 가슴이 찡하다. 그만큼 외로움이 깊다는 이야기….

그래서인지, 미스타 남바왕이 갈 때마다 기다렸다는 듯이 노부부가 나와서 마실 것도 주고 맛있는 간식도 주며 이런저런 이야기를 나누곤 했다. 나누었다기보다 일방적으로 들으며 가끔씩 추임새를 넣곤 했다. 하는 이야기를 눈치코치로 대충 때려잡아보니 손자 칭찬 아니면 자식 자랑인 것 같아 베리굿, 원더풀, 어메이징, 남바왕 추임새가 그러저렁 맞아 들어갔다.

즐거워하는 노부부의 모습이 귀엽기도 하고, 문득 부모님 생각이 나기도 해서, 일을 정성껏 잘 해주고, 수영장 청소 외에 자잘한 집안일도 도와주곤 했다. 가끔은 한인타운에서 김밥이나 만두 같은 맛난 것을 사다 드리기도 했다. 무척 고마워하며 맛있게 먹는 노부부의 모습이 참으로 사랑스러웠다.

그런데 그날은 어쩐 일인지 할머니 혼자서 나오는데 그것도 빈손이었다. 할머니가 뭐라고 뭐라고 하는데 도무지 알아들을 수도 없고, 감으로 때려잡기도 어려웠다. 손짓 발짓으로 천천히 또박또박 다시 한 번 말해달라고 부탁하고, 열심히 들어도 여전히 잘 모르겠는데, 겨우 알아들은 것이 허즈밴이 어쩌구… 패스 어쩌구… 하는 낱말이었다.

패스? 패스라! 아, 남편이 무슨 시험에 패스했다는 말인가보다 라고 때려잡은 남궁동창 씨는 엄지를 척 세우며 "오, 패스! 베리굿, 원더풀, 남바왕!"이라고 힘차고 경쾌하게 외쳤다.

그랬더니, 갑자기 할머니 안색이 변하면서 팩 돌아서서 집안으로 들어가더니 문을 탁 닫는 것이 아닌가. 시베리아 벌판 같은 찬바람이 쌔앵 불었다.

어 이상하다, 뭐가 잘못 됐나? 패스라는 게 시험에 합격했다는 말 아닌가? 고시 패스, 자동차 면허시험 패스….

아, 나중에 알고 보니, 할머니가 이야기한 패스는 시험 합격이 아니라, 돌아가셨다는 뜻의 "Passed away"였던 것이다. 남편이 돌아가셨다는 말을 제멋대로 알아듣고 베리굿, 원더풀, 남바왕 어쩌고 했으니, 맞아죽어도 할 말 없는 아슬아슬한 일이었던 것이다. 식은땀이 주르르 흐르는 노릇이다. 그날로 통역사를 데리고 찾아가 엎드려 빌었다. 우리의 남궁동창 선생은 자기 잘못을 인정하고 진심으로 사과할 줄 아는 지극히 인간적인 사람이다. 이리저리 핑계를 대고 변명을 해대는 가방끈 긴 인간들과는 근본적으로 다른 사람이다.

지금도 미스타 남바왕은 그 집을 지날 때면 머리 숙여 사과한다. "할머니, 미안합니다, 정말 미안해요. 몰라서 그랬어요. 하지만, 무식은 죄가 아니니 너그럽게 용서하세요." 그리고 나서 덧붙이는 말이 걸작이다.

"할아버지가 천국 입국시험에 패스하신 건 맞는 말 아닌가, 허허."

이런 실수를 모두 모으면 책 몇 권은 될 것이라며 미스타 남바왕은 우화화화왓 웃는다. 도대체 영어가 뭐길래?

남궁동창 선생은 월남을 거쳐 산전수전 다 겪고 미국으로 왔다는데, 어째서 영어를 못 배운 것인지, 또 영어를 모르고 어떻게 그렇게 당당하게 살 수 있었는지 참으로 궁금하다. 하지만 본인이 시시콜콜 설명하려 들지 않는다. 그러니, 영어 알러지 때문에 배우고 싶어도 안 됐다, 이빨 대신 잇몸으로 살았다는 그의 말을 믿는 수밖에 없다. 자신이 생각하기에도 창피하고 쪽 팔린다며 씨익 웃는 데야 더 물어보기도 뭣하다.

말로는 창피하다면서도 그는 영어 때문에 겪은 아찔한 망신들을 무슨 무용담처럼 신나게 이야기해서 주위 사람들을 즐겁게 한다. 그이의 이런 우스개는 영어에 주눅 든 사람들에게 상당한 위로가 되고, 아 나보다 영어를 더 못하는 인간도 있구나 하는 안도감을 준다.

오랜만에 모국방문을 했을 때의 이야기도 그런 신나는 무용담 중의 하나다.

장소현

아주 오랜만에 일시 귀국을 한 길에 어릴 적 친구가 경영하는 회사에 찾아갔더니, 친구가 엄청나게 반가워하면서 종이 한 장을 내밀었다.

"히야아, 엄청 반갑다! 마침 잘 왔네 잘 왔어, 하나님께서 보내신 모양이네! 야, 이거 미국에서 온 편진데 좀 읽어주라."

얼결에 종이를 받아서 자세히 보니 까만 것은 글자요, 하얀 것은 종이임이 분명하고, 글자를 살펴보니 라면발처럼 꼬불꼬불한 것이 영어 같아 보였다.

"이거 영어 아냐?"

"그러니까 미국에서 온 너한테 읽어달라는 거 아니냐!"

"난 몰라! 영어 못해!"

"왜 못해 미국에서 오래 살았는데…."

"난 낮엔 영어 몰라!"

"낮엔 영어 못한다구? 왜?"

"밤에 배웠거든…."

"하하… 무슨 소린지 알겠다. 그럼 이따가 밤에 한 잔 멋지게 살 테니 그때 읽어주라!"

그래서 밤에 술집에서 만나 즐겁게 한 잔 나누고, 알딸딸 기분이 좋아질 무렵, 친구는 아까 그 서류를 또 꺼내 들었다. 그때가 밤 10시쯤 되었나….

"못 읽겠는데…."

"밤에는 영어 잘 한다며?!"

"지금 밤 아니잖아!"

"뭐, 지금이 밤이 아니라구? 밤 10시인데?"

"본토 시간으로 해야지 이 사람아!"

"뭐가 어째? 본토 시간? 어디보자 여기 밤 10시면 엘에이는… 응, 아침 6시인데…."

"밤은 아니잖어, 아침이지."

"뭐가 어째!"

"그리구 난 음주운전도 안 하구, 음주번역도 절대 안해! 위험하거든!"

"뭐야, 음주번역이라구? 에라, 이 썩을 놈아! 영어 못하면 못한다고 바른대로 말할 일이지! 지금 장난하냐?"

"그래 나 영어 까막눈이다, 어쩔래? 니가 나 영어 하는데 뭐 보태준 거라도 있냐?"

"에잇 이 오뉴월에 땀 못 흘려 죽을 놈아! 기분 좋게 술이나 먹자!"

"짜식, 진작에 그렇게 나올 일이지… 야 이놈아, 그런 중요한 서류는 전문가에게 맡겨야지! 대신 오늘 술값은 내가 쏘마!"

"에라 이 썩어 문드러질 놈아, 과부벼룩이 간을 꺼내 회를 쳐 먹지, 내가 네 눔 타향땅에서 노동 쳐서 번 돈으로 술을 얻어먹겠냐? 자자, 한 잔 쭈욱 마시자!"

"이거 너무 고마워서 눈에서 땀이 난다야!"

"그나저나 영어가 그렇게 어렵냐?"

"아니 별로 안 어려워! 그냥 남바왕! 이거 하나면 대충 끝내주거든. 남바와앙, 우화화홧!"

아무튼 그런 웃기면서도 살짝 서글픈 이야기들을 짜집기해서 기사를 썼더니, 독자들의 반응이 엄청 좋았다. 소개해준 부장도 싱글벙글하고, 속시원하게 잘 읽었다는 독자 전화도 많이 왔다.

미스타 남바왕도 난생 처음 신문에 크게 난건데, 그걸 보고 인사하는 사람이 많으니, 가문의 영광이라며 엄청 좋아했다. 기사가 난 신문을 최고급 액자에다 넣어서 제일 잘 보이는 곳에다 걸어놓았다고 자랑이다. 이래저래 기자노릇의 보람을 느끼니 나도 뿌듯했다.

미스타 남바왕이 정말 고맙다고 굽실거리며, 한 턱 크게 내겠다고 하는 것을 회사 규정상 안 된다고 딱 잘라 거절했더니, 그 다음부터는 오며가며 먹을 것을 사가지고 신문사로 들르는 것이었다. 마실 것을 비롯해서 김밥, 만두, 빵, 과일 등등… 그것도 나 혼자 먹을 것이 아니라, 우리 부서 전체가 배불리 먹을 만큼 잔뜩 사오곤 했다. 그 바람에 우리 신문사에서 인기가 단연 남바왕이 되었다. 웃는 얼굴로 보는 사람마다 남바왕이라고 추켜세우는데다가 먹을 것까지 사주니 인기가 올라갈밖에… 저 사람 국회의원 출마하려고 저러는 모양이라고 농담 삼아 수군거리기도 했다.

그러던 미스타 남바왕이 또 인기를 모으는 일이 생겼다.

요새 유행하는 유튜브에 출연해서 거나하게 불러제낀 노래가 요샛말로 빵 터진 것이다. 늙수그레한 영감이 나와서 우스꽝스러운 몸짓으로 춤을 추며 부르는 노래의 가사는 이렇다.

코로나 가라 가라 멀찌감치 꺼져라
코로나 오지 마라 다시는 오지 마라
코로나 바이러스 보는 대로 죽이리라
코로나 초전박살 완전박살 유비무환

한국의 유명한 연예인 아무개를 흉내냈다는 설도 있지만, 그런 것에 상관없이 사람들은 열광했고, 인기도 대단했다. 더 인기를 모은 것은 노래가 끝난 뒤에 이어지는 발언이었다. 앞으로 코로나가 또 온다는 이야기가 있는데, 현명한 대처법이 있겠느냐는 질문에 대한 대답이다.

"충성! 에, 그건 아주 간단합니다. 한국에만 해당하는 아주 좋은 방법이 있습니다. 이름만 바꾸면 됩니다. 코로

장소현

나가 또 오면 코로나19로 부르지 말고 코로나18로 바꾸는 겁니다. 그렇게 하면 대한민국 5천만 국민이 자연스럽게 코로나에게 욕을 하는 효과가 생기지요. 생각해 보세요. 제 아무리 지독한 바이러스라도 5천만 국민이 입을 모아 욕을 하는 데야 견딜 재간이 없지요. 아예 한국에는 들어올 생각을 못할 겁니다. 5천만의 욕바가지, 촛불 같은 건 상대도 안 되지요, 안 그렇습니까? 그러니까 코로나18로 이름을 바꾸면 대한민국은 안전할 것이라고 이 연사 목 놓아 주장하는 바이올시다. 대한민국, 남바왕!"

도무지 말도 안 되는 소리지만, 사람들은 박장대소를 하며, 속 시원해 했다. '사이다 발언'이라는 칭찬이 쏟아지고, 조회수가 엄청 오르는 바람에 유튜브 운영자가 돈깨나 만졌다는 소문이 돌기도 했다.

그 인기를 빌미로 다시 한 번 기사를 쓰고 싶어서 연락을 했더니, 득달같이 신문사로 달려왔고, 그 길에 콩밭떼기 선생 소설도 알게 된 것이다. 사연이 그렇게 된 것이다.

그나저나 이처럼 엉뚱하고 긍정적인 생각을 가진 사람들 덕에 세상이 그나마 돌아가는 모양이라는 생각이 얼핏 들었다. 그런 힘은 도대체 어디서 나오는 것일까? 그런 걸 학교에서 배울 수 있는 건 절대 아닐 텐데… 심층

취재해 보고 싶다는 욕심이 불쑥 생겼다.

3

"어이, 주기자! 어서 오시게!"

약속한 날 신문사 일을 마치고 부지런히 술집에 갔더니 두 사람은 벌써 와서 주거니 받거니 하고 있었다.

"아, 인사하시지. 이쪽은 우리 형님 콩밭떼기 선생, 이쪽은 주기자…."

반갑게 인사를 나누었다. 미스타 남바왕 말대로 콩밭떼기 선생은 중후하게 잘 생긴 노신사였다. 장군깜이었다.

"어이 주기자, 거 다른 이름 좀 없나? 맨날 주기자, 주기자 하니까 이상하구만! 살리자 살리자 하기도 바쁜 세상에 자꾸 죽이자 죽이자 이상하잖어?"

"에이, 성이 주씨인데 성을 어떻게 마음대로 바꿉니까?"

"그건 그러네! 성을 갈 수야 없지…."

"우리 신문사 여기자 중에 안씨가 하나 있거든요. 이친구 술이 취하면 아무한테나 안기자 안기자 하며 안기는 바람에… 아주 아슬아슬하지요. 또 어떤 사람들은 안

기자 당신 기자 아니지, 그래서 안기자지 그렇게 놀려요."

"우화화홧! 거 주기자 입담이 보통이 아니구만 기래!"

"안기고 죽이고 그 신문사 참 여러 가지 하네!"

"기래도 잘만 돌아갑데다! 새파랗게 젊은 노기자, 무조건 자기가 옳다고 우기는 우기자, 장기판만 찾아다니는 장기자, 너도 나도 반기자, 위에 있어도 하기자, 여자인데 남기자, 새로 와도 구기자, 오래 되도 신기자… 우화화화화왓….

자자, 아무튼 우리 만난 기념으로 씨언하게 한 잔 합시다레."

"남바왕 선생께서는 유튜브에 계속 나가기로 하셨나요? 인기가 장난이 아닌 모양인데…."

"기른 거 한 번이면 족하지 뭘 또 하갔소?… 우리레 뭐든지 거저 한 방에 끝내디 질질 안 끕네다, 거럼! 그리구 거 머이가, 그거이 알고 보니끼니 재주는 내가 부리고 돈은 엉뚱한 사람이 가져간다는구만…."

좋은 사람들과 만나는 자리는 즐겁다. 잘 익은 사람들과 함께하는 자리는 푸근하다. 지금 이 자리가 그랬다. 그래서 오늘은 편한 마음으로 한 잔 하자고 마음먹었는데, 마음 한 구석에서 직업의식이 발동하기 시작했다. 이두 사람의 순수한 에너지와 사람냄새를 멋진 기사로 쓰고 싶고, 가능하면 연극이나 소설로도 쓰고 싶다는 욕심이 고개를 들었다. 나도 모르게 질문이 튀어나왔다.

"그런데 어쩌다가 소설 주인공이 되셨나요?"

"아, 그기… 그라이까네 그 소설 쓴 작가분이 내가 풀 깎는 집 마님이신기라요. 어느 날 우째 하다가 말을 나누게 됐는데… 알고 보니 고향도 갱상도 비슷한 동네고… 그러드마는 매주 갈 때마다 기다리셨다가 이것저것 물어 보시는기라… 그래 마, 있는 그대로 말씀 디렸지… 소설로 써도 괜찮겠냐고 하시는기라, 내 얘기가 뭐시 재미있다꼬 그래 하시는지 모리겠지만도… 내는 상관없다고 했지… 그랬드마는….

알고 보이까네 그 마님이 상당한 분이시드라고, 책도 여러 권 내고, 상도 많이 받고…."

"내레 소설을 읽어보니끼니. 그 작가분이 세상도 바로 보고 사람도 볼 줄 아는 분입디다. 글빨도 좋고!"

"하모, 동생 말이 맞다, 눈 밝은 분이지."

"그래 기분이 어떠셨어요? 소설 주인공이 되신 기분이…?"

"가문의 영광이지, 하모 영광도 큰 영광이지."

"기른데 형님, 그 좋은 소식을 왜 나한테는 안 알레주셨습네까? 내레 많이 섭섭했수다레."

"…그기, 머라하까 남사스러버서… 쑥시럽기도 하고,

챙피하기도 하고… 요새 아들은 쪽 팔린다카데…."

"쪽 팔리기는! 자랑스럽지! 우리 형님 남바왕!"

"우리 딸한테 읽어보라고 줬드마는… 말없이 눈물 흘리며 울데… 그라드만, 아부지 고마워요 카데. 뭣이 고맙다는 긴지는 잘 모리겠지만도…."

"키야, 보기 좋구만! 그 아부지에 그 딸이다, 남바왕! 원더풀! 자 시원하게 한 잔들 합시다. 키야아! 술맛 한번 죽인다! 주기자가 있으니끼니 술맛이 한결 죽이누만 기래! 우화화화홧파하…."

"거 자꾸 죽이자 죽이자 하지 마세요!"

"형님 내레 말이디요, 그 소설이 실린 잡지를… 문패가 뭐라더라? 오, 『문학세계』그 책을 100권을 주문했수다레."

"100권이나? 뭐 한다꼬?"

"뭐 하기는! 동네방네 아는 사람들 다 나눠줄 작정이디. 나눠주면서리, 잘 보라우, 이 분이 우리 형님이시다 뻐기는 거디…."

"그래도, 미안하게 100권씩이나…."

"기른데 말이우 형님, 내가 그 책을 100권을 사겠다고 전화를 했더니 깜짝 놀랍디다. 역사 이래로 한 사람이 그렇게 많이 주문한 일이 없다며 고맙습니다 정말 고맙습니다 하면서 울먹거립디다. 전화통에서도 울먹거리는 게 보입디다."

"아니 사람들이 책을 안 사면 글 쓰는 작가 선생들은 뭘 먹고 사나? 주기자가 보기엔 어때요?"

"답답하지요, 뭐."

"보소, 우리가 무신 그런 말할 자격이 있노? 그런 책이 있는지도 인제사 게우 알았는데… 부끄럽은 일이지."

"하긴 그렇구만. 형님 말씀이 구구절절 공자님 말씀이로구만 기래!"

"두 분은 참 사이가 좋으시네요. 아주 보기 좋습니다."

"사이야 좋지, 거럼!"

"서로 다투고 싸우고 그러지는 않으시나요?"

"어데, 만나면 싸우는 게 일이지… 얼라들은 싸우면서 큰다 안 캅디까…."

"얼라요? 어린아이 말입니까?"

"우리가 얼라지 뭐! 주책없이 나이만 먹었지 철들기는 안즉 멀었는기라. 안 글나?"

"야 우리 형님 말 한 번 잘 하신다, 남바왕! 맞습네다, 형님. 형님 말씀이 모두 지당타당 꼬리곰탕입죠. 거럼. 기르니끼니, 이 형님은 갱상도 대표고 내레 피안도 대표니끼니, 우리나라 남과 북이 싸우듯이 거저 맨날 티격태격이지 뭐…."

"그렇게 다투면서 어떻게 친해요?"

장소현

"오가는 다툼 속에 무르익는 우정! 주기자는 기자라문 서리 기른 것도 모르시나? 우화화홧…."

"주로 무슨 일로 싸우시나요?"

"세상 모든 일로 다투는 기지 뭐. 세상은 다툼의 씨앗 인기라."

"가령 예를 들자면?"

"동생, 우리 영어 공부 좀 하세… 영어학원 좀 알아보 시게."

"아 글쎄 몇 번을 말해야 알아듣습네까? 자동통역기계 가 곧 나온다니까 그때까지만 참으시라니까 그러시네!"

"아우님, 내가 딸 덕분에 골프를 배워보이 참말로 재미 있는데… 같이 칠 생각 없으신가?"

"싫수다레!"

"우째서?"

"아 형님은 풀깎이니까 잔디밭에서 노는 거이 어울리 지만, 내레 물에서 벌어먹고 살았으니 낚시나 하겠수다 레."

"하하, 그것 참 재미있게 아웅다웅 티격태격이시네요. 가장 심각하게 싸우신 기억은요?"

"우리가 처음 만났을 무렵에 크게 다툰 일 있제? 그때 한 한 시간 싸웠나?"

"그랬지요, 그때 참 볼만 했드랬지…."

"아니, 무슨 일로 한 시간이나 싸워요?"

"서로 자기가 술값 낸다고 두 고집쟁이가 붙어가지고… 내가 낸다, 아이다 내가 내는 것이 진리다. 그렇게 한 시간을…."

"그래서 어떻게 끝났나요?"

"둘이서 다 냈지…."

"반씩 나눠서 낸 것이 아니구요?"

"아니… 그런 거는 야박시런 서양 것들이나 하는 짓이고, 우린 다르지…."

"우리 형님이레 워낙 머리가 잘 돌아가니끼니… 기래서 두 사람이 다 내가지고, 하나는 술값으로 내고, 다른 한 사람 거는 장학금으로 모으기로 했디! 어때? 기발하디? 그 댐부터는 쭉 그렇게 합네다, 우리는… 우리끼리는 기걸 〈갱피장학금〉이라고 부르디, 갱상도와 피안도 사람이 주는 장학금이다 기런 말이디, 우핫핫…."

"호호, 그거 참 재미있네요. 그동안 그 장학금 받은 학생이 몇 명이나 되나요?"

"기건 모르디, 우리는 몰라…."

"장학금 주는 기관에 믿고 맡기모 그만이지… 참견은 안 해요."

"이거 기사로 써서 신문에 소개하고 싶은데, 그래도 될까요?"

"아, 기건 안 됩네다. 절대 안 되지! 술값 모아서 장학금 준다면 지나가던 소가 배꼽 잡고 웃을 일이지! 기게 무슨 자랑이라고 신문에 떠들겠나. 콩나물 장사해서 평생 모은 돈을 몽땅 대학에 기부하는 할머니들도 많은데… 우리야 부끄럽지! 거저 우리 어렸을 때 고생하던 생각이 나서 하는 거이디 뭐…."

"우리가 나이 들면서 요새는 술자리도 뜸해지고, 그러다보니 장학금도 따라서 줄어드는 기라. 그래서 마, 술 안 먹어도 장학금은 모으기로 했지…."

"아 기른 것도… 형님 거 뭐입네까, 왼손이 어쩌고 오른손이 어쩌고 성경말씀에 나온다는 거?"

"왼손이 하는 일을 오른손이 모르게 하라!"

"바로 그겁네다, 어메이징! 우리 형님 남바왕! 오른손 왼손 남바왕! 기른데 형님, 왼손이 가난하고 배고픈 걸 오른손이 모르면 그건 좀…."

"세상이 다 그래 돌아가는데 우짤끼고…."

어쩌다보니 흥겨워야 할 술자리가 취재하는 분위기로 변해버려서 미안하기 짝이 없었다. 하지만 두 사람은 나를 나무라지 않았다. 물어보고 싶은 것이 많았지만 참기로 했다.

"아이구 이거 저 때문에 자리가 이상해졌네요. 대단히 죄송합니다. 이왕에 이야기가 나온 김에 몇 가지만 더 질문 드리고 끝내겠습니다. 에, 소설에 보니까, 재혼을 안 하시고 계속 독신으로…?"

"아, 그거 하나만으로도 우리 형님이 최고지! 남바왕!"

"무슨 특별한 이유라도…?"

"이유는 무신… 사람이 못나서 그란 기지 이유는 무슨… 내 몸 하나 건사하고 딸 아이 제대로 키우기도 빠듯하다보이 딴 생각할 새가 없었을 뿐인기라."

"지금은 인기가 아주 좋으실 것 같은데…?"

"아, 우리 형님 인기야 짱이지, 짱! 남바왕이지 남바왕! 여자들이 줄을 서도 거들떠보지도 않아요!"

"시끄럽다! 그란기 아니고… 뭐라 할까… 죽은 우리 마누라 맹키로 착하고 고운 여자가 안 뵈네… 눈이 나빠져서 그런지…."

"키야 좋다! 우리 형님 남바왕!"

"혹시 아실랑가 모르겠는데… 장기려 박사라고 유명한 의사 선생님이 계시는데, 내가 그분 흉내를 쪼매 낸기라요… 장기려 박사님이 이북에 두고온 부인을 생각하며 평생을 독신으로 지내셨지… 어쩌다 마음이 흔들리면 장 박사님을 생각하며 다잡았지요."

"그건 좀 경우가 다르지 않나요? 제가 알기로 장 박사님 부인은 북한에 살아계셨고, 장 박사님도 그걸 알고 계셨지만, 공밭득 선생님 경우는 사별한 거니까…."

"살아 있으나 죽었으나… 눈에 밟히는 건 마찬가지인 기라… 한 번 한 약속을 평생 지키는 것도 마찬가지고… 안 그렁교?"

"키야 정말 좋다! 우리 형님 브이티풀, 남바왕!"

"그러시군요… 그런데 정말 영어를 못해도 힘들지 않으세요?"

"힘들지, 우째 안 힘들겠소… 귀머거리에 벙어리 신센데… 일하고 먹고 사는 거야 가까스로 하겠는데… 사돈어른에게는 참말로 미안하지… 사돈양반이랑 사위랑 셋이 정답게 둘러앉아 거나하게 마시면서 신나게 떠들고 웃고 노래하고 그러는 것이 내 꿈인데… 내가 외롭게 자라서 그런지 그런 떠들썩한 집안이 늘 그리웠거든… 그런데 내가 영어를 못해서 그러질 못하니, 내가 죄가 많지요, 죄가 많아."

"형님, 우리 콩밭떼기 형님, 그런 울적한 말씀 그만하시고, 시원하게 한 잔 합시다."

분위기가 무르익고, 우리는 흥겹게 마시고 알맞게 취했다. 그리고 당연하다는 듯 이차로 자리가 이어졌다.

이차는 노래방이었다. 자리를 잡고 앉자, 우리의 기쁨조 미스타 남바왕이 마이크를 잡고 구성진 목소리로 '칠갑산'을 불렀다. 콩밭 매는 아낙네야… 콩밭떼기 형님이

자지러졌다. 그런 형님을 위로하려고 미스타 남바왕이 이번에는 우스꽝스러운 몸짓을 하며 노래를 불렀다. 곡은 그 유명한 코로나 노랜데 가사가 달랐다.

　영어야 살려주라 우리 좀 살려주라
　영어 좀 못한다고 괄세를 하지 마라
　영어 좀 잘한다고 뻐기지들 마라
　아하, 언제나 오시려나 자동통역기
　우리의 구세주 자동통역기 언제나 오시려나!

　그날 밤 우리 세 사람, 그러니까 경상도 대표 콩밭떼기, 피안도 대표 미스타 남바왕, 언론계 대표 노(No)-기레기 주기자는 기분 좋게 잔뜩 취해 어깨동무를 하고 말라빠진 나성 하늘을 향해 구성진 노래를 날려 보냈다. 영어는 전혀 필요 없고, 구수한 뚝배기 한국말로 충분했다. 우리의 노래는 구름을 뚫고, 달에 착륙할 것이 분명했다.
　이 풍진 세상을 만났으니 너의 소원이 무엇이냐
　오늘도 걷는다마는 정처 없는 이 발길
　인생은 나그네길 어디서 왔다가 어디로 가는가
　모두가 진정이라 우겨 말하면
　어느 누구 한 사람 홀로 일어나

아니라고 말할 사람 누가 있겠소…. ✈

ㅣ지은이의 말ㅣ

이 글은 김영강 연작소설「콩밭떼기 만세 '1. 무공해 인간과 미국 사돈'」을 이어받아 이야기를 풀어가는 연쇄소설 형식으로 쓴 작품 이다.

춘자야, 연탄 갈아라

오래 전의 일이다.

내가 처음 미국에 와서 필라델피아에 있는 한국 신문사에서 일할 때였으니까 그렁저렁 45년 전쯤의 일이다. 그런데도 이상하게 꽤나 생생하게 기억에 남았다.

내가 일하는 신문사는 큰길가에 있었다. 그 동네에도 희뜩버뜩 건들거리는 흑인들이 많았고, 조심하지 않으면 큰 코 다친다는 친절한 가르침을 무수히 들었었다. 미국 온 지 얼마 안 돼 어리버리하는 나는 잔뜩 겁에 질려 긴장하고 있었다. 흑인만 보면 금방이라도 달려들 것 같은 강박관념에 시달리곤 했다.

어느 날의 일이었다.

마감시간에 쫓겨 기사를 쓴답시고 낑낑거리고 있는데, 커다란 흑인 한 명이 불쑥 들어왔다. 무척이나 우락부락 험상궂은 녀석이었다. 물론 잔뜩 긴장하였다. 놈이 권총이라도 꺼내면 어쩌나… 마침 직원들이 점심 먹으러들

나가고 두세 명밖에 없었으므로 더욱 긴장할 수밖에 없었다.

헌데 흑인녀석은 희번덕하는 눈길로 주위를 휘이 둘러보더니, 느닷없이 씨익 웃었다. 새까만 얼굴에 새하얀 이빨만이 커다랗게 번득였다. 그리고는 체구에 걸맞지 않는 소프라노로 소리쳤다.

춘자야, 연탄 갈아라!

나, 똥두천 빠보, 이히히힛…

안녕 끼시오!

그리고는 부끄러움 타는 국민학생처럼 서둘러 나가버렸다. 그것 참 어안이 벙벙했다. 제 딴에는 한글간판을 보는 순간 반갑고, 두고 온 애인 춘자 생각이 나서 들어온 모양이었다.

어쨌거나 "춘자야, 연탄 갈아라!"는 대히트였다. "안녕 끼시오!"는 더욱 재미있었다. 그 녀석이 한 말 모두가 한 편의 시라는 엉뚱한 생각이 들 지경이었다. 안녕 끼시오라니! 끼긴 뭘 껴?

그 친구는 한국 사람들이 흑인을 연탄이라고 낮잡아 부른다는 사실을 알고 있었을까?

그날은 참 요상한 날이었다.

한참을 지나니, 이번에는 노랑머리 파랑 눈의 풋내기

가 한 명 들어왔다. 갓 스물이나 되었을까 말까 한 애송이었다. 어쩌면 고등학생 같기도 했다. 엿장수 목판 같은 것을 하나 메고 있었다.

놈은 또렷한 우리말로 "안녕하십니까?"라고 깍듯이 인사를 하더니, 노래를 부르기 시작했다.

우리의 쏘워는 똥일

꿈에도 쏘워는 똥일

이 모쿠쑴 빠치어서 또옹일…

어쨌거나 노래를 2절까지 불렀다. 아주 진지한 소원을 담아 엄숙하게 불렀다. 마치 자기의 진정한 소원이 한반도 통일이라는 듯한 독립투사 같은 쌍통이었다.

그리고는 목판을 활짝 열더니 땅콩을 팔기 시작했다. 심하게 표현하자면 한국 버스 안의 앵벌이 소년이나 똑같은 풍경인 셈이다.

까짓것 비싸기는 했지만 사줬다. 이놈아, 똥일이 아니고 통일이다, 토오옹이일. 그렇게 중얼거리며 사줬다.

자기는 달(MOON) 선생네 똥일교에서 나왔노라고 했다. 그렇게 땅콩을 팔러다니면 통일이 되느냐고 물었더니, 자기는 그렇게 믿는다고 자신 있게 대답했다. 그러면 통일과 땅콩이 도대체 무슨 관계냐고 물었더니, 그런 건 어려워서 잘 모르겠노라고 어깨를 으쓱하고 만다.

허허, 세상 참… 무심코 땅콩 껍질을 까보았더니 얄궂

게도 한반도 형상인데, 아래위로 땅콩알이 하나씩 붉은 껍질을 뒤집어쓰고 앉아 있었다. 아하, 과연 통일과 땅콩은 밀접한 관계가 있구나. 그런 초현실적인 깨달음이 들었다. 참으로 묘한 느낌이었다.

그날 연이어 일어났던 두 가지 자그마한 일을 오래도록 기억한다. 그리고 자꾸 되씹게 된다. 거기서 나는, 흑인이라고 무조건 겁먹지 말일이며, 백인이라고 공연히 주눅들지 말라는 땅콩알만한 교훈을 얻어냈다. 그 교훈은 그 이후 이 미국이라는 바람 찬 벌판에서 황량한 삶을 헤쳐가는 동안 내게는 제법 큰 힘이 되었다.

문제는 고정관념인 것 같다. 흑인을 조심하라고 그렇게도 가르쳐 주던 선험자들의 자세에도 문제가 있었다고 생각된다. 내게 그렇게 가르쳐 준 사람들도 따지고 보면 실제로 깜둥이들에게 크게 당한 일이 없는 셈인데, 그저 안전제일이라는 생각만으로 내게도 그렇게 가르쳐 주었던 것이다. 그리고 그 교훈은 지금도 꾸준히 전수되고 있다.

단일민족이라는 자부심을 그토록 자랑하여 마지않는 우리 배달겨레가 이 황당스러운 인종의 용광로 속에서 현명하게 살아가는 길은 과연 무엇일까를 곰곰이 생각해 보게 된다. 우리는 거침없이 그리고 당연한 듯이 깜둥이

만세, 깜씨, 연탄, 멕짱, 짱깨, 되놈, 짱골라, 쪽발이, 왜놈, 양키, 코쟁이라는 말들을 사용한다. 그러면서 일말의 우월감마저 느낀다.

그러나, 어느새 우리는 동방의 유태인, 제2의 유태인이요, 돈밖에 모르는 지독한 일벌레라는 영광스럽지 못한 소리를 듣기 시작했다. 그저 정착단계에서 있을 수 있는 사소한 부작용이라고 넘겨버릴 수는 없을 것 같다.

"춘자야, 연탄 갈아라! 안녕 끼시오."

"우리의 쏘워는 똥일!" ✈

시험 타령

시험 성적으로 사람을 줄 세우는 비정한 세상이다. 나는 지금까지 몇 번이나 시험을 쳤고, 몇 번이나 낙방했을까?

'시험'이라는 낱말을 들으면 가장 먼저 떠오르는 것이 생 떽쥐페리의 이야기다.

생 떽쥐페리가 19살 때, 해군사관학교에 들어가기로 마음먹고 입학시험을 쳤는데, 시험에 "전쟁터에서 돌아온 병사에 대한 느낌을 서술하라"는 문제가 나왔다. 그런데 문제가 마음에 들지 않은 생 떽쥐페리는 답안지에 이렇게 써서 제출했다.

"나는 전쟁에 나간 일이 없다. 따라서 그런 것에 대해 아는 척하며 쓰고 싶지 않다."

결과는 당연히 낙방! 해군사관학교 입학시험에 낙방한 생 떽쥐페리는 파리 미술학교 건축과에 입학했다.

내가 미술대학에 다닐 당시는 지금과 달리 학점 따기가 할랑했다. 교수들도 그랬고 학생들도 그랬다. 오늘날 같은 비인간적인 경쟁은 없었다. 그저 설렁설렁 공부해도 얼렁뚱땅 학점이 나왔다. 아마도 대학이란 무엇을 가르치는 곳이라기보다 스스로 공부할 수 있는 분위기를 조성해주면 된다는 본질적인 이해와 넓은 아량이 작용했던 모양이다. 생각해보면 낭만의 시대였나? 낭만이란 무엇인가?

아무리 그렇다 해도 시험은 신경 쓰이는 일. 그 귀찮은 시험에 대처하는 자세도 사람마다 달랐다. 꼭 1등을 해야 직성이 풀리는 학생도 있었고, 장학금 때문에 좋은 학점을 따야 하는 친구도 물론 있었다.

그러나 우리는 대체로 공부를 별로 열심히 하지 않았기에, 희비극이 적지 않게 벌어지곤 했다.

내가 다닐 때 서울대 미대에는 교양과목으로 천문학, 도학, 철학, 심리학 같은 시간이 있었다. 아마도 나랏님과 교수님들의 넓으신 아량과 배려였던 것 같은데, 지금 되돌아보면 열심히 공부하지 않은 것이 후회스럽다. 그때 천문학을 열심히 공부했으면 천문학적으로 돈을 벌었을지 누가 아는가? 도학을 부지런히 배웠으면 길에 대해서 잘 알았을 텐데….

그렇지만 그때는 천문학이니 도학이니 하는 과목은 따

분하고 지루했다. 대부분이 수학에 약한 종족들이라 더욱 그랬다. 당연히 열심히 공부할 턱이 없었다. 외부에서 초빙돼 오신 강사께서도 별로 기대를 걸지 않았음이 분명했다.

그런데 공부는 안 했어도 시험은 쳐야 학점을 받을 수 있고, 학점을 따야만 졸업을 할 수 있다는 것이 교육당국과 나랏님이 정한 엄중한 규칙이었다. 따를 수밖에 없었다.

학기말 천문학 시험의 문제는 "지구의 반경을 계산하라"는 매우 심오하고 철학적인 문제였다. 시험장에는 한순간 무거운 고요가 내려앉았다. 말하자면 태초의 천문학적 침묵 같은 것이었다.

이윽고 답안지를 메꾸는 소리들이 사각사각 들리기 시작했다. 조심스럽게 사각사각… 내 옆자리에 앉은 친구 '코큰별'도 잠시 무거운 침묵의 시간을 갖더니, 무언가를 열심히 쓰기 시작했다. 자못 진지한 표정이었다. 아니, 이 친구가 언제 천문학을 이렇게 열심히 공부했지? 그럼 지구의 반경도 안단 말인가? 아, 천문학적 사기꾼 아닌가!

그러나…

슬그머니 넘겨다보니 그는 답안지에다 시를 쓰고 있었다.

드넓은 우주 그 깊은 공간

티끌만도 못한 하찮은 인간이

지구의 반지름은 계산하여

무엇하리…

뭐 그런 문장으로 시작되는 장편 서사시였다. 실로 천문학적 넓이를 가진 광활한 노래였다. 적어도 달콤한 서정시나 사랑시는 결코 아니었다. 논리적이고 과학적인 천문학 시험에 서정시를 쓸 수야 없는 노릇이지. 그 정도는 기본적 예의 아닌가….

참고로 코큰별의 천문학 학점은 D. 교수께서 그야말로 천문학적 아량을 베푼 결과였으리라. 물론 그는 재시험을 치지 않았다. 티끌만도 못한 하찮은 인간이 재시험은 쳐서 무엇하리….

철학시간도 지루하기는 마찬가지였다. 그 당시 열병처럼 번져 흐르던 실존철학이니 뭐니 하는 것에 매일 목욕을 하는 우리에게 철학교수는 그리스 철학을 느릿느릿 중얼중얼 늘어놓고 있었다. "철학적 진리는 시대를 초월하며, 희랍철학은 모든 철학의 시작이요 근본"이라는 것이 교수님의 숭고한 믿음이었다.

그 바람에 우리는 손가락 뎄어, 발가락 다쳤어, 아이들

털났어 어른들도 털났어, 플라스틱 플랑크톤 통통… 하는 소리를 계속 들으며, 너 자신을 알아야 했다. 시쳇말로 코드가 영 맞지 않았다. 자칭타칭 개똥철학의 고단자들에게는 영 시답지 않았다.

그러나 코드와는 상관없이 학년이 다 끝나갈 무렵까지 철학강의 진도는 희랍을 못 벗어나고 있었다. 아, 철학이란 이토록 느린 것인가?

그리고… 드디어 시험날. 철학시험 문제는 "소크라테스 철학의 핵심을 논하라" 왜 그 당시 시험문제는 모두가 무엇을 "논하라"였는지 모르겠다. 정말 모르겠다. 논이 절대적으로 부족해서 그랬나? 하긴 쌀이 모자란다며 나라에서 분식장려를 하던 시절이었으니….

시험지를 받은 우리의 '노도락'은 분기탱천했다. 그리고 폭발했다. 일필휘지로 시험지를 메꾸기 시작했다. 무서운 기세였다. 과연 개똥철학의 힘은 무서웠다. 답안지 내용을 간추리면 대충 이러하다.

소크라테스 철학의 핵심은 너 자신을 알라로 요약할 수 있다. 따라서 현 시점에서 학생은 스스로를 알고, 교수 또한 스스로 자신을 돌아봐야 마땅하다고 사료되는 바이다.

이 시험문제는 교수가 자신을 제대로 알지 못한데서 나온 넌센스라고 판단하지 않을 수 없다. 우주공간을 오락가락하는 이 시대에 소크라테스를 왈가왈부하여 무엇 하겠다는 것인가? 우주선 이름을 소크라테스호라고 하자는 말인가? 시대착오라고 감히 말하지 아니 할 수 없다. 왜냐하면, 첫째… 둘째… 셋째….

뭐 이런 식으로 시험문제가 시대현실과 모순되는 이유를 조목조목 청산유수로 논했다.

그리고 10년도 넘은 강의노트를 줄기차게 울궈먹는 교수에 대한 준엄하고 통렬한 비판도 많은 지면을 차지했다. 교수가 공부를 하지 않기 때문에 끈질기게 곰팡내 나는 희랍철학에 목을 매고 있는 것이 아니냐는 주장을 펼쳤다. 따지고 보면 실로 무엄한 주장이었다. 버릇없는 놈!

답안지 앞뒤가 모자라 새로 한 장을 더 받아서 가득 메꿨다.

답안지를 채운 글자수, 열정, 논리적 치열함, 조목조목 파고드는 비판의식, 비분강개 등에 비해 결과는 초라했다. C학점.

시험문제의 시대착오적 오류를 지적하지 않고, 이런 훌륭하고 본질적인 문제를 출제해주신 교수님께 머리 숙여 심심한 경의를 표한다. 또한, 낡은 강의노트를 통해 시대가 흘러도 변하지 않는 진리에 대한 신념을 굽히지 않는 학자적 양심에 감사를 드린다… 뭐 이런 알랑방귀를 조금이라도 꾸었으면 넉넉히 A학점이었을 텐데… 철학적인 측면에서도 참으로 안타까운 일이었다. 왜냐하면 철학의 핵심은 다양한 생각을 인정하는 자유일 터임으로.

우리의 친구 '길길도사'는 시험에 대해서도 탁월하게 대처했다.

언젠가 체육시간에 있은 일이다. 시험 대신에 레포트를 써내라는 반가운 소식. 레포트는 시험에 비하면 한결 할랑한 법. 협동작업도 가능하고, 베낄 수도 있고, 대신 써줄 수도 있고… 레포트 제목은 거창하게도 "대학 체육의 필요성을 논하라"는 것이었다.

레포트 제출 마감날, 복도에서 우연히 길길도사와 마주쳤다. 레포트를 제출하러 가는 길이었다. 길길도사의 레포트는 격식을 잘 갖추고 있었다. 표지에 체육 레포트, 대학체육의 필요성을 논하라, 무슨 과, 학번, 아무개… 정갈하게 쓰여 있고, 제본까지 정성스레 돼있었다.

그러나! 알맹이는 대단히 간단명료했다. "장생불사(長生不死)" 딱 네 글자였다.

"이게 대학체육의 필요성이지 뭐! 이거 이상 무슨 말이 더 필요한가? 길길길…."

길길도사의 체육학점은 A였다. 선생 역시 화끈한 양반

이었던지, 간단명료한 것을 좋아하는 분이었던 것 같다. 아마 그이도 기발한 레포트를 받아보고는 한참 낄낄거렸을 것이다.

그 후로 오늘날까지 나는 몇 번이나 시험을 치렀고, 몇 번이나 낙방의 쓴 잔을 마셨던가? 어쩌다 가끔은 실수로 합격하기도 했지만. ✶

장소현

곽설리 약력

본명 박명혜. 서울 출생.
『시문학』 시, 『문학나무』 소설 당선.
시집 『물들여 가기』 『갈릴레오호를 타다』 『꿈』.
시 모음집 『시화』 외 다수.
소설집 『오도사』 『움직이는 풍경』 『여기 있어』.
5인동인지 『다섯나무숲』 출간.
재미시인협회, 미주한국소설가협회 회장 역임.

곽설리

어디론가 사라진 오후
고도는 아직 오지 않았다
흐르는 나목들

어디론가 사라진 오후

그해 여름은 굉장히 뜨거웠다. 땡볕이 세상을 모조리 태워버릴 듯 내리 꽂히는 더위가 밤낮없이 기승을 부렸다. 지구가 심각하게 아픈 모양이라고 사람들은 수상쩍은 표정으로 수군거렸다.

나는 흰색 건물 안으로 들어섰다. 시원한 에어컨 바람이 불고 있었다. 갑작스럽게 이상한 나라와 마주친 느낌이었다. 바깥은 너무 뜨겁고 안은 너무 추웠다. 삶의 기준이 사라진 듯했다. 불안한 느낌이 위기처럼 낮게 깔렸다.

사람들이 대기실에 앉아 신문이나 잡지를 뒤적이며 자기 차례가 오기를 기다리고 있었다. 초현실주의 조각 같았다. 내 차례는 언제나 오는 걸까?

나는 카운터 앞 순서판에 이름을 적고 나무의자에 앉아 한숨을 돌렸다. 문득 시냇물 흐르는 소리가 들렸다. 찰랑찰랑….

내 옆에 앉은 여인이 나에게 병물을 흔들어 보였다.

"저 안에 병물이 있어요."

여인은 나에게 병물 있는 곳을 가리켰다.

"고마워요!"

마침 심한 갈증을 느꼈던 나는 자리에서 일어나 병물이 있는 방으로 갔다. 나는 쿨러를 열고 작은 병물 하나를 꺼내들고 의자로 돌아왔다.

"저는 칼멘이라고 해요."

여인이 자기소개를 했다.

"저는 레다에요."

"레다 씨도 이곳에 직업을 구하러 왔나요?"

칼멘이 직업소개소를 겸하고 있는 공증사무실을 가리키며 나에게 물었다.

"아니요. 저는 세무서에 제출할 서류에 공증을 받기 위해 들렀는데 이렇게 사람들이 많이 기다리고 있는 줄은 정말 몰랐네요."

"여긴 늘 이렇게 바쁘지요. 저도 아까부터 이러고 있는 걸요."

칼멘이 희고 가지런한 이를 드러내며 웃어보였다. 그녀는 집시처럼 까맣고 기다란 머리를 어깨 위에 늘어뜨리고 있었다.

아름다운 라틴계 중년 여자 칼멘과 나는 계속 그곳에 앉아 무료하게 우리 차례가 오기를 기다렸다.

"정말이지 캘리포니아 날씨가 날이 갈수록 더워지고 있어요."

칼멘이 중얼거리듯 말했다.

"요즘은 연일 이렇게 지독한 더위가 계속되는군요."

나도 그녀에게 고개를 끄덕였다.

"저처럼 더운 지방에서 온 사람도 견디기가 힘들 지경이니…."

칼멘이 대기실 안을 돌아보며 말했다. 기다리는 이들의 수효는 줄어들 기미가 보이지 않았다.

"이전에는 날씨가 이토록 끈적거리지는 않았어요."

칼멘이 나의 말에 고개를 끄덕였다.

"점점 심해지는 공해도 그렇지만 이 이상기후는 정말 심상치가 않군요. 아이들이 앞으로 어떻게 이 지구촌에서 살아가야 할지가 벌써부터 걱정이 되는군요. 결국, 이 모든 문제는 인간들이 자초한 거지요. 너무 편리한 것, 좋은 것만을 추구하며 살아온 결과라고도 볼 수 있고요. 그렇지 않아요? 우리는 이제 어떻게 해야 하는 걸까요?"

칼멘의 대답은 의외였다.

"레다 씨, 이제부터는 그동안 우리가 어떻게 살아왔는지를 되돌아보아야겠지요. 생각나세요? 전에는 냉장고

나 오븐, 세탁기, 티브이, 어떤 가전제품이든지 한 번 사면 대를 이으며 쓸 수 있었지 않아요? 그래선지 그때는 저의 어머니도 어떤 물건이든 아끼면서 소중히 다루곤 했지요. 하지만 요즘은 어떤 물건이든지 대를 이어 쓰는 건 고사하고, 가전제품 하나도 툭하면 부러지고 고장이 잘 나더군요."

"아마도… 그건, 물건을 더 많이 생산해 내고 팔기 위해 물건들의 수명을 짧게 제조해 냈기 때문일 거예요. 칼멘 씨, 그렇지 않을까요?"

칼멘이 되물었다.

"그럴까요?"

"칼멘 씨, 그 현란한 광고문들도 문제이긴 하지요. 방송사들은 계속 광고를 내보내고 있고 사방의 전광판은 물론, 어딜 가나 모두 광고로 도배되어 있으니까요."

"그건, 저도 그렇게 생각해요. 레다 씨. 요즘은 시트콤 하나를 보려고 해도 자꾸 광고가 끼어드는 통에 시트콤 내용과 광고의 내용이 헷갈릴 지경이지요. 그러니 사람들은 자신들도 모르는 새 광고에 세뇌당하겠지요. 그러고 보면, 저 역시도 늘 무엇이든 자주 바꾸며 살고 있어요. 자동차건, 가전제품이건, 옷과 화장품 역시도 말이지요. 그러니 지구에 점점 더 많은 쓰레기들이 쌓이게 마련이고요. 그뿐인가요? 너무 편리한 것만 추구하다 보니

지구가 이렇게 공해로 찌들어버리고 만 거지요. 아 참! 죽은 고래의 배 안을 들여다보니 플라스틱 쓰레기가 가득 차 있었다지요? 도대체 누가 그런 끔찍한 짓을 저질렀을까요?"

칼멘과 나는 한순간 할 말을 잃은 채 침묵했다. 문득, '현대인이란 과거란 거인의 어깨 위에 올라탄 난쟁이(Nanos gignatum humeris insidentes)'란 문구가 머리에 떠올랐다. 나 역시 문명의 이기를 누리는 '현대인' 중 하나이다 보니 가엾은 고래에게 '그런 끔찍한 일들'을 저질러 온 거라는 생각을 지울 수 없었다. 나는 지금도 매주 수요일마다 계속 쓰레기를 버렸고, 차를 몰고 다니며 공기를 더럽혔고, 툭하면 가전제품을 바꾸었고, 플라스틱 용품과 비닐 백들을 수없이 탕진했다. 플라스틱 쓰레기로 허기진 배를 불린 채 바다를 유영하던 고래의 고달프고 슬픈 여정이 떠올랐다. 나는 미처 할 말을 찾지 못한 채 대기실 벽으로 시선을 돌렸다. 마침, 대기실 벽 위에 장착된 티브이에서 뉴스가 흘러나왔다. 뷰 파인더는 질주하는 흰색 도요타 픽업트럭을 쫓고 있던 참이었다. 흰색 도요타는 아슬아슬하게 역주행을 시도했다. 모든 차들이 프리웨이에서 멈추어 섰고, 서너 대의 폴리스 차가 도요타를 추적하고 있었다.

"도대체 왜 요즘 젊은이들은 걸핏하면 질주를 벌린다

지요? 정말이지 너무 위험하지 않아요? 대체 그 이유가 뭘까요?"

칼멘이 나에게 물었다.

"칼멘 씨, 그건, 젊은이들이 직업을 찾기가 점점 더 어려운 세상이 되어서가 아닐까요? 누군가 그러더군요. 지금, 젊은 사람들은 거의 모두가 세상에 대한 불만이 너무나 커서 폭발하기 직전이라고요. 하기야! 이제는 살아가기가 점점 더 어려운 세상이 되고 말았어요. 빈부의 차이도 점점 더 극심해지고요."

"저 역시도 요즘은 터널 밑을 지나기가 정말 두려워졌어요. 그 터널 밑에서 늘어나고 있는 천막들을 보셨겠지요? 레다 씨! 제 말은 홈리스들이 점점 더 늘어나고 있다는 말이에요. 어쩌면 이런 것들이 사람들의 심리를 불안하게 자극하고 있는 게 아닐까요? 이런 현상들은 사실, 사람들의 불만과 직접적으로 관계가 있다고 볼 수 있으니까요. 도대체 정부는 어떻게 할 작정인지… 무슨 뚜렷한 대책도 없잖아요? 지금 홈리스 쉘터를 짓고 있다고는 들었지만… 그 많은 홈리스들을 모두 다 수용하기에는 역부족일 거예요. 그 쉘터에 도대체 몇 사람이나 들어가서 살 수가 있겠어요? 그것도 그렇지만… 누군가 그러더군요. 우리도 직장을 잃으면 그때부터 홈리스가 되는 거라고요."

"칼멘 씨! 그렇다고 해도 프리웨이를 그렇게 막무가내로 질주를 하면 모든 문제가 해결될까요? 결국은 폴리스에게 잡혀 형무소로 가거나 잘못하면 목숨을 잃기도 한다는 사실을 알면서도 그러니 정말 대책이 없어요."

다행히 낮 뉴스에서 보여준 도시의 질주는 큰 사고가 없이 마무리 짓고 있었다. 칼멘의 표정이 환해졌다.

"레다 씨, 적어도 오늘은 다친 사람이 없으니 다행이군요. 그래도 저 젊은이는 곧 재판에 넘겨지겠지요. 또 형을 살아야 할 게 분명하고요."

지구의 공해와 온난화 현상, 프리웨이에서 벌어진 질주와 추격사건에 대해 어떤 대책이나 해답이 있을 리는 없었지만 나는 칼멘과 이야기를 나누는 동안 우리가 똑같이 지구를 걱정하고 있고, 또 프리웨이 질주에 대해 가슴을 조이고 있었다는 사실을 알게 되었다. 그리고 그런 우리의 동류의식은 우리를 덜 외롭게 하는 힘이 되어 주었다. 우리는 마치 오래전부터 아는 사이가 된 것 같았다.

"일자리를 알아보기 위해 이곳까지 찾아왔지만 아무래도 오늘은 그냥 집으로 돌아가야 할 것 같군요."

칼멘이 말했다.

"어떤 일을 찾으려고 오셨는데요?"

"저는 지금 노인을 돌보아드리는 일을 하고 있어요. 지금은 파트 타임으로 일을 하고 있지만 일을 좀 더 해 볼까 해서요. 물론, 일이 힘들긴 하지만 저는 사람을 아주 좋아하거든요. 매일 오후 두 시부터 일을 해요."

나는 칼멘의 말에 손목시계를 보았다. 다행히 두 시가 되려면 아직도 시간이 많이 남아 있었다.

"제가 돌보아드리는 환자는 아주 연세가 많으신 분인데, 언제나 제게 책을 읽어달라고 하시지요. 그래서 저는 책을 읽어드리는 도우미를 하고 있어요. 주로 노인의 책꽂이에 꽂혀 있는 톨스토이 전집이나 헤밍웨이, 모파상, 칼릴 지브란의 시나 에세이를 읽어드리곤 해요. 그런데… 언젠가, 노인이 그러더군요. 책장의 책들은 이미 다 읽으셨다고요. 그래서인지는 몰라도 그 노인은 제가 책을 읽는 동안 졸고 있을 때가 많긴 하지요."

칼멘은 말끝을 흐렸지만 나는 그래도 자신의 마지막 시간 동안 책을 읽고 싶어 하는 노인의 이야기에 감탄사가 절로 나왔다.

"오우 마이 갓! 그래도 그렇게 책을 읽어달라고 하시는군요. 어메이징! 칼멘 씨, 그건 아마도 메슬로우의 욕구 단계로 말하자면 제4단계에 해당할지 모르는 욕구가 되겠군요. 즉, 자기존중의 욕구죠. 그분은 스스로를 귀하게 생각하시는 분이에요. 하하!"

"그럴지도 모르지요. 그런데 제가 보기엔 그분은 책에 대해 일종의 향수를 가지고 계셨어요. 사실 노인은 제가 책을 읽는 순간에는 내용을 알아듣지만 조금만 시간이 지나도 전혀 기억하지 못하시지요. 그분의 연세가… 무네모네 여신(기억의 여신)의 도움이 필요한 고령이시다 보니… 물론, 이해가 가긴 해요. 이제는 눈도 귀도 기억력도, 모두 제대로 작동이 되지 않으니까… 유 노? 그래도, 노인이 그러시더군요. '책을 읽는 이유는 소외되지 않고 어떤 일이 있어도 흔들리지 않기 위해서'라고요. 그리고 독서가 자신의 평소의 습관이셨다더군요. 최근엔 노인에게 『전쟁과 평화』를 읽어드렸는데 정말이지 대작이더군요. 오우 마이 갓!"

칼멘이 말을 마친 후 긴 한숨을 내쉬었다. 나는 칼멘에게 '전쟁과 평화'라는 소설에 대한 나의 소감을 이야기해 주었다. '전쟁과 평화'는 원래 등장인물들이 하도 많다 보니 계보를 적어가며 읽었다는 사실과 책을 읽으면서 톨스토이가 아주 끈기 있는 작가라는 생각이 들었다는 사실 등이었다. 그래서인지 등장인물들의 캐릭터 역시 그 소설 속으로 깊이 빠져들게 하는 묘미가 있었다.

칼멘은 나의 말에 고개를 끄덕였다.

"맞아요! 레다 씨! 책을 읽다보니, 정말 많은 인물들이 등장하더군요… 하지만 저 역시 러시아의 독특한 문화에

매료되어 몇 주간을 쉬지 않고 잠든 노인에게 소설을 모두 다 읽어드렸지요. 알고 보니, 전쟁과 평화는 읽은 이들이 별로 없다는 책들 중 하나라고 하더군요. 유 노? 저 역시, 그 책을 읽다 보니 인간의 본질이란 결국, 어느 시대나 별로 다를 게 없다는 생각이 들었어요."

칼멘이 말했다.

"그러고 보니, 저도 지금, 주인공 나타샤가 발레리나 지망생이었다는 내용을 읽었던 기억이 떠오르는군요. 톨스토이는 정말 발레에 일가견이 있었어요. 하기야! 많은 기라성 같은 발레리나와 발레리노를 보아도 러시아는 어느 나라보다도 발레가 활성화되어 있는 나라임이 분명하지만요."

나는 누리예프, 세르게이 플루닌, 올가 스미르노바, 안나 치간코바 같은 러시아의 유명한 프리마 발레리나와 발레리노들, 그리고 코리페(Coryphee; 솔리스트)들이 눈앞에 떠올랐다. 그들은 러시아뿐만이 아니라 전 세계적으로 화제를 뿌리고 다니던 유명인이기도 했다.

"소설에서 나타샤가 양트르샤(En trechat quatre)라는 발레 동작을 하고 있었다고 묘사하는 대목이 나오지요. 그 공중에서 발을 교차하며 마주치는 동작 말이에요. 저 역시 발레를 조금 해보았었기 때문에 '양트르샤'를 할 줄은 모르지만 '양트르샤'라는 동작이 얼마나 고도의 테크

닉을 요하는 발레 동작인 줄은 알아요."

칼멘이 말했다.

"저도 니진스키란 발레리노의 양트르샤를 본 적이 있었지요. 탈쟌스미크(Dawid Trzensimiech)란 발레리노는 8번까지 양트르샤를 완성했지요. 정말이지 제 눈을 믿을 수 없더군요. 허공으로 치솟던 그 역동적인 동작이라니⋯ 마치 신기를 보는 듯했지요. 관성의 법칙을 거스르는 몸짓이라 해야 할까요?"

"사실 모든 발레의 동작들이 엄격한 훈련을 통해 얻어지고 다듬어지겠지만 양트르샤야 말로 가장 고도의 기술을 요하는 파격적인 발레동작이라고 해야겠지요. 새처럼 허공에서 착지해야 하는 그 동작은 새가 아닌 인간에게는 불가능한 도전이라고 할 수 있겠지요."

"톨스토이는 왜 나타샤가 발레 지망생이라는 설정을 한 걸까요?"

잠시 생각에 잠겨있던 칼멘이 궁금하다는 듯 나에게 물어왔다.

그때였다. 병물이 있는 방에서 한 남자가 불쑥 나와 대기실로 들어섰다.

"축배를! 축배를!"

남자가 우리를 향해 와인 잔을 높이 쳐들어 보였다. 초로에 들어선 남자였다. 남자는 아무런 양해도 없이 우리의 대화 속으로 쏙 끼어들었다.

"나비가 꿀을 찾아 헤매듯이 난… 나타샤의 매력적인 양트르샤에 끌려 이곳까지 오게 됐지요."

남자가 말했다. 칼멘과 나는 남자를 빤히 쳐다보았다.

"에, 춤이란 엄밀히 말해서… 인간의 내면을 보여주는 강한 힘을 지니고 있지요."

그는 전쟁과 평화의 에피소드에 등장할 법한 귀족적인 외모의 소유자였다. 비록 초로에 들어섰지만 큰 키와 곧은 몸매와 수려한 이목구비를 갖추고 있었다.

"'전쟁과 평화'라면, 음… 역시 안드레이 공작을 뺄 수가 없겠지요?"

칼멘이 말했다.

"물론, 그 안드레이 공작의 캐릭터는 등장인물들 중 가장 내면과 외면이 매력적인 캐릭터이니까요… 흠… 저처럼 말이지요. 아무튼, 그 안드레이 공작과 나타샤의 춤, '안나 카레리나'의 브론스키와 안나의 왈츠, '바람과 함께 사라지다'의 스칼렛과 레드 버틀러의 춤, 그 모두를 포함해, 춤에는 모든 인간들의 서사가 들어 있지요. 춤은 인간의 깊은 자아실현의 욕구를 표현해주는 또 하나의 지표이며, 언어이니까요. '전쟁과 평화도' '안나 카레리나'도 '바람과 함께 사라지다'도 결국 춤으로 인해 모든 희로애락이 시작되지요. 제 말은 춤을 통해 비로소 인간들의 심오한 서사가 시작된다는 말이지요."

남자가 이야기를 계속했다. 아마존 정글 속에서 문명과 등지고 사는 이들도 모두 춤만은 열정적으로 혼신을 다해 춘다는 것이다. 그는 또, 고대의 중국에서도 전쟁을 시작하기 전에는 춤을 추는 풍습이 있었다고 했다.

하기야 한국의 셔먼들도 접신을 위해 제일 먼저 춤을 춘다고 했다. 춤은 지상의 세계와 영적인 세계를 연결시켜주는 매개체인지도 모른다. 칼멘이 말했다.

"맞아요! 춤에는 인간들의 슬픔과 기쁨, 꿈과 열정, 그리고 인생이 모두 다 들어 있지요. 뿐만 아니라 인간은 늘 춤을 통해 비상을 꿈꾸었을 거예요. 원래 나를 수 없었던 인간은 자신의 그 원초적 비애를 춤을 통해 극복하려고 했는지도 모르지요. 더 높은 것, 더 고귀한 것, 더 영원한 것을 추구하기 위해."

"잠깐, 쿨러 안에 버건디가 있었던가요?"

나는 궁금증을 참지 못하고 남자에게 물었다.

버건디(포도주 burgundy) 빛 액체가 남자가 들고 있는 와인 잔에서 흘러내렸다.

"이 와인은 원래 제가 밖에서 가지고 들어왔지요. 와인이 없는 세상은 도무지 상상할 수가 없으니…."

"그렇지만 대낮에 와인이라니요?"

칼멘이 사무실 카운터 쪽을 흘끗거렸다. 남자는 개의

치 않았다.

"어쨌든 제 생각엔 나타샤가 고귀한 캐릭터였다는 걸 강조하기 위해 발레 지망생이란 설정을 한 게 아니었을까요?"

남자가 갑자기 생각났다는 듯 말했다.

"실례! 방해할 생각은 없었는데… 저는… 흠… 톨스토이라고 합니다만…."

"댁이 톨스토이 씨라고요?"

칼멘이 외쳤다. 톨스토이 씨는 우리들을 향해 크리스탈 와인 잔을 한 번 높이 들어 보이고는 버건디를 단숨에 비워냈다.

"톨스토이 씨! 설마 그 '전쟁과 평화'란 대작을 쓰신 대문호, 레오 톨스토이라는 작가와 관련이 있는 분은 아니실 테지요?"

"흠! 그거야… 세상에 흔한 우연의 이치를 따르자면… 그럴 수도 있고 그렇지 않을 수도 있겠지요. 그러니 나를 그저 톨스토이의 손자쯤 될 거라고 생각해 두시지요. 어쨌거나 그게 여기에서 무슨 소용이란 말이요? 나로 말하자면, 지금 한 잔 하기 위해 잠시 요양병원을 빠져나와 이렇게 마음 내키는 대로 돌아다니고 있는 중이지요. 내 여자 친구가 나에게 치매기가 있다며 '에덴양로병원'이란 곳으로 밀어놓고 떠나버려서 울적한 나머지 이렇게 한잔 하지 않고서는 견딜 수가 없었단 말이지요. 그런데 막상 밖의 세상으로 나와 보니 날씨도 너무 더운데, 마침 이 건물의 문이 열려 있어 잠시 들어와 본 거지요."

"톨스토이는 귀족이었어요."

칼멘이 말했다.

"하지만 지금 그게 뭐 그리 중요하지요?"

톨스토이 씨가 와인 잔을 테이블 위에 내려놓으며 모두 부질없다는 듯 말했다.

"전쟁과 평화를 읽어 보셨나요?"

칼멘이 톨스토이 씨에게 물었다.

"아니, 난 끈기가 없어서 어떤 책이든지 끝까지는 읽진 않아요. 하지만 원래 영화계에 오래도록 몸을 담고 있다 보니 여러 번 영화로 보아서 익히 알고 있지요."

톨스토이 씨가 말했다.

"저는 발레가 고귀한 예술이라고 생각해요. 발레의 동작들은 거의 모두 고도의 테크닉을 요하고 있거든요? 그러니 발레는 평민들의 예술이 아니고 귀족들의 점유물이었지요. 그 '태양의 왕'이라는 프랑스의 왕 루이 14세도 베르사이유 궁전에서 발레를 체계화시켰고, 또 자신도 직접 발레를 했던 발레리노였다는군요. 아, 역시 레오 톨스토이는 귀족 출신이었어요."

칼멘이 푹 한숨을 내쉬었다.

"사실, 저의 꿈은 발레리나가 되는 거였어요. 그래서 더 그 책에 마음이 이끌렸었는지도 모르지요. 발레에 대한 이야기에 마음이 끌려 책을 읽다 보니 결국 끝까지 읽게 되었지요. 물론, 이야기의 배경은 나폴레옹 전쟁이 있던 시대이고 안타깝게도 그 매력적인 주인공인 안드레이 공작이 그 전쟁으로 인해 목숨을 잃게 되지만. 전… 불가능한 꿈을 꾸고 있었던 거지요."

"꿈이야 늘 불가능하게 마련이지."

톨스토이 씨가 말했다.

"그럴까요? 전, 어릴 때 너무 가난해서 발레 슈스나 심지어 타이즈나 레오타드조차 살 수가 없었어요. 발레는 나에게 있어 향수 같은 거였어요. 노스탈지아 말이지요."

칼멘이 말했다.

"그러고 보니… 저도 아주 어렸던 시절에 그림자를 따라 춤을 추었던 일이 생각나는군요. 칼멘 씨! 그림자를 따라 한참을 돌다 보면 나의 두 팔은 나비처럼 팔랑거렸지요. 그때마다 낯선 이들이 나를 따라다녔어요. 그러나 춤을 멈추면 그들은 모두 한순간에 사라지곤 했지요."

"내가 이런 이야기를 또다시 듣게 되다니… 어쩌면…"

나의 고백을 들던 칼멘이 감격했다는 듯 손뼉을 쳤다.

"어쩌면… 레다 씨! 저도 그 그림자 춤을 알고 있답니다! 단지 어린 시절 내가 그림자를 따라 춤을 출 때마다 나타났던 그이들은 낯선 이들이 아닌 저의 조상들이었고요. 어쩌면 우리는 이렇게 공통점이 많이 있지요?"

칼멘이 감격했다는 듯 나를 바라보았다.

"아!"

나는 깜짝 놀랐다. 대기실에서 갑자기 빛이 모두 사라졌다. 정전은 그동안 있었던 모든 순간들을 지워버렸다.

깜빡 졸다 눈을 뜨자 칼멘이란 여인도 톨스토이란 우아한 노인도 더 이상 보이지 않았다. 크리스탈 와인 잔에서 연한 버건디향이 맴돌고 있었다. 나는 조심스레 일어나 안내 창구로 가 보았다. 사무실 안은 텅 비어 있었다.

"아니, 이럴 수가?"

나는 건물을 나왔다. 건물 입구에는 크로스드(닫쳤음)라는 사인판이 걸려 있었다.

나는 파킹장 옆 자카란다 나무를 지나 서둘러 내 차로 돌아왔다. 파킹장 옆길에 앰뷸런스 한 대가 서 있었다. 앰뷸런스 뒤에는 빨간 소방차도 두 대나 서 있었다. 소방서 요원들이 들것에 실린 남자를 앰뷸런스로 옮기던 참이었다. 한 여인이 들것을 따라가며 무언가를 열심히 설명하고 있었다. 그녀의 뒷모습이 칼멘을 닮아 있는 것 같았다. 여인의 음성이 들려왔다.

"아까부터 파킹장에 쓰러져계셨어요."

"네 그랬군요."

"이 더위에… 노인이 정말 괜찮을까요?"

여인이 걱정스러운 듯 소방서 요원에게 물었다.

"일시적 탈수증이지만… 조치를 취했으니… 뭐, 괜찮으실 겁니다."

"양로원을 탈출한 노인을 찾았음. 오버~"

소방대원의 음성이 공기를 타고 뒤따라 왔다.

"와인을 마신 것 같음. 몹시 취해 있음. 오버~"

"아니?"

난 혹시 그 여인과 노인이 톨스토이란 노인과 칼멘이 아닐까? 생각해 보았다. 하지만 갑작스런 정전 때문인지 머릿속이 몹시 혼란스러웠다. 사실을 확인하려고 앰뷸런스가 있는 곳으로 향하던 순간이었다. 앰뷸런스는 요란한 사이렌 소리를 남기며 쏜살같이 내 앞을 떠났다. 이제는 소방서 요원도 여인도 모두 사라지고 없었다. 나는 멍하니 멀어지는 앰뷸런스를 바라보며 서 있었다.

시간이 많이 흘렀다. 그래도 나는 가끔 그날을 기억해 보곤 했다.

죽어가는 노인을 위해 '전쟁과 평화'를 끝까지 읽어주었던 칼멘이라는 열정적인 여인과 와인 잔을 들고 갑작스럽게 무대 위에 등장하는 연극배우처럼 우아하게 우리들 앞에 등장했던 톨스토이란 초로의 남자와 한참 익어가던 우리의 대화를 지워버리던 한낮의 정전과 요란한 사이렌 소리를 남기며 파킹장을 떠나던 앰뷸런스를 기억할 때마다 새삼 궁금해지곤 했다.

칼멘과 그 유난히 책을 좋아했다던 노인은 지금 어떻게 되었을까?

와인 잔을 들고 우리가 있던 건물 안으로 찾아 들었던 톨스토이의 손자라는 노인은 아직도 그렇게 와인 잔을 들고 어딘가를 돌아다니고 있을까?

그 커다란 눈의 서글서글했던 여인, 칼멘은?

나는 아직도 그녀가 분명 실제의 인물이며 어디선가 도우미 생활을 계속하며 잘 살고 있을 것만 같았다. 상냥하고 인사성이 좋았으니 어디선가 또 그렇게 씩씩하게 책을 읽으며 잘 살아가고 있으리라 믿어보는 것이다. ✤

고도는 아직 오지 않았다

나는 유칼립투스 그늘을 향해 걸어갔다.

숱 많은 유칼립투스는 끈질기게 지속될 더위를 예감하는 듯 까칠해 보였다. 나무에서 연한 유칼립투스 향기가 번졌다. 시간의 흐름이 느껴지고 좋은 기억을 떠올리게 하는 향기였다. 나무 그늘 안으로 들어서자 공기가 한결 시원하게 느껴졌다. 무더운 한 여름도 그런대로 견딜 만했다.

"천천히 걸어요!"

한 여인이 초로의 노인과 조심조심 걷고 있었다. 노인의 걸음걸이가 몹시 느리게 느껴졌다. 노인이 중심을 잃고 비틀거릴 때마다 여인이 노인을 부축했다. 여인과 노인 역시 다른 곳으로는 갈 엄두도 낼 수 없다는 듯 내가 서 있는 나무그늘 안으로 스며들 듯 들어섰다. 문득 내쪽으로 고개를 돌리던 여인이 나를 보자 우뚝 걸음을 멈추었다.

"저어, 우리, 혹시 구면이 아닌가요?"

여인 옆에 서 있던 노인도 덩달아 고개를 끄덕였다. 순간 나는 깜짝 놀랐다. 그들은 의외에도 칼멘과 톨스토이 노인이었던 것이다. 나는 그들을 향해 잠시 마스크를 벗어 보이며 고개를 끄덕였다.

"네! 맞아요! 오 마이 갓! 당신들은 바로 칼멘 씨와 톨스토이 씨 아니세요? 저도 그동안 당신들 소식이 궁금했었는데 이렇게 다시 만나게 되다니… 정말 반가워요!"

칼멘 역시 뛸 듯이 반가워했다.

"세상에! 이렇게 만나다니… 레다 씨 역시 저희들을 기억하고 있었군요. 그러고 보면 만날 사람은 언젠가는 만나게 마련이라니까요! 레다 씨! 아주 반가워요!"

칼멘이 내 손을 덥석 잡으려다 물러났다.

"아참! 사회적 거리두기를 해야겠군요. 그렇지요? 레다 씨, 톨스토이 씨와 저도 가끔 레다 씨 이야기를 하곤 했답니다. 그렇지요? 톨스토이 씨!"

칼멘이 목에 걸고 있던 마스크를 급히 위로 올리며 말했다.

"아암!"

톨스토이 씨가 고개를 끄덕였다.

"그러고 보니, 이 지구상의 새로운 법, 사회적 거리두기와 마스크 수칙을 지켜야겠네요?"

나 역시 반사적으로 흘러내린 마스크를 올렸다. 우리는 서로의 간격을 넓히기 위해 서 있던 곳에서 6피트로 떨어져야 했다. 톨스토이 씨 역시 어쩔 수 없이 덴탈 마스크를 삐뚜름하게 쓰고 있었다.

"우리, 언제까지 이러고 살아야 하는지 알 수가 없군요. 도무지 이런 상황이 섬뜩하고 낯설게 느껴지지 않아요? 레다 씨! 평소에 지인들끼리 자유롭게 만나 이야기를 나누었던 때가 정말 그리워지는군요."

칼멘이 말했다. 나 역시 가장 가까워져야 할 인간과 인간끼리 이렇게 거리를 두어야 하는 세상이 되었다는 사실이 좀처럼 믿어지지 않았다. 지금은 몰과 식당과 교회와 학교와 거의 모든 공공기관들이 문을 닫고 있었다. 지인들과 만나 식당에서 함께 식사를 하며 이야기를 나눈 지도 몇 달이나 지났다. 톨스토이 씨는 마스크를 턱 밑으로 내리곤 했고 그때마다 칼멘이 톨스토이 씨에게 마스크를 써야 한다고 주의를 주었다.

"마스크를 쓰면 숨 쉬기가 힘들고 답답해."

톨스토이 씨는 마스크를 쓰는 일을 몹시 불편해 했다. 칼멘이 그런 톨스토이 씨에게 타이르듯 말했다.

"모두들, 마스크를 쓰면 확실히 숨 쉬기에는 불편하지만, 어쩌겠어요? 노인들이 바이러스에는 더 위험하다지 않아요?"

칼멘이 안됐다는 듯 하늘을 올려다보며 휘휘 고개를 저었다.

"요즘처럼 바이러스가 주인공이 되던 시절은 좀처럼 없었어. 뉴스에서도 바이러스, 사람들을 만나도 바이러스, 모두들 바이러스, 요즘은 그저 누구나 코로나 바이러스 얘기들뿐이지."

톨스토이 씨가 한심한 듯 말했다.

"그날이 생각나세요? 우리가 만났었던 그날 말이에요."

나는 무심코 초현실화처럼 느껴졌었던 우리들의 만남에 대해 칼멘에게 물었다.

"기억이 안 나세요? 그 유난히 무더운 여름날, 우리들은 공증사무실의 대기실에 앉아서 각자 자기 순서를 기다리며 이야기를 나누던 중이었고… 그러다 정전이 왔던 거죠. 그러자 사위가 갑자기 어둠 속에 잠겼고 그리고, 아마도, 자동 에머전시 장치가 해제되면서인지 아주 요란한 사이렌 소리와 굉음이 울렸었지요. 그러니, 저도 레다 씨도 톨스토이 씨도 그리고 그곳에 있던 모든 이들이 한동안 정신을 놓았었던 거겠지요. 언빌리버블!"

"아! 역시 그랬었군요! 오 마이 갓!"

나는 뒤늦게 칼멘을 통해 그 상황을 전해 듣고는 다시

놀랐다.

"그래서 제가 눈을 떴을 때 이미 칼멘 씨도 톨스토이 씨도 그리고 대기실에 있던 모든 이들이 그곳을 떠난 후였었군요."

그날, 나는 분명 그곳에 있었으면서도 다른 이들의 부재에 대해 몰랐던 사실이 불가사의하게 느껴졌었다.

'나는 어떻게 그 순간 부재(不在)가 되었던 걸가? 이것은 타아의 부재인가? 아님 자아의 부재인가?'

단지 톨스토이 노인의 와인 잔에서 맴돌던 버건디향의 기억만 선명한 시간의 단서로 내 기억 속에 남아 있을 뿐이었다. 하루의 일과 중, 오후의 일부를 놓친 나는 그 날, 뒤늦게 사무실 밖으로 나와 파킹장을 향해 걸어가고 있었다. 그리고 길을 걷던 도중 길 건너편에 서 있던 앰뷸런스와 소방차를 보게 되었다.

"레다 씨! 그러니까, 그날 오전, 제가 톨스토이 씨를 위해 앰뷸런스를 불렀었지요. 소방원도요. 그래요! 그날 저는 그곳에 찾아 온 소방원들의 질문에 모든 자초지종을 설명해야 했어요."

노인을 태운 앰뷸런스와 소방차와 칼멘 씨가 사라진 텅 빈 파킹장 주변의 풍경은 하나의 초현실화였다. 햇볕이 사정없이 쏟아졌고 노후된 건물의 짙은 그림자만 자꾸 길어지고 있었다. 영문을 알 수 없었던 나는 한동안 비어 있는 파킹장에 우두커니 서 있었던 기억만 아직도 선명히 남아 있었다.

"레다 씨! 아시겠지만, 그 요란한 소리는 에머전시 벨이었어요. 나중에 그 건물의 경비 아저씨에게 들어보니 건물의 에어컨이 오버히트가 되어 정전이 되었다는 거예요. 물론, 오후에는 오버히트도 에어컨도 다시 정상으로 가동되었다고 하더군요. 그래도 그때는 이미 직원과 손님들이 모두 다 돌아간 후였겠지요."

나는 그제서야 기억을 되살리려고 애써 보았다.

"그날, 저도 암흑 속에서 겨우 정신을 차린 후, 깜깜한 건물 안을 더듬으며 밖으로 빠져나올 수 있었지요. 밖으로 나와 보니 톨스토이 씨가 길 위에 쓰러져 있더군요. 아마도 정전과 소음에 놀란 사람들이 급하게 건물 밖으로 쏟아져 나오다가 톨스토이 씨를 밀었고 톨스토이 씨는 벽에 머리를 세게 부딪친 후 정신을 잃었다더군요."

칼멘이 말했다.

"그날, 난 밖으로 무작정 밀려나왔지. 와인을 여러 잔 들이킨 참이어서 정신이 없었어."

톨스토이 노인이 말했다.

"그럼 톨스토이 씨와 함께 앰뷸런스를 타고 간 분이 칼멘 씨로군요?"

"네. 레다 씨. 저는 톨스토이 씨에게 보호자와 살고 계신 거처를 찾아드려야 한다고 생각했지요. 그래서 이분이 정신을 되찾았을 때 요양원 전화번호를 물었지요. 전화번호만으로도 폴리스는 우리의 자세한 신원을 밝혀낼 수 있다고 하거든요? 전 그날 앰뷸런스를 따라가 이분의 응급실까지 갔었고요. 그날 톨스토이 씨는 다행히도 응급조치를 받은 후 곧 정신을 되찾았지요. 그 후, 에덴요양병원으로도 무사히 보내졌고요."

"세상에! 칼멘 씨는 정말 고마우신 분이세요!"

"천만에요! 마땅히 제가 해야 할 일을 한 것뿐이지요. 그날 제가 노인들에게 책을 읽어드리는 도우미란 사실을 아신 이분이 저에게 가끔 자신을 찾아와 책을 읽어달라고 부탁을 하셨고요. 그러니까 톨스토이 씨는 여자 친구가 떠난 뒤부터 자포자기의 심정으로 와인을 많이 마셨고 우울증이 심해지다 보니 상습적으로 무단탈출을 했다더군요. 그래도 레다 씨! 톨스토이 씨는 이젠 삶의 의지도 강해지셨고 다시 건강도 회복하시는 중이지요. 그런데 또 이런 팬데믹 사태가 왔으니 우리들 삶엔 정말 바람 잘 날이 없는 셈이군요."

"톨스토이 씨가 칼멘 씨에게 책 낭송을 부탁하신 걸 보면 확실히 질병만이 팬데믹은 아니군요. 사실, 책 읽는 습관도 전염성이 강하지요. 그런데, 요즈음은 무슨 책을 읽어드리고 있지요? 칼멘 씨?"

"지금 베케트의 '고도를 기다리며'를 읽어드리고 있어요. 사실, 요즘, 우리 삶이야말로 '고도를 기다리며'가 되어버렸지 않아요? 제발 이제는 어디를 가나 타인과 거리를 두고 줄을 서서 기다려야 하는 이 지긋지긋한 코로나 팬데믹이 끝나고 어서 정상적인 삶으로 돌아왔으면 좋겠어요. 유 노?"

칼멘이 말했다.

"나도 젊은 시절 '고도를 기다리며'란 연극무대에 오른 적이 있었지… 내가 파리에서 활동하고 있을 땐 까뮤에 이어 이오네스코, 사무엘 베케트가 날리던 시절이었지. 나 역시 영화로 날리던 시절이었고…."

노인이 과거를 회상하는 듯 먼 곳을 바라보며 말했다. 우리는 모두 각자의 생각에 잠겼다.

"레다 씨, '고도를 기다리며'를 읽다 보니 저도 아직껏 소설보다 더한 삶을 사느라 엄두를 내지 못했던 그 소설을 써보고 싶어졌답니다. 그래서 저와 제 친구에 대한 이야기를 써 보려고 해요. 저는 평소에 소설가들을 존경해왔거든요. 말 한 마디 하는 것도 힘든데 어떻게 긴 소설을 쓸 수 있는 건지…."

칼멘이 말했다.

"나 역시 끈기가 좀 있었다면 세상을 깜짝 놀라게 할 이야기를 풀어놓을 수 있었을 텐데…."

톨스토이 씨가 아쉬운 듯 말끝을 흐렸다.

"톨스토이 씨! 그렇다고 모든 사랑의 이야기가 소설이 될 수 있는 건 아니에요. 이제 세상은 웬만한 이야기 따위엔 아무도 놀라지 않는 세상이 되어버렸어요. 제 친구 이야긴 좀 다르지만요."

칼멘이 말했다.

"다르다니? 뭐가?"

"제 친구는 그만 권총자살로 삶을 일찍 마감하고 말았어요. 물론 일관성 없는 친구였고 불안정한데다 비밀이 많은 성격이었지만…"

"좋은 소설 재료로군! 그 모순들을 한데 모아 놓으면 말이지… 우리들은 모두 결국은 생을 마감하게 되지. 많은 모순 속을 기웃거리며 살고 있고… 나 역시 아직껏 죽지 않고 살아온 것만도 다행이지. 때로는 삶 자체가 소설보다 더 심각하니 말이야!"

톨스토이 씨가 말했다.

"맞아요! 삶은 확실히 소설보다 더 심각하지요. 더구나 나처럼 지성도 경험도 그리고 하다못해 번듯한 가족이나 돈도 없이 극심한 생활고에 시달려 봐요. 소설쓰기는커녕 세상을 사는 일만도 벅차니까요. 그렇다고 제가 전혀 행복하지 않다는 건 아니지만…"

칼멘이 말했다. 나는 칼멘을 바라보며 그녀에게 아직

도 식지 않은 열정이 있다고 생각했다. 그녀의 열정이 부러웠다.

"아암! 누구는 부조리를 문학으로 옮겨 놓지만 많은 이들은 그 부조리 속에서 허덕이는 세상이지… 팬데믹처럼… 이유도 없이."

칼멘도 나도 톨스토이 씨도 모두 코로나 팬데믹이란 부조리한 사태가 어서 끝나기를 바라고 있었다. 아무리 생각해도 가장 격의 없이 가까워져야 할 인간을 인간으로부터 분리시키고 있는 세력이 기껏 눈에도 보이지 않는 바이러스라는 사실이 믿어지지 않았다.

"항간에는 이 코로나 팬데믹 상황의 배후에 일루미나티라고 부르는 세력이 있다고 하더군요."

칼멘이 말했다.

"칼멘 씨, 저도 그런 제3의 세력이 지금까지 세상을 통제해 왔고 앞으로도 통제할 거라는 이야기들을 수없이 들어왔지만 전, 그런 정신병자들이 감히 세상을 통제할 수 있으리라고는 절대로 생각하지 않아요."

"그래도 레다 씨, 지금은 세상이 점점 더 심상치 않게 돌아가고 있지 않아요? 아직까지 많은 비즈니스가 문을 닫아야 했고 말이에요. 어쩔 수 없는 상황이긴 하지만, 정부가 국민들에게 렌트비를 안 내도 된다는 둥. 모기지와 세금을 안 내도 된다면서 실업수당과 생활보조비까지 무상으로 지급해 주는 등, 그야말로 전무후무한 일들이 일상이 되어버렸으니까요."

"정말이야! 이대로 가다간 펜데믹으로 인해 인구의 수가 줄어들 건 확실하니까 실제로도 큰 변화가 올 것 같군."

톨스토이 씨가 걱정스럽다는 듯 말했다. 사실, 세계가 이전처럼 소통이 없는 시대였다면 지역적인 펜데믹으로 끝났을 코로나 사태는 한국, 미국, 유럽, 호주, 인도, 이란, 브라질, 쿠바, 아프리카까지 범위를 넓히며 걷잡을 수 없이 전 세계로 번져갔다.

코비드19는 그동안 글로벌 시대를 꿈꾸며 세계는 하나라고 생각했던 사람들의 믿음에 경종을 울린 게 사실이었다. 팬데믹을 막기 위해 각 나라들끼리 문을 닫았기 때문이었다.

"저 역시 코로나가 전쟁의 살상을 위한 무기 대용으로 쓰려고 만든 인위적인 바이러스였다고 들은 적이 있지요. 코로나 확진자 수가 아직까지는 뉴욕 시가 대세였는데 이제 엘에이 시로 바뀌어버리고 말았어요. 흑인 남성 조지 플로이드가 백인 경찰에게 죽은 후 전국으로 번졌던 데모 때문이겠지요. 팬데믹이 좀처럼 줄어들 기미가 보이지 않는군요. 사람들이 거리로 쏟아져 나와 시위를 했으니 말이지요… 가뜩이나 팬데믹이 번지는 도시에서 마스크도 하지 않은 이들이 거리로 나와 군집했으니 확진자 수가 늘어나리라는 건 누구라도 예측할 수 있지 않아요? 거기에 시위는 폭동으로 번지고 적지 않은 상점들이 약탈을 당했지요. 최악의 상황이었지만 그 대표적 노예시장 중 하나라던 백악관 앞 라파에트 광장에 운집해 격렬하게 흑인차별 규탄시위를 벌이는 시위대들을 보니 아무래도 이 모든 일들이 인과응보란 생각이 떠오르더군요."

칼멘이 흥분한 듯 말했다. 우리는 모두 한숨을 내쉬었다.

나는 생각했다. 이 사회는 무언가 잘못되고 있다고. 이 사회는 여러 인종들로 이루어진 용광로가 아니라 출구를 찾지 못해 몸을 뒤틀며 요동치는 용암같이 제대로 방향을 잡지 못해 우왕좌왕하고 있다는 생각이 들었다. 아직도 인종차별은 어디에서나 팽배하고 있었다.

태어난 곳이 다르다고, 피부와 언어와 종교와 생김새와 기호가 다르다고, 그뿐만이 아니었다. 배운 이들은 못 배운 이들을, 아는 사람은 모르는 사람을, 가진 사람은 없는 사람을, 젊은 사람은 늙은 사람을 차별했다. 어떤 차별이든지 차별이 도사리고 있는 한, 이 시대는 아직도 끊임없이 많은 교육과 계몽이 필요한 무지하고 야만적인 시대인 것이다.

칼멘은 에덴양로원에서 코로나 확진자가 발생하자, 갈 곳 없던 톨스토이 씨를 자신의 집으로 모셔왔다고 했다.

"글세, 코로나가 에덴동산을 지옥으로 만든 격이었지요. 그런데 그 상황에, 톨스토이 씨는 자꾸 여자 친구가 있는 뉴욕으로 가시겠다고 하시는 거예요. 그래서 제가 아무리 뉴욕으로 연락을 취해 보았어도 그 여자 친구와는 연락이 닿지 않는 걸 어떻게 해요? 그래서 그때부터 톨스토이 씨는 저의 집에서 머물고 계셨답니다."

말을 마친 칼멘이 톨스토이 씨를 돌아보았지만 톨스토이 씨는 아무 대답도 하지 않은 채 한숨만 푹 내쉬었다. 톨스토이 씨는 아무래도 뉴욕으로 떠난 여자 친구에 대한 미련을 버리지 못한 것 같았다.

"레다 씨, 전 다른 노인을 돌보았던 시간 동안 톨스토이 씨를 돌보아드리고 있는 거죠, 오늘도 이렇게 이분과 함께 산책을 나온 참이고요. 참! 그동안 제가 책을 읽어드렸던 그 노인은 얼마 전에 저세상으로 가셨답니다. 아무 가족도 없이 혼자 쓸쓸하게 말이지요. 어차피 인간은 모두 혼자 세상을 떠나게 마련이지만…."

한동안 우리들 사이에 침묵이 흘렀다. 주위를 둘러보자 공원에는 점점 더 마스크를 쓴 인파들이 늘어나고 있었다. 오늘따라 하늘은 한없이 맑고 투명했다. 그러고 보면 나 역시 어느덧 투명하고 건조한 엘에이의 기후와 하늘에 익숙해져 있는 셈이었다. 칼멘이 말했다.

"레다 씨, 요즘은 톨스토이 씨와 함께 '고도를 기다리며'에 나오는 대사들을 연습하고 있는데 저는 대본을 읽을 때면 꼭 제 자신이 주인공이 되는 것 같은 느낌이 들어요."

"이상할 것 없지! 우린, 우리 자신이기도 하지만 그 어느 누구이기도 하니까… 그러니까 대본에 몰입하다 보면 마치 내가 실제 인물이 된 것처럼 느껴지게 마련이지. 완전한 대사란 감정이입이 돼야 가능해지고… 나 역시 내가 맡은 한 캐릭터에 몰입해 있다 보면, 진정한 나는 누구인가? 하는 의문이 들 때가 있더군. 실제의 나는 정녕 이런 나일 수밖에 없는 건가? 하는 생각도 들고…."

톨스토이 노인이 뜻 모를 말을 중얼거렸다.

"칼멘 씨는 역시 한결같아! 마더 데레사와 같은 캐릭터지! 사실 난 인간기피증이 있거든. 인간이란 언제 돌변할지 알 수 없는 날씨 같으니까 말이야… 남이란 역시 환영이지. 일루지언(illusion) 같은… 이토록 살고 보니 그런 생각이 드는군. 그러고 보면, 어쩜 우리는 서로의 환상인지도 모르지. 삶 역시 살아 있는 동안에만 내 앞에서 어른대는 한 편의 영화 같다고나 할까? 꿈을 닮은…."

"우리가 서로의 환영이라고요? 너무 그렇게 생각하지 마세요. 저는 그래도 우리의 삶이 한 권의 스크립트보다는 더 의미 있고 심각하다고 생각하고 있어요. 무슨 일이 일어날지 기대되기도 하고, 재미있기도 하고요. 따라서 저에게 지금 이 순간은 무엇보다 중요하지요… 분명 그렇지 않나요?"

칼멘이 톨스토이 씨에게 물었지만 톨스토이 씨는 한숨을 내쉬듯 말했다.

"우리는 결국, 살아가는 동안 궁극적으로 자신이 읽고 싶은 대사만 읽다 떠나는 셈이지."

공원의 사람들은 타인을 경계하는 듯 서로에게 의혹과 의심의 눈초리를 보내고 있었다. 사람들과 떨어져야 하는 가시적 거리가 육 피드일 뿐 사람들의 마음은 이미 그보다도 멀리 떠나 있는지 모른다.

"혹시 말이에요. 이 모든 사태가 우리 사회의 질서를 해체시키기 위해 짜놓은 누군가의 각본이 아닐까요? 저는 사람들이 코로나에 대한 경계를 빌미로 타인에 대해 적의를 갖게 될까 두려워지는군요. 물론, 그동안 경제적 타격도 컸고 비즈니스들도 이미 하나가 쓰러지면 덩달아 주르르 넘어지는 도미노현상을 보이고 있고요… 코로나로 인한 불경기로 인해 더 이상 버틸 수 없어 손을 드는 사업체들이 속속 늘어나고 있어요. 벌써 많은 업종들이 문을 닫았다고 하더군요."

생각에 잠겨있던 칼멘이 말했다.

"레다 씨, 코로나가 사람들을 집 안에 가두어둘 뿐만 아니라 무기력하게 만들 것 같아 걱정이로군요. 거기에, 그동안 정부에서 펜데믹 사태 동안 여러 번이나 실업수당이란 보조금을 지급했었지만, 나는 실업수당 지급을 받는 일이 왠지 섬뜩하게 느껴지는군요. 과연 이 실업수당에 대해 내가 치루게 될 대가는 무엇인지 불안해지기도 하고요. 불로소득의 수표를 손에 쥐자 이상한 불안감이 밀려드는 거예요. 거기에 코로나 사태가 선거와 겹쳐선지 자신들의 정당에서 대통령이 나오면 더 많은 돈을 국민을 위해 뿌릴 예정이라는 공략을 내세우고 있다고 하는 군요."

칼멘이 말했다.

"칼멘 씨, 저 역시, 사람들이 일을 해서 버는 돈이 아닌, 무상으로 주는 돈을 지급받는 시대, 아직까지와는 다른, 그리고 앞으로도 다르게 전개될 수밖에 없는 시대가 무엇을 의미하는지 궁금하군요. 저도 어디선가 들었던 이야기인데, '극도로 발달한 미래의 사회에서는 인간이 결국 생산성 없는 존재로 취급된다.'던 말이 떠오르는군요. 더구나 지금 이 시대는 에이아이니 로봇이니 전기 차니, 수소 차니, 자율주행 차까지 생산되고 있고 벌써부터도 가공, 추상을 의미하는 메타버스(meta-verse)란 변화, 아니, 대 전환이 이루어지고 있는 혼란한 시기가 아닌가요? 그런데 이제 곧 도래하게 될 최첨단 시대는 어떤 식으로 전개되며 그 시대의 우리 인간의 위치는 어디쯤인지 가늠조차 할 수 없군요."

나는 점점 더 어지러워지려는 생각을 떨쳐내기 위해 고개를 저었다.

"레다 씨! 만약 그런 새로운 사회가 오면 그 사회에서 우리의 역할은 어떻게 되는 거지요? 인공지능과 로봇이 모든 일을 대체하는 시대가 오면 제가 할 수 있는 역할은 대체 어떤 건가요? 톨스토이 씨도 에이아이 로봇이 돌보아드리고… 책도 로봇이 읽어드리고… 심지어 산책을 하는 일도 그리고 대화를 하고 병원을 가는 일도 모두 에이아이가 하면 저는 무얼 할 수 있는 거지요? 그런 생각을 하면 몹시 불안하고 섬뜩해지는군요."

"칼멘, 그런 시대가 온다면, 아마도… 우리는 에이아이를 조종하는 역할을 맡게 되지 않을까? 하! 하! 하! 기계를 작동하는 것처럼…."

우리의 이야기를 묵묵히 듣던 톨스토이 노인이 웃음을 터뜨렸다. 그래도 칼멘은 심각한 얼굴로 물었다.

"그럼 리모트를 컨트롤하는 역할이 될까요? 아님, 버튼을 한 번 누르는 역할일까요?"

"칼멘 씨, 리모트를 컨트롤하건, 누르건 미리부터 그런 걸 걱정할 필요는 없지 않아요?"

나의 말에 톨스토이 씨도 동의했다.

"그건, 전적으로 레다 씨의 말이 맞아! 우린 지금, 코로나 생각만으로도 충분히 벅차다니까… 레다 씨가 옳다고!"

"그래도 코로나가 이 사회를 점점 더 무기력한 사회로 몰아가는군요."

칼멘이 중얼거리듯 말했다. 나는 생각했다. 그래도 미래를 미리 걱정할 필요는 없다고. 어떤 일이 닥칠지, 혹은 어떤 시대가 올지 지금은 아무것도 예측할 수 없지만 설혹, 온다 해도 어쩔 수 없는 일 아닌가? 그러나 어떤 일이 일어난다 해도 결국은 모두 다 지나가버리고 또 다른 내일이 오게 될 것이 분명하리라.

우리 주변에서 사람들의 수효가 점점 더 늘어났다.

"도대체 이 많은 사람들이 다 어디에서 모여드는 거지요?"

칼멘이 주위를 돌아보며 물었다. 공원의 파킹장은 벌써부터 밀려든 차들로 빽빽했다.

"혹, 저이들이 여기서 데모를 벌이려는 게 아닌가요?"

나는 문득 미국의 심리학자 아브라함 메슬로우가 설명한 인간욕구를 떠올렸다. 해결되지 않는 욕구를 해결하기 위해 군중들은 거리로 뛰쳐나오는 것이다. 칼멘이 가디건을 노인에게 입혀주었다.

"우린 이제, 돌아가야겠어요."

칼멘이 노인을 부축해 일으켰다. 공원을 빠져 나오려던 칼멘과 나와 노인은 우리들도 모르는 사이 운집한 군중 속으로 들어가 있었다. 사람들이 팻말을 높이 쳐들고 구호를 외쳤다. 사이렌이 사방에서 요란하게 울렸다. 운집한 군중들의 외곽엔 몰려온 경찰과 경찰차와 소방차와 소방서 대원들이 팽팽히 둘러싸고 있었다.

"We can't breath!(숨을 쉴 수 없어!)"

"또 다른 조지 프로이드의 희생이 없기를!"

"사회적 불평을 없앱시다!"

"흑인의 생명도 중요합니다!"

그러나 이상했다. 처음엔 평등을 외치던 구호는 점점 이상한 방향으로 틀고 있었다.

사람들이 외쳤다.

"우리의 삶을 보장할 수 있는 직장을!"

"우리 모두의 생명도 중요합니다!"

"지구를 살립시다!"

"홈리스 문제를 해결합시다!"

칼멘이 외쳤다.

"나에게 금전적 여유와 인권을!"

노인이 외쳤다.

"나에게 젊음과 건강한 삶을!"

나도 외쳤다.

"나에게 진정한 존재의 자유를!"

구호는 점점 더 원초적 의문으로 변해갔다.

"나는 누구인가?"

"나를 더 이상 속이지 않기를…."

"우리는 도대체 누구인가?"

"우리는 어디로 가고 있는가?"

"당신들은 누구인가?"

"모든 이들의 정체성이 상세히 밝혀지기를…."

"이런 모순을 안은 채 죽을 수 없다!"

갑자기 사위가 초현실적 침묵에 잠겼다. 나는 사라지고 주변에 아무도 없었다. 칼멘도 노인도 군중들도 그리고 경찰도 소방대원들도 더 이상 거기에 존재하지 않았다.

석양이 길게 펼쳐놓았던 그림자를 말며 자취를 감추었다.

"칼멘~~~ 톨스토이 씨~~~~."

어디선가 에스트라공과 블라디미르의 대사가 들려왔다.

여인과 톨스토이 노인이 대사 연습을 하는 소리였다. 여인과 노인은 고도를 간절하게 기다리고 있었다. 고도는 언제나 오시려나.

"고도를 기다려야 해!"

"그이가 오지 않았니?"

"더 이상 걱정할 필요 없네."

"기다리면 되지."

"우리는 기다리는 일에 익숙해졌어."

나는 주위를 두리번거리며 여인과 노인을 불러보았지만 이미 사라지고 없었다.

고도는 오늘도 올 것 같지 않았다.

내일은 오겠지. 그래, 틀림없이 오실거야.

설마 아주 안 오시는 건 아닐까?

그럴 리 없어! 꼭 온다고, 꼭! ✤

흐르는 나목들

나는 약속시간에 맞춰 양로병원을 찾았다. 햇살이 잘 드는 듯, 손바닥 크기의 빨간 꽃들을 주렁주렁 달고 있는 코럴 나무가 양로병원 주위를 감싸듯이 둘러싸고 있었다. 코럴 나무들은 마치 춤을 추고 있는 무용수 같은 형상이었다. 아름드리 코럴 트리에 둘러싸여 있는 양로병원 정경이 나의 마음을 포근하게 했다.

양로병원 안으로 들어서자 정적이 감돌았다. 복도로 연결된 양로병원의 대형 홀에서는 가끔 실내악 연주가 있다고 했지만 요즘은 코로나 펜데믹 때문인지 휠체어를 탄 노인들이 한 둘씩 나와 대형 홀에 장착된 티브이 앞에서 시간을 보내고 있을 뿐이었다.

나는 대형 홀을 지나 사무실로 들어갔다. 사무실 직원이 친절하게 김 할머니의 방까지 안내해 주었다.

칼멘은 아직도 이 양로원에 특별한 애착을 느끼고 있다고 했다. 칼멘에겐 톨스토이 씨를 돌보았던 추억이 있는 곳이었다.

"안녕하세요? 저는 레다라고 해요. 칼멘에게 책을 읽어달라고 부탁을 하셨다고요? 칼멘이 저에게 연락을 해왔더군요."

"그래 맞아! 칼멘에게 부탁을 했지."

김 할머니는 나에게 고개를 끄덕이며 반가워했다. 김 할머니의 인상은 온화했지만 고령이어선지 어깨가 굽어 있었고 몸이 불편한 듯 베개에 기대앉아 있었다. 칼멘에게 김 할머니의 나이가 90세쯤 되었다고 얼핏 들었던 기억이 떠올랐다.

나는 책을 읽기 전에 잠시 김 할머니와 이런저런 이야기를 나누었다. 알고 보니 김 할머니는 젊었을 때부터 책 읽기를 아주 좋아했던 분이셨다. 남편을 따라 미국으로 온 후 외딴 부대 부근에서 외롭게 살아왔다고 하셨다. 그래선지 시간이 있을 때마다 책을 읽으셨다는 것이다.

부대에서 오랫동안 일을 해 왔었고 또 미국인과 결혼해 살고 있던 만큼 능숙한 영어를 구사했지만 고국에 대한 향수 때문인지 한국 책을 선호하셨다. 나는 박완서 소설가의 『나목』을 꺼내 들었다. 김 할머니의 고향이 박완서 소설가와 같은 개성이었다는 이야기가 생각났기 때문이었다.

'나목'은 박완서의 성장기 소설이었지만 아프게 이어지던 한국 근대사의 밑그림이라고도 할 수 있었다.

나목의 주인공 이경은 전쟁 후에 온 가족의 생계를 책임지며 생존을 위해 발버둥쳐야 했다. 이경은 미군 PX에서 초상화 주문을 받는 일을 하며 그곳에서 가족의 생계를 연명하기 위해 초상화를 그리고 있는 옥희도와 만나게 된다. 전쟁으로 인해 삶이 망가졌다는 점에서는 옥희도 역시 이경과 동일한 내면을 가지고 있었다.

처음에 이경은 미군부대에서 한심하게 초상화나 그리고 있는 옥희도를 은근히 무시했었지만 시간이 지날수록 옥희도에게 동병상련의 정을 느끼며 끌리게 된다. 옥희도와 이경은 한동안 플라토닉한 사랑을 나누는 사이가 되기도 하지만 유부남이었던 옥희도는 젊고 발랄한 이경이 자신을 떠나도록 놓아준다.

우리 가족이 피난지였던 부산에서 서울로 돌아왔을 때만 해도, 서울은 아직 전쟁의 상흔을 벗겨버리지 못했다. 비가 올 때마다 진흙탕으로 뒤범벅이 되던 길, 아직 전기나 수도조차 들어오지 않아 암흑세계였던 밤, 폭격을 맞아 성한 곳이 없었던 건물들만 위태롭게 서 있던 동네의 풍경은 아직도 나에게 몹시 삭막한 기억으로 남아 있었다.

소설 속에서 이경이 일했던, 철조망이 쳐진 동네의 풍

경을 읽다 보니 나 역시 그곳을 지났었던 기억이 아련하게 떠올랐다. 전쟁이 끝난 십여 년 후에도 철조망은 여전히 그 자리에 그대로 있었다. 지금도 철조망은 그곳에 있는지 모른다. 내가 한국을 떠나 미국으로 올 때까지도 내 기억 속의 철조망 주위의 풍경 역시 별로 달라진 거라곤 없었다.

박완서 소설가가 한때 일했었던 부대의 PX도 바로 그 철조망이 쳐져 있는 부대 안이었다.

물론, 그때는 이경만이 전쟁의 비극과 슬픔을 경험한 것은 아닐 것이다. 그때는 한국 전체가 지독한 전쟁의 후유증으로 신음하던 시기였다. 서울의 풍경은 삭막하다 못해 쓸쓸했고 비극적인 풍경이 일상을 이루고 있었다. 상이군인들이 거리마다 떼를 지어 다녔고, 거지들이 골목마다 거리마다 넘쳐났었다. 그때는 어느 시대보다도 전쟁고아들과 고아원이 많았던 시대였다. 어딜 가나 마주해야 했던 가슴 쓰린 풍경들이, 가난한 동네의 풍경들이, 수상하기 짝이 없었던 삶의 풍경들이 아직까지도 나의 기억 속에 각인되어 있었다.

근대사를 배우던 시절 귀를 막고 싶었던 기억이 남아 있었다. 한반도의 무대는 분명, 발해와 북방으로까지 멀리 멀리 뻗어갔었고, 고구려의 역사 속에서 말을 타고 종횡무진으로 달리던 광개토대왕의 업적은 찬란했다. 그러나 한국의 근대사는 만신창이의 불행한 역사의 연속이었다. 나는 한없이 줄어드는 우리나라의 지도를 보며 온몸에서 힘이 빠지는 절망감과 무기력감을 체험했다.

"겨우 이거였어?"

나는 근대사의 입구에서 우울해지곤 했다. 근대사는 고통과 비애 그 자체였다. 들을수록 부조리했고 이해할 수 없었다. 의문이 꼬리를 물고 일어났다.

"왜? 그럴 수밖에 없었을까?"

한국의 수치스런 근대사로부터 도망가고 싶었던 적이 한두 번이 아니었다. 나는 역사책의 페이지들을 모두 덮어버리거나 은폐하고 싶었다.

중국과 일본에게 수없이 침략과 수탈당했던 이조 오백 년 이후에도 한국의 근대사는 온갖 수치와 모멸로 가득 차 있었다. 당파싸움과 쇄국정책, 명성황후의 죽음, 식민지 시대, 힘겹게 핍박받던 독립운동의 역사, 일본의 패망과 함께 찾아온 해방과 동족상잔의 역사, 육이오와 일사후퇴, 수복과 그 후 나라를 반으로 잘린 삼팔선에 이르기까지 슬프고 비참했다.

한 나라의 운명이 엉뚱한 나라들에 의해 그것도 장난처럼, 아니 장기를 두는 것처럼 좌지우지되었다. 무엇 하나 마음에 드는 거라고는 없었던 부조리한 역사에 대한 나의 의문과 반항은 스스로도 모르게 서서히 내 안에 뿌리내렸다.

나의 심정은 마치 이경이 자신이 사랑했던 남자, 다섯 아이의 아버지며 초상화 화가였던 옥희도의 집을 찾아가 옥희도의 부인에게 억지를 부리던 이경의 심정과 같았는지 모른다. 캔버스에 고목을 그리던 옥희도를 사랑하던 이경은 자신의 사랑 때문에 혼란에 빠져 괴로워한다. 여기에서 주목할 점은 이경은 실제로도 작가인 박완서 자신이고 초상화가 옥희도는 실제로도 유명한 화가인 박수근이라는 사실이다. 둘은 허구였던 소설에서도, 실제였던 현실 세계에서도 분명 진정한 작가였고 예술가들이었다.

화가로서의 옥희도를 무한히 사랑한 이경은 마침내 그의 아름답고 착한 아내를 찾아간다. 달도 없는 그믐날 이경은 옥희도의 아내가 화가의 부인으로서 자격이 없다며 한없이 오만하고 불손하게 맞선다.

이경이 옥희도의 아내가 옥희도의 그림에서 절망적인 궁상을 못 읽는다고 트집을 잡을 뿐만 아니라, 옥희도의 그림과 색채가 빈곤하다며, 제멋대로 예술적 나락으로 끌어내리고, 그 모든 책임을 그의 아내에게 전가 했듯이, 한국의 근대사를 제대로 바라보지 못하는 나의 시선 또

한 몹시 편협하고 부정적일 수밖에 없었다. 이경처럼 나도 오만 불손했고, 불만과 억지와 앙탈로 가득 차 있었다.

이경 역시 단지, 옥희도의 부인에 대한 불만이 아닌, 자신이 처한 현실에 대한 욕구불만들을 터뜨렸던 것이다.

또다시 양로병원을 찾았던 날, 나는 준비해간 '나목'을 펼치고 읽어 내려갔다. '나목'을 읽는 동시에 나는 철조망이 있던 옛 길로 접어들고 있었다. 내 앞으로 철조망을 낀 삭막한 풍경들이 끝없이 이어졌다. 겨울이면 철조망 주위에 일렬로 서 있었던 기억 속의 나목들은, 그곳에선 너무나도 흔한 풍경이었다. 높은 하이힐을 신고 빨간 립스틱을 바른 채 철조망을 붙잡고 서 있거나 그 부근을 하염없이 배회하던 나목들 역시 흔한 풍경이었다.

김 할머니는 베개 위에 비스듬히 몸을 의지한 채 두 눈을 꼭 감고 있었다. 잠이 들었는지도 몰랐다. 한 시간이 후딱 지나갔다. 김 할머니는 여전히 눈을 꼭 감고 있다. 깊이 잠들었거나 혹은 깊은 생각에 잠겨 있는지 모른다.

"레다! 책을 낭송하는 동안 노인이 어떤 반응을 보이더라도 개의치 말아요! 노인들은 실로 다양한 반응을 보이거든요? 그러니까 우리는 그저 그분들이 어떤 반응을 보이더라도 이해해 주어야만 해요. 설사 코를 골고 잠에 빠져 든다고 해도…."

나 역시 칼멘과 같은 생각이었다. 칼멘이 책을 읽는 동안 노인들은 대게 책의 내용에 집중하지만 자신도 모르게 또 다른 자신만의 블랙홀 속으로 빠져들기 십상이라고 했다.

"레다! 나는 노인들이 원해서 책을 읽어드리기는 하지만 꼭 내가 읽어드리는 책에 대한 결과나 어떤 효과를 기대하진 않아요. 물론 책을 좋아하는 노인들이 내가 책을 읽어주길 원하긴 하지만, 사실은 누군가 자신의 옆에 있어주기를 원하는 마음으로 내가 찾아오기를 기다리거든요. 가족이 없고 외로운 분들은 더 하죠. 그래서 때론 책과 전혀 관계없는 이를테면, 서로의 신상에 관한 얘기나 혹은 세상 돌아가는 이야기를 하다 돌아올 때도 종종 있거든요."

칼멘의 말을 들어보면, 책을 좋아하는 노인들 역시, 자신이 이미 읽었던 책을 또다시 선택한다든가 자신이 가장 잘 알고 있는 책을 도우미가 읽어주기를 원한다고 했다. 노인들은 대게 자신이 향수를 갖고 있는 책을 읽고 싶어 했고, 자신의 추억과 관계가 있는 책을 선택한다고 했다. 나는 그 모두를 이해할 수 있었다. 나 역시 어떤 특정한 책을 좋아하거나, 읽었던 책을 또 다시 읽는 쪽이었다.

낭송을 마친 후 자리에서 일어서던 나는 깜짝 놀랐다. 깊이 잠든 줄만 알았던 김 할머니가 울고 있었기 때문이었다. 당황한 나는 할머니에게 다가갔다. 김 할머니는 눈물을 닦으며 말했다.

"고마워! 읽어주는 소설을 듣고 있으려니까, 잊고 있던 일들이 자꾸 떠오르는군."

김 할머니는 긴 한숨을 내쉬었다. 김 할머니와 이런저런 이야기를 나누던 나는 김 할머니가 '나목'의 주인공인 이경이 일했던 곳을 잘 알고 있다는 사실을 알게 되었다.

"아마… 이경이와 나는 더러 마주친 일이 있었을 거야. 난 그곳이 어딘지를 알고 있거든."

나는 김 할머니의 말에 깜짝 놀랐다. 나는 어느새 마음속으로 말하고 있었다.

'사실은… 저도 그 철조망이 있던 동네를 잘 알고 있답니다.'

박완서 소설가와 나와 김 할머니는 나름 그렇게 한 공간으로 인해 각기 다르게, 그러나 연결되어 있었다. 나는 그 철조망이 있던 동네를 지났던 적이 있었고, 박완서 소설가는 그 철조망 안에 있던 피엑스에서 화가 박수근과 일을 한 적이 있었으니 말이다.

"레다! 한국 할머니께 책을 읽어드릴 수 있으니 정말

잘됐군요. 원더풀! 할머니는 요즘도 잘 지내고 계시겠죠? 그래, 한국 소설책을 읽어드리는 일은 할 만한가요?"

"오브코스, 물론이죠! 김 할머니는 이제 나와 만날 때마다 자신의 이야기를 들려주시곤 해요. 유노!"

사실, 내가 책을 읽어드릴 때마다 김 할머니는 옛날 생각이 난다며 눈물을 흘리곤 하셨다. 나는 생각했다.

'얼마나 쓰라렸으면 그 긴 세월이 흘러간 지금까지도 김 할머니의 눈물은 마르지 않았을까? 하고….'

나는 몹시 복잡할 김 할머니의 마음을 생각해 보았다. 처음, 난 김 할머니가 슬퍼서라기보다는 지난 시간에 대한 향수 때문에 눈물을 흘릴 거라고 추측했다. 그러나 아니었다. 김 할머니가 낡은 사진 한 장을 나에게 내밀었다. 누가 보아도 단란한 한 가족의 사진이었다. 사진 속에서는 젊은 부부와 아기가 환히 웃고 있었다.

"우리 가족사진이야!"

김 할머니가 자랑스럽게 말했다. 흐릿했지만 사진 속의 여인은 노인의 모습을 어렴풋이 닮아 있었다. 노인은 하얀 배내옷과 모자를 쓴 귀여운 아기를 안고 있었다.

"나의 첫 남편은 한국동란으로 끌려간 후 그만 영영 돌아오지 못했지!"

아쉬운 듯 말을 마친 김 할머니가 긴 한숨을 내 쉬었다. 개성이 고향인 김 할머니는 전쟁이 끝났어도, 결국 고향으로는 다시 돌아갈 수 없게 되었던 것이다.

"육이오 동란이 터지자 나는 아이만 달랑 데리고 다급하게 월남을 해야 했어. 그래서 그 후부터 우리는 그만, 아무도 없는 사고무친이 되고 말았던 거지."

김 할머니가 말했다.

"어머나! 그래서요?"

"그때 말이야! 우리가 피난을 가서 잠시 얹혀살고 있었던 먼 친척의 소개로 나는 겨우 미군 부대의 하우스 걸 일자리를 얻을 수 있었어. 그때부터 나는 그 부대 안에서 먹고 새우잠이라도 잘 수 있었지만, 아이까지 함께 데리고 있을 수는 없었지. 그런데…"

이야기를 하던 김 할머니의 뺨으로 눈물이 주르르 흘러 내렸다. 김 할머니는 한동안 말을 잇지 못했다. 그러나 눈물을 닦은 후 울음 섞인 음성과 허탈한 표정으로 담담히 말을 이어 나갔다.

"그때, 난… 내 아이를… 한 고아원에 맡겨야만 했어…"

하우스 걸이란, 부대 안에 있는 가정집에서 일하는 일종의 메이드였다. 하우스 걸이었던 김 할머니가 배당받은 숙소의 주인은 공교롭게도, 혼자 사는 흑인장교였다. 그 집에서 일하는 동안 김 할머니는 아직 결혼도 하지 않은 노총각인 흑인 장교와 가까워지게 되었다.

"그 흑인 장교는 처음부터 나에게 선물공세를 펼쳤지."

김 할머니를 사랑했던 흑인 장교가 김 할머니에게 주었던 선물 중엔 아름다운 드레스도 있었고, 목걸이와 같은 장신구도 있었다. 어머니의 유물이라며 반지를 끼워주기도 했다. 장교들의 파티가 있는 클럽으로 데려 간 적도 여러 번이었다. 김 할머니는 자신에게 친절한 그 흑인 장교가 싫지 않았다. 물론, 그가 마음에 들고 안 들고는 다 배부른 흥정이라고 했다. 김 할머니는 그저, 그 흑인 장교가 자신을 좋아하니까 그가 싫지 않았다는 것이다. 그때는 모두가 다, 살기 힘든 때였다. 그 일마저도 할 수 없으면 먹고 살 수가 없었던 막막한 시절이었다. 전쟁에서 살아남은 이들은 그나마 행운이었다. 믿기 힘들긴 하지만, 우리에겐 전쟁으로 목숨을 잃거나, 행방불명이 되거나, 몸을 다치거나, 설령 굶어 죽었다고 한들, 아무도 개의치 않았던 시절이 실제로 있었던 것이다.

하우스 걸은 남편을 잃은 김 할머니가 그나마 하루하루를 연명하기 위해 얻은 귀한 직업이었다.

그곳에서 일하던 이들은 모두 다 생존을 위해 필사적이었다.

"난, 그곳에서 청소를 맡았지만 빨래와 그리고 주문에 따라 식사를 준비할 때도 있었어. 일에 따라 급여가 달라지기 때문에 더 많은 주문이 오기를 기다렸지. 나는 언제나 그분의 구두를 반짝반짝 윤이 나도록 닦아 놓았고."

김 할머니는 장교에게 자신의 고마운 마음을 전하고 싶었다. 구두를 닦는 일은 하우스 걸이란 자리를 지키기 위한 김 할머니의 충성심이기도 했다. 김 할머니는 돈을 모으고 싶었다. 집을 마련하고, 하루빨리 고아원에 맡겨 두었던 아이를 데리고 오기 위해서였다. 돈은 아무리 모아 보아야 보잘 것 없는 액수였지만 그래도 김 할머니는 희망의 불을 끄지 않았다.

처음에는 장교의 구두가 별나게도 크다고 무심코 지나치곤 했다. 그러나 시간이 지날수록 그 구두의 주인공의 진심이 느껴졌고, 그가 그 유난히 컸던 구두처럼 듬직하고 진실하게 느껴졌다고 했다.

"결정적인 건… 그 구두였군요?"

고개를 끄덕이던 김 할머니가 이를 드러내며 환히 웃어 보였다.

김 할머니가 구두를 닦아주어서 감동했던지, 장교는 할머니에게 '당신의 소원을 들어주겠다.'고 했다. 김 할머니는 눈물이 나도록 고마웠다.

"나는 그때, 그분에게 나의 이야기를 모두 털어놓았어. 전쟁으로 끌려간 남편이 행방불명이 된 사실과, 아들을 지금 고아원에 맡겨 놓았다는 사실까지도. 나는 그분에게 애원했지. '나의 아이를 이곳으로 데리고 와도 되겠느냐?'고. 그분은 정말, 좋은 분이었어. 그분은 나에게 '지금 당장 가서 그 불쌍한 아이를 데려오자고.' 했어. 오히려 왜? 진작 그런 이야기를 자신에게 해 주지 않았느냐고, 화를 내더군."

그때서야, 김 할머니와 장교는 서둘러 고아원으로 찾아갔다. 하지만 이상하게도 고아원은 더 이상 그 자리에 없었다. 수소문 끝에 고아원을 찾을 수 있었지만 김 할머니의 아이는 이미 그곳에서도 행방을 찾을 수 없었다고 했다.

"나는 그만, 하늘이 무너지는 것 같은 충격을 받았어! 나의 아들은 이미 누군가에 의해 어디론가 입양을 보낸 후였어. 그 후로도, 우리가 아무리 아들을 찾기 위해 수소문해 보았지만… 아이를 다시는 만나볼 수 없었지! 입양을 보내는 게 아니었는데… 일이 아주 잘못되었던 거지. 내가 부대 안에서 매일 바쁘게 일을 하다가 한동안 고아원을 찾지 못했거든… 고아원이 이전을 한 사실도 모르고 있었던 거야. 어리석게도… 그동안 아이는 어디론가 입양이 되고 말았던 거지…."

장교는 깊은 슬픔에 잠겨 있는 할머니에게 자신이 그녀의 아이를 꼭 찾아주겠다며 위로해 주었다. 그 후, 그는 세상을 떠날 때까지 아이를 찾기 위해 백방으로 노력해 주는 것으로 그 약속을 지켰다.

그 시절만 해도 미군 병사와 거리를 다니면 주위 사람들에게 놀림의 대상이 되었다.

"검둥이!"

살벌한 외침이 화살처럼 날아와 그들의 가슴에 꽂히곤 했다. 어디선가 돌이 날아오기도 했다. 흑인장교와 함께 있는 여인을 바라보는 사회의 분위기는 몹시 살벌했고 험악했다.

"돌에 맞아 피를 흘리며 쓰러졌던 적도 여러 번이었어! 정말이지 끔찍한 시절이었어!"

김 할머니는 그 흑인 장교와 결혼을 했고 아이도 낳았다. 그래도, 김 할머니는 미국으로 와서 살 생각까지는 없었다. 어디서 살든지 가족과 함께 오순도순 살고 싶었다.

"미국을 가면 혹, 잃어버린 아들을 다시 찾을 수 있지 않을까? 기대를 갖긴 했지만… 그래도 우린, 나와 혼혈인 아들을 몹시, 죄악시하는 한국의 험악한 사회 분위기 때문에 한국을 떠나야 했어."

김 할머니는 자신의 가족이 사회의 놀림거리가 되지 않기 위해서라도, 돌에 맞아 죽지 않기 위해서라도, 미국으로 쫓기듯이 와야만 했다. 그 후로도 잃어버린 아들을 찾기 위해 노력을 했다. 한국의 고아원과 입양 기관들과 아이가 보내질 만한 곳을 수소문하고 다녔다.

"거리를 지나며 한국 아이를 볼 때마다 걸음이 떨어지지가 않았어. 꼭 나의 잃어버린 아이를 보는 것만 같았지…."

나는 김 할머니의 안타까운 이야기에 할 말을 모두 잃었다. 김 할머니는 1930년생인 90세였으니, 지금 아들이 살아있다면 70세쯤 되었을 것이다. 그토록 오랜 세월이 지났어도 서로 만날 수 없는 그들 모자의 운명이 슬프다 못해 비정하게 느껴졌다.

"이렇게 매일 매일, 눈뜨면 하루가 가고, 한 주가 지나면, 또, 한 달이 가버리는군. 생각해 보면 산다는 일도 아주 잠깐이야! 나이가 들고 보니… 더, 시간이 가는 게 아쉬워지는군. 그래도, 그래도, 난… 도저히… 죽을 수가 없었어!"

김 할머니가 허탈한 음성으로 말했다. 김 할머니는 요즈음, 가는 시간이 더 안타까운 이유가 바로 '잃어버린 아들' 때문이라고 했다. 할머니는 자신이 이렇게 악착같이 오래 사는 것도 죽기 전에 그 아들을 꼭 만나야 되기 때문이라는 것이다.

"참, 어리석었어! 세월이 이렇게 짧은 건 줄 알았더라면 말이야. 생각해 보니, 내가 그때 그 부대에서 일을 하는 게 아니었어! 정말이야! 그때, 어떤 고생을 하더라도 내 아들을 꼭 안고 함께 살아야 했어!"

김 할머니는 잃어버린 아들이 너무나 보고 싶었다고, 눈에 선해 왔다고, 늘 그 아들이 목에 걸렸다며 후회의 눈물을 흘렸다.

나는 문득, 김 할머니의 침실 벽에 걸려 있는 가족사진을 바라보았다. 여러 개의 훈장을 주렁주렁 달고 있는 흑인 장교가 사진 속에서 김 할머니와 아들의 어깨 위에 손을 얹은 채 환히 웃고 있었다. 김 할머니의 남편이었던 그는 이미 세상을 떠난 후였다. 김 할머니는 그가 미국으로 온 후 전역을 했고, 부대 부근에 있는 직장에서 한동안 공무원으로 일을 했었다는 것이다. 나는 김 할머니의 무릎 위에 앉아있는 사진 속의 귀여운 사내아이를 바라보며 물었다.

"이 아드님은 지금 어떻게 지내세요?"

김 할머니의 표정이 한순간 환해졌다. 김 할머니는 흑인 장교와의 사이에 난 그 아들이 지금 타주에서 잘 살고 있다고 했다.

"아들은 미국으로 온 후, 운동도 공부도 아주 잘했어. 아직도 자신은 한국이 고향이라고 하면서, 한국을 그리워하지. 이제는 결혼도 했고 아이들과 아주 행복하게 잘 살고 있어. 정말, 고마운 일이지…."

노인이 소중하게 간직하고 있던 장성한 아들의 가족사진을 꺼내 자랑스럽게 보여주었다. 나는 그 아들의 모습을 들여다보았다. 그 아들의 모습이 어쩐지 낯익었다. 그 아들은 공교롭게도, 한국계 미국인이고 전 미식축구 선수였던 하인스를 닮아 있었다. 축구선수 하인즈도 흑인 병사와 한국인 어머니 사이에서 태어났다고 했다. 하인즈 이외에도 기라성 같은 성공의 아이콘들을 떠올려 보았다. 인순이나, 가수 샌디 김, 역시 한혹혼혈 유명인들이었다. 지금은 비록 명성이 자자하지만 그들도 한때는 백의민족, 단일민족을 내세우는 한국 사회의 극심한 차별을 온 몸으로 경험했다는 사실을 알게 되었다.

문득, 가수 인순의 이야기가 마음속을 떠나지 않았다. 그녀는 자신이 버스를 탔을 때 버스에 탄 사람들이 모두 이상한 눈으로 자신을 바라보았을 뿐만이 아니라 그녀를 놀리기까지 했다는 것이다. 가수 인순은 그들이 그녀를 놀리는 이유가 바로 그녀가 혼혈이기 때문이라는 사실을 알고 있었다. 그녀는 그때서야, 자신이 혼혈이란 사실이 바로 자신의 약점이라는 사실을 깨닫게 되었다고 했다. 하지만 그녀는 그런 사실 때문에 슬퍼하거나 주저앉지 않았다고 했다. 오히려 그 사실을 인정하며 당당히 살아가려고 노력한 것이었다.

한국의 첫 번째 혼혈 연예인 샌디 김 역시 한국 사회에서의 차별대우와 뒷손가락질, 그리고 힐끔힐끔 쳐다보는 따가운 시선을 떠나 미국에서 정착하게 되었다고 고백한 적이 있었다. 그러나 그들이 태어난 조국은 분명 대한민국이었다.

나는 생각했다. 이 지구상에 더 이상 단일민족이란 없다고… 혼혈에 대한 편견은 근절되어야 한다고… 인간은, 아니, 인류는 이제부터라도 서로의 다양성을 인정하고 화합해야만 한다고….

김 할머니에겐 잃어버린 아들의 존재가 아직도 눈물처럼 애달프고 한없이 그리운 존재였다.

"아이 아빠만 살아 있었더라도…."

김 할머니는 긴 한숨을 쉬며 먼 곳을 바라보았다. 김 할머니는 아직도 첫 남편을 잊지 못했고, 아직도 첫 남편과 아들을 앗아간 전쟁을 원망했다. 김 할머니는 한국전쟁 때문에 정든 고향을 떠나와야 했다고, 그리고 완고하고 고집스런 한국 사회가 자신과 자신의 아들에게 돌팔매질을 했다고, 자신을 이 미국으로 오도록 내몰았다고 했다.

사람들이 그토록 자신을 무시하지 않았다면, 자신의 아들을 혼혈아라고 놀리며 외면하지만 않았더라도, 자신은 미국까지 오지도 않았을 거라는 것이다. 자신은 지금까지도 정든 고향인 조국, 한국에서 아들을 키우며 한국에서 살았을 것이고, 자신의 아들도 한국에서 행복하게 잘 살 수 있었을 거라고 아쉬워했다.

요즘은 늘 베개에 비스듬히 기대앉아 나의 책 낭송을 묵묵히 듣고 계신 김 할머니의 모습이 한결 평온해 보였다. 자신의 모든 이야기를 나에게 쏟아놓았고 나와 함께 모든 슬픔을 나눈 후부터 김 할머니는 더 이상 눈물을 흘리지도 않으셨다. 나는 내심 그런 김 할머니의 평화로운 변화에 안심하고 있었다.

오늘은 이상하게 김 할머니의 고개가 베개 위에 얹혀 있었다. 서늘한 예감이 등줄기를 타고 내려갔다. 그때였다, 도우미와 간호사가 김 할머니를 점검하기 위해 들어왔다. 김 할머니에게 다가간 간호사는 당황하는 기색이었다. 간호사는 김 할머니의 호흡이 불안정하다며 급히 사무실에 연락을 취했다. 여러 명의 간호사와 도우미들과 의사가 들어와 점검을 마친 후 김 할머니의 침대를 옮기는 동안 나는 밖으로 나와야 했다.

칼멘에게 만나자는 연락이 왔다.
"레다, 이제 양로병원은 더 이상 찾지 않아도 돼요."
"!"

칼멘이 나에게 김 할머니의 유품이라며 작은 스케치 북을 내밀었다. 무심코 스케치 북을 받아 펼쳐보던 나는 깜짝 놀랐다. 스케치 북엔 의외에도 김 할머니가 박수근의 '여인과 나무'를 베낀 스케치가 여러 장이나 그려져 있었기 때문이었다. 나는 할머니의 '나목'을 그린 스케치를 보고 전율했다. 서툰 솜씨였지만 그림은 분명 나목이 아기를 업고 서 있는 여인을 내려다보고 서 있는 그림이었다.

옥희도의 유작전을 찾아간 이경은 옥희도의 그림을 보게 된다. 옥희도의 유작은 이미 이경이 이전에도 목격했던 그림이었다.

이경은 이전에도 옥희도의 그림이 '나목'이라고 알고 있었는데 그 그림은 '고목'을 그린 그림이었다. 그래도 이경은 다시 생각한다. 옥희도가 전쟁 중에 그린 그림은 '고목'을 그린 것이 아니라 어려운 시기를 극복하는 '나목'을 그린 것이라고.

따라서 나는 생각했다. 아기를 업고 서 있는 여인은 바로 김 할머니 자신이었다고….

그러고 보면, 김 할머니 역시 어려운 시기를 딛고 묵묵히 서 있는 나목이었다. 김 할머니는 지금 분명, 자신이 평생 동안 잃어버렸던 첫 아들을 찾아 다시 그때처럼 자신의 등에 업고 저 세상으로 떠난 거라고….

어디선가 옥희도의 목소리가 들려오는 것만 같았다. 옥희도는 자신이 지극히 사랑했던 소녀 경아에게 당부했었다.

'경아가 어서 옥희도 자신으로부터 놓여나야 한다고… 경아는 자신을 사랑한 게 아니라고… 다만, 옥희도를 통해 경아는 자신의 아버지와 오빠를 환상하고 있었던 것뿐이라고….'

옥희도는 또, 경아에게 당부하고 있었다. 이제는 경아가 그런 환상으로부터 자유로워져야 한다고… 용감히 혼자가 되어야 한다고. 용감한 고아가 되어야 한다고. 그리고 경아라면 그렇게 할 수 있다고… 경아가 그녀 자신이 혼자라는 사실을 두려움 없이 받아들이라고… 떳떳한 고아로서 모든 것을 다시 시작해 보라고… 사랑도, 꿈도 다시 시작해야 한다고….

나는 생각했다. 우리는 모두 나목들이라고. 김 할머니도, 나도, 그리고 칼멘도. 나는 계속 생각했다. 그러나 나목은 아름답다고… 나목은 기다리고 있는 것이다. 또 다시 다가 올 새로운 계절을 꿈꾸고 있는 것이다. 새로운 봄이 오기를 기다리고 있는 것이다. 사랑도 꿈도 다시 시작하기 위해…. ✈

김영강 약력

본명 이영강(李鈴江). 경남 마산 출생. 1972년 도미.

소설집 『가시꽃 향기』 『무지개 사라진 자리』,

장편소설 『침묵의 메아리』,

5인동인지 『참 좋다』 『다섯나무숲』, 그 외 한국학교 교재 다수 출간.

이화여대 남가주동창회보 편집장, 계간 《미주문학》 편집장 역임.

현재 《미주가톨릭문학》 편집장, 미주한국문인협회, 미주한국소설가협회 회원.

《미주한국일보》 문예공모 소설 신인상. 에피포도문학상 소설 금상. 해외문학상
소설대상, 고원문학상, 미주가톨릭문학상 수상.

연작소설 _ 콩밭떼기 만세

김영강

미국 사돈과 무공해 인간
황혼에 핀 연분홍 꽃이파리
바람이 되어

미국 사돈과 무공해 인간

제 이름은 '밭떼기'올시다. 울 엄마가 밭 매다가 나를 낳았답니다. '밭에서 얻은(得) 아이'다, 그래서 '밭득이', 유식한 동네 어른은 문자를 써서 전득(田得)이라고 부르기도 하시는데, 마을사람들은 '찐드기'보다는 '밭드기'가 부르기 좋다며, 그냥 '밭떼기'라고 부르지요. 그러니까, 울 엄마는 부엌데기, 나는 밭떼기….

갱상도 저— 두메산골 구석에서 일어난 일입니다.

울 엄마가 밭 매다가 갑작스레 진통이 와가꼬, 고만 내가 세상바깥으로 티이나왔다 아입니까. '티이나왔다'는 표현이 얼라 낳는 거하고는 여엉— 안 어울리지마는 내한테는 딱이라예. 보통 아낙들은 죽을똥 살똥 배가 아파 열 시간 이상이나 뒹굴다가 얼라를 낳는다 카드마는, 내는 순식간에 쑥 나와뻤다 합디다.

그라이 마, 내는 태어날 때부터 효자인기라, 효자.

아, 내 성씨는 공가올시다. 우리 아부지 조상이 공자님이었는지 성이 공가라네요. 미국 사람들은 아무리 알켜 줘도 '콩'이라고 부릅니다. "하이, 미스터 콩!"

그라고 이름도 '버트'라고 불러요. "버트 콩" 하구요. 밭떼기는 어렵다고 버트라고 부르겠다기에 그러라고 했어요. 실은 내가 버트 랑카스타 이름은 알거덩요. 내가 제일 좋아하는 배우랍니다. 근육에! 남성미에! 직입니다. 직여요.

내 자랑하기가 좀 낯간지럽기는 하지만요… 사실은, 내도 남성미가 넘쳐요. 지금 이 나이에도 주먹을 불끈 쥐고 팔에 힘을 팍 주모요… 알통이 툭툭 불거져 나와요. 그러니까니, 버트란 이름이 내한테 잘 어울린다, 그 말씀입니다. 얼굴은 그 반에 반도 못 따라 가지만요.

나는 지금 미국 엘에이라 카는 도시, 코리아타운에 살고 있습니다. 한국 사람들과 더불어 살고 있지만, 미국 사람들을 만나야 되는 일도 있습니다.

아마도, 울 어머니가 나를 나으신 데가 콩밭이 아니었나 싶기도 하네요. 그래서 나는 '칠갑산' 노래를 들으모 나도 모르게 눈물부터 납니다. 왜 있잖아요,

"콩밭 매는 아낙네야, 베적삼이 흠뻑 젖는다." 하는….

그라니까네, 내가 태어난 바닥부터가 푸른 들판이었다

김영강

는 기지요. 아무런 공해가 없는 자연 그대로의 푸른 들판…!

이건 나중 얘기이지만 나를 '무공해 인간'이라고 이름 지어준 분이 계십니다. 내가 존경하는 장로님입니다. 무공해 인간! 그래서인지, 나는 한팽생을 초원을 누비며 살아왔습니다.

한국에서는 밭떼기 농사꾼, 미국 와서는 마당쇠 가드너로 자연을 즐기며 훨훨 날아 댕겼다 아입니까. 요새는 마, 느즈막에 팔자에 없는 골프를 배워 가꼬 또 풀밭에서 놀고 있네요.

그런데 울 아부지는 내가 태어날 때부터 없었습니다. 내가 세상에 나와 보니 벌써 안 계시데예. 죽었다 카데요.

그러니까니 나는 유복자라예. 한데 그만 울 엄마까지 내가 일곱 살 때 죽어뿌렀이니, 내 신세가 우찌 됐겠습니까?

다행히 엄마가 식모살이 하던 집에서 나를 거둬줘서 결혼할 때까지 그 집에서 살았지요. 머슴살이였으나 따뜻한 밥 맥이주고 입히주고 재워주며 잘해줬어요. 초등학교까지 학교도 보내 주고요. 지금 나이가 70이 넬 모렌데도 어릴 적 기억이 우찌 이리 생생한지 놀랠 지경이에요.

그 집은 동네에서 존경받는 이장님 댁이었어요. 이장님도 사모님도 나를 이뻐해 주고, 또 동네 어른들도 내 칭찬을 많이 해줬어요. 다들 참 좋은 사람들이었지요. 내가 부모 복은 없어도, 인복은 억수로 많았던 거 같습니다. 남이 보모 우라지게도 불행한 팔자라 하겠지만, 나는 그때 행복했어요.

돌을 씹어 묵어도 거뜬한 건강을 타고나, 기운도 무지쎄서 동네 궂은일은 내가 다 해치웠답니다. 또 성실하게 열심히 일하며 매사에 최선을 다하다 보니까, 남한테 도움도 되고 해, 내 자신도 뭔가 입이 째지게 좋아 싱글벙글 할 때가 많았거덩요.

그런 중에 아내를 만났습니다. 아내는 우리 두메산골에서 아이들을 가르친 초등학교 선생님이었어요. 나무꾼과 선녀… 그 기적이 내게 이라진 거라예. 더구나 딸을 얻었을 때는 그 행복이 절정에 달했다 아입니까. 그리고 딸 덕에 미국에까지 오게 된 겁니다.

늘 아내를 가슴에 품고 살았지만 요즘은 나이가 들어가는 탓인지 아내 생각이 더 절절합니다. 아내는 우찌 됐냐꼬요? 묻지 마이소. 벌써부터 눈물 날라 캅니다. 이따 천천히 얘기할게요.

이렇게 이산 저산 아리랑 고개는 다 잘 넘어왔는데, 이 나이에 그만 꼬부랑 고개에 딱 걸리고 말았습니다. 세상 편한 팔자가 된 요즘에 내가 여어—영— 쪽이 부글거려서 몬 살겠습니다. 꼴 뵈기 싫은 놈이 하나 생기서 골치가 아파요, 아파. 그레고리라는 놈 때문입니다. 내 사돈, 즉 내 딸의 시아부지라예. 물론 미국놈이지요. 내 이름의 원조인 버트 랑가스타 말고 내가 아는 배우가 딱 한 사람 더 있는데, 그 배우가 바로 그레고리 펙입니다. 근데 꼴 뵈기 싫은 놈이 왜 하필이면 내가 좋아는 미남 배우 이름을? 에이 기분 나빠! 그레고리 펙한테 미안하게 시리….

아… 미안합니다. 사돈한테 '놈' 자를 붙여서요. 그놈, 그 새끼라고 부르모 딱 좋컸구만… 이제부터는 그레고리라는 이름 넉 자만 사용하겠습니다. 젠장, 빌어먹을… 나는 무식해도 예의는 지킬 줄 안다꼬요.

근데 그가 어찌나 날 무시하는지 웃깁니다. 웃겨요. 말은 몬 알아들어도 그 표정에 다 써 있거덩요. 얼굴을 찡그리고 비웃는 것이 역력히 표가 나요. 똥이나 밟은 거맹키로 내만 보모 얼굴이 만발이나 일그러진다니까요.

촬리한테도 마찬가집니다. 촬리는 딸네가 키우는 강아지라예. 손자 녀석 둘이서 어찌나 좋아하는지, 진짜 가족이나 다름없는 개입니다. 그런데도 촬리가 옆에 얼쩡거리면 발로 툭툭 차면서 "고 어웨이. 고 어웨이." 하고 냅다 소릴 질러요. 절루 가라는 거지요.

그러니까 개도 그레고리를 좋아할 리가 있나요? 그를 보면 고개를 쓰윽— 돌리고 눈치를 보며 실실 피하지요. 하지만 내가 가모 꼬리를 흔들며 내 가슴팍까지 팔짝팔짝 띠이오르면서 좋아해요. 그러면 나는 촬리를 덥석 안아주지요. 한 번은 그레고리가 질색을 하더라꼬요. 균 묻는데요. 균, 균, 뱅균 말입니다.

그렇게 건강관리를 잘 하는데 지는 와 그리 비리비리합니까? 그레고리는 키만 훌쩍 컸지, 삐삐 말라 가꼬 내가 한 손가락으로 툭 건디리기만 해도 아마 픽 쓰러질 겁니다. 젠장, 상상만 해도 쏙이 씨언하네요. 밥도 아주 쬐끔밖에 안 먹어요. 우찌나 입이 짧은지, 하도 깨작깨작해싸서 남도 입맛 떨어지게 해요.

어떤 땐, 어디 아프지 않나 하는 생각도 들어요. 몸 건강이 안 좋으면 사는 게 힘들고, 만사가 구찮으니 정신건강도 자연히 나빠지지 않겠어요? 그러니까 사돈이라는 작자도 맘에 안 드는 거지요. 고아에, 초딩에, (초딩이라는 건 요새 배운 말입니다. 아— 들이 초딩, 중딩 고딩, 그라데요.) 평생을 노동이나 치고 살았으니 말입니다. 사람 무시하는 못돼먹은 있는 것들에게는, 나 같은 거 충분히 무시당할 대상이 되지요. 거기다 영어도 빵점이고요.

그레고리가 날 무시하는 첫째 이유는 내가 영어를 몬 하기 때문인 거 잘 압니다. 아예 앞에 대놓고 무시해요. 한 번은 그럽디다.

"미국 온 지가 10년이 넘었는데 너는 왜 그리 영어를 못 하냐? 유 언더스탠? 유 언더스탠?"하고 두번 세번 반복을 하면서 알아들었냐고 확인을 하는 거예요.

꼭 죄인 취조하듯이 눈 똑바로 뜨고 내 얼굴에 시선을 쏘지 않겠어요? 내 참 기가 맥히서… 친한 친구 사이에도 이런 말은 삼가야 예의 아닌가요? 사돈한테 이기 오데 할 말입니까? 내가 말을 좔좔 몬 해서 그렇지, 무슨 뜻인지 대충은 때리 잡거덩요.

그때는 아무 말도 몬 하고 어떨 결에 벙어리 모양 넘어 갔으나, 집에 와서 가마이 생각하니 부아가 치밀어 미치 겠더라꼬요. 한국말로라도 퍼부어 줬어야 하는 긴데 말 입니다. 지금에야 생각이 나네요.

'와? 내가 영어 몬 해서 니가 머어— 손해 본 거 있나? 내는 영어 몬 해도 하나토 불편한 거 없다이. 잘만 살고 있다꼬. 인심 좋고 물 좋은 한국 타운에 살고 있고, 또 길만 건너모 마켓이고, 식당이고, 안경점이고, 병원이고 간에 없는 기 없다꼬. 또 한국 사람들이 운영을 하니 영어 잘해도 영어 쓸 일도 없다 아이가. 그라고… 니하고 내하고 무신 할 말이 그리 있겄노? 내는 영어가 필요 없는 사

람이라꼬. 우리는 요오… 엘에를 뭐라 카는지 아나? 대한민국 서울시 나성구라 칸다.'

아 참, 자랑도 좀 해야 되겠지요?

'내는 말이다. 영어는 몬 해도 봉사는 마이 하고 산다. 차 없는 노인네들 내가 다 모시고 댕기면서 편리도 봐주고 그란다 아이가. 가마이 본께 니는 물도 한 잔 니 손으로 안 떠다 마시데… 마누라가 머어— 니 종인 줄 아나? 그라고 니, 내 골프 치는 거 알제? 내 골프 점수가 울맨지 아나? 니가 들으모 너무 놀랠 끼라 말 안 할란다.'

사실 골프 치는 거. 이제 막 시작해서 겨우 재미가 붙었지만 점수는 엉망입니다. 그러나 사람 무시하는 것들 앞에서는 뭐든지 잘하는 처억— 해야 해요. 노인네들 모시고 댕기는 것도 하나토 자랑 아입니다. 한 아파트에 살고, 시간도 있고 하니 마땅히 도와드려야지요. 하지만 그레고리 같은 인간 앞에서는 이런 말도 하며 한 번 뻐기 보는 거지요.

그러면 그는 아마도 '스피커 잉글시쉬 스피커 잉글리쉬.' 그럴 겁니다. 그라믄 내는요— 이리 말할 겁니다.

'니 지금 머라 켔노? 스피커 잉글리쉬? 스피커 잉글리쉬? 내 영어 몬 한다꼬 니 입으로 니가 말해노코 그기 무신 소리고? 금세 니가 한 말도 기억을 몬 하나? 니 치매 걸렀나?'

갱상도 악세트를 아주 강하게 넣어서 해대모 그가 놀래 자빠지겠지요? 아이구— 해대모 안 돼요 안 돼. 딸한테 영향을 끼치면 안 되니까요. 말은 쎄게 해도 표정은 부드러워야 합니다. 그리고 싸악 웃고요. 좋은 소린지 나쁜 소린지도 분간을 몬 할 정도로 마이마이 웃으감서 얘기해야 돼요. 딸이 들으모 안 되니까, 딸 없을 때, 딱 기회를 잡아서 그럴 낍니다.

내… 참… 도대체 이노무 영어가 뭐길래 내가 이리 사돈한테 창피를 당해야 하나요? 그렇지만 이기 다 내 탓인 거 압니다. 미국에 살라 카모 영어를 해야지요. 아암, 해야지요. 아무리 영어가 필요 없다꼬 자신을 위로해도 미국에 사는 이상, 쫠쫠 말은 몬 해도, 영어는 할 줄 알아야지요.

근데 그기 오데 맘대로 되나요? 내같이 무식한 놈은 두 번 죽어도 그기 안 돼요. 그래도 불편 없이 잘 살고 있으니 그냥 이대로 살랍니다. 행복은 지 맘에 있다 안 캅니까. 젠장… 주눅 들어봤자 내만 손해지요.

그라고 또… 내가 팽생을 노동 치고 살은 것도 은근히 무시하는 것 같아요. 노동은 신성한 직업 아입니까? 언젠가 목사님이 그런 말씀을 하셨습니다. 꼭 나한테 하는 말 같았어요. 감동을 받고 위로와 격려를 받아, 안 잊어 묵고 있지요.

'지식과 지혜는 다른 것이다. 학교를 못 다니고 가방끈이 짧다고 해서 삶의 지혜가 없는 것은 아니다. 중요한 것은 삶에 대한 긍정적인 자세이다.'

처음에는 금방 몬 알아들었는데, 나를 덱고 댕기면서 가드너 일을 가르쳐 주신 분이 자세하게 설명을 해주었어요. 그분은 교회 장로님으로 교인들로부터 존경을 받는 훌륭한 분입니다. 여러 가지로 내가 참 많이 배웠어요.

내가 늘 많이 배워서 고맙다고 그랬더니, 한 번은 그분 말씀이 나한테서도 배울 점이 있다꼬 그러잖겠어요? 깜짝 놀랬습니다. 부끄러바서 혼났어예.

그라고 내 보고 세상 때가 묻지 않은 무공해 인간이라 그랬습니다. 내가 놀래서, 팽생을 흙 파고 살았는데요? 그러니까 장로님 말씀이 그기 아이고 마음이 깨끗하다는 말이라고 했습니다. 그리고 내보고 참 순수하다 캅디다. 정직하고 성실하다면서 칭찬도 마이 해주었어요.

내가 태어난 곳도 푸른 들판이고, 농사꾼에다 가드너에다, 이기 다 풀과 나무들과 연관이 있으니 무공해 인간이라 캐도 별 무리는 없겠다 싶네요. 아이쿠, 미안합니다. 이런 거를 자화자찬이라 카나요?

그날은 하루 쟁일 기분이 좋아서 싱글벙글 했지요. 나

도 쓸모 있는 인간같이 느껴졌기 때문입니다.

  사위는 군인 장교입니다. 한국에 파견 나왔다가 피엑스에서 일하는 딸을 만나 홀딱 반한 거였어요. 사위는 한국에서 그리 오래 안 살았는데도 한국말을 곧잘 해요. 육군사관학교를 나온 다음에 그 우에 있는 대학원도 나왔답니다. 그러나 우리 딸은 대학을 못 갔어예. 빼가 뿌사지더라도 대학을 보낼라 캤는데, 딸이 안 갈라 캅디다. 고등학교 졸업하자마자 탁 취직을 해뿌렸다 아입니까. 인자는 지가 돈 벌어서 아부지 편케 해준다꼬요.

  결혼식은 한국에서 미팔군 외교구락부에서 올렸는데, 그때 사돈이 왔었어요. 사돈도 내처럼 부인이랑 사별을 했답디다. 근데, 이름 그대로 진짜 그레고리처럼 잘생겼었어요. 그때가 한 15년 전쯤이었어요. 그런데 사람이 그동안에 우찌 그리 변할 수 있습니까? 아주 폭삭 늙어뻐려 완전 딴 사람이 돼버렸지 뭡니까?

  내가 미국에 첨 왔을 때, 그레고리는 일본에서 살았어요. 거기서 유명한 회사 높은 사람이었다 카대요. 공부도 마이 해서 무신 박사라고 합디다. 아주 똑똑하고, 일을 잘해서 일본회사에서 뽑아간 거라네요. 그리고는 한 일년 전에 정년퇴직을 하고 미국 집으로 온 겁니다. 무신 복인지 둘째 마누라는 잘 만났습디다. 남편 옆에서 모든 시중을 다 들어 주더라꼬요. 물도 한 잔, 지 손으로 갖다 마시는 걸 못 봤다니까요.

안사돈은 일본 여자입니다. 일본에서 재혼을 했다는군요. 키가 자그마하고 얼굴이 동그랗고 하얀 게 한국 여자하고 똑같이 생겼습디다. 일본 여자들이 남편한테 그리 잘 한담서요?

그러니까, 아들이 결혼하고 나서, 곧 일본으로 가고 또 재혼도 하고 그랬네요. 뭐가 연때가 척척 잘 맞았네요. 이런 말 하모 사위한테는 미안하지만, 그래도 지가 좋아하는 여자, 아무런 부모 반대 없이 결혼에 꼴인했으니 잘된 거 아닌가요?

한국 사회 같으모 우리 딸, 상대방 부모한테 아마 디기 당했을 겁니다.

미국 온 다음에는 한국 테레비를 즐겨 보는데, 드라마 본께 자식 결혼 반대가 우찌나 판을 치는지 장난이 아입디다. 여기는 엘에이이지만 한국하고 똑 같아예. 딸이 디렉 티비라는 거를 넣어줬는데, 하루 스물네 시간 내내 방송을 해요. 그것도 체널이 무지 많아요.

하여튼 자식 결혼에 부모가 딱 붙어 가꼬 감나라 배나라 하면서 오망가지 간섭을 다 하데요. 자식이 좋아서 죽

김영강

고 몬 사는데, 부모가 와그리 반대를 해요? 아주 죽기살기로 반대를 합디다. 상대방을 불러 앉히 놓고 "야! 니까짓 게 감히 내 아들을 넘봐? 좋은 말, 할 때 내 아들한테서 떨어져!" 하고… 좋은 말은커녕, 목에 핏대를 세워감서 온갖 폭언을 퍼부으면서 그랍디다.

반대하는 조건은 말하나마나 뻔하지요. 누구는 머어— 그리 되고 싶어서 그리 됐겠어요? 더구나 요즘 주위를 둘러보니 외국 사람하고 결혼한다 카모 부모들이 거의 다들 반대하데예. 물론 사람 나름이겠지만요. 인종 차별은 한국 사람이 미국 사람보다 더 하는 거 같아요.

한 가지 기막힌 사실이 있습니다.

사위 여동생이 선교사인데, 아프리카로 파견 나갔다가 거기서 그만 원주민과 사랑에 빠졌던가 봐요, 그것도 아무것도 볼 거 없는 뱃사공하고요.

그 전직 뱃사공… 진짜진짜 쌔까맙디다. 미국에서 흔히 보는 흑인들과는 영— 다르더라꼬요. 마, 기분이 참말로 묘하데예… 그라니까 그 새까만 사람이 내하고 친척 아입니까? 가마이 보자, 우예 되노? 내 딸의 남편의 여동생의 남편… 그라모 촌수가 우째 되는기고? 아무튼 친척인기라요, 친척!

그란데 가마이 보니까, 이 아프리카 친척이 우리 사돈하고, 그라니까 자기 장인하고 말이 통하는 기라요. 발음은 엉터리 같아 뵈는데 둘이 떠들고 낄낄 웃고 그라는 기라요. 우와 미치겠는데! 나만 몬 하는 기라, 나만!

아, 망할 놈의 영어가 사람 죽이네!

사위 여동생은 대학까지 나왔다는데, 그 아프리카노는 별로 교육이 없다 카데예. 그래도 영어는 잘 통합디다.

가마이 있자, 그라모 이 집안이 우찌 되는 기지요? 아메리카 백인에, 코리아 한국인에, 제페니스 일본인에, 아프리카 흑인에… 이거 원! 인종 박물관이 돼 삐맀십니다. 그래요. 그거 참 잘된 기라예. 우리는 섞이야 됩니다. 인종이 골고루 잘 섞이야 종자도 우수해지고 차별도 없어지지 않겠습니까? 풀도 나무도 그렇더라구요. 생판 다른 기 우찌 합해져 가꼬, 예쁜 꽃도 피고 맛있는 과일도 열립디다.

인생도, 자연도 참 희한합니다. 그 멋지고 예쁜 하얀 여자가 우락부락하고 못생긴 쌔까만 남자와 결혼을 했으니 말입니다. 생긴 것도 쌩판 다르고 등등, 정말 안 맞을 것 같은데, 가족하고도 잘 어울리고 또 아들딸 낳고, 잘 살고 있으니, 인연은 인연인 기라예. 선교사와 뱃사공….

우찌 본께 내 경우랑 참 비슷합니다. 선생님과 농사꾼….

언젠가 한 번은 장로님한테 선생님 얘기를 했더니, 그게 바로 숭고한 사랑이라 그랬어요. 숭고하다는 어려운

김영강

말도 장로님으로부터 배웠답니다. 장로님은 그렇게 좋은 말씀을 많이 해주셔서 늘 내게 힘이 됐습니다.

사실은 처음에, 우리 사위… 딸보다 나이가 12년이나 위이라 좀 꺼려했어요. 그런데 딸이 좋다 카는데 우짭니까? '반대 반' 짜도 못 꺼내 보고 좋다좋다 캤어요. 이리 될라꼬 그랬는지 이상하게도 미국놈인 거는 별로 거부감이 안 듭디다. 근데 지금은 진짜로 좋습니다. 우리 사위 최고, 최곱니다.

그러니까니… 가마이 참으라꼬요. 아니지요. 당하고만 있으모 자꾸자꾸 더 무시해요. 한 번은 말할 겁니다. 싸아악― 웃으감서…, 때로는 할짝할짝 웃기도 하구요. 나는 다 참고 살아도 무시하는 거는 몬 참습니다. 내가 앞에서 못돼먹은, 있는 것들이라고 말했지만, 있다고 다 못돼먹은 건 절대 아닙니다. 못된 것들이나 못돼먹었지….

저―쪽 베블리 힐인가 뭔가 하는 동네는 진짜 있는 사람이 사는 데 아입니까. 집이 울매나 큰지 몰라요. 그런 집 주인들도 나한테 다 친절하고, 잘해줬어요. 절대로 무시 안 했어요.

목마르다고 사이다도 내다주고, 정원에 있는 오렌지며 레몬도 맘대로 따 가라고 그랬어요. 저 역시 최선 다해 열심히 일했고요. 잔디 깎고, 나무 다듬고 해서 정원 이

쁘게 가꿔놓으면 꼭 내가 무슨 예술작품이나 맹글어논 거 맹키로 기분이 억수로 좋더라꼬요. 일이 재미있기도 하고 사는 보람도 느꼈어요.

주인들 인심도 좋았어요. 월급 마이 줌서 팁도 듬뿍듬뿍 줬지요. 연말에는 꼭 금일봉을 챙겨주고요. 내가 영어를 몬 해도 우린 다 잘 통했어요.

영어가 필요한 곳이 딱 한군데 있긴 있어요. 공공기관입니다. 그러나 딸이 일일이 덱고 댕기며 척척 처리를 해줍니다. 내가 딸 하나는 기차게 잘 두었습니다. 그기 다 아내를 잘 만난 덕 아니겠어요? 딸이 지 엄마를 쏙 빼닮았어요.

내 아내는 정말로 천사였어요. 내가 서른 살이 다 돼 갈 즈음에 산골 초등학교에 여선생이 하나 왔습니다. 부산 여잔데 교육대학 나오고, 산골 구석에 발령을 받아 온 거였어요. 참 부지런하고 희생적인 여자였어요. 낮에는 학교에서 애들 가르치고, 저녁에는 동네 어른들한테 글을 가르쳤어요. 산수도 가르치고, 우리나라 역사도 가르치고요. 특별히 노래를 참 잘했어요. 동네 어른들께선 노래 배우는 거를 제일 좋아했습니다. 동요를 가르치면서 흔히 알려진 우리나라 가곡들도 가르쳤는데, 그녀가 풍금을 치며 노래를 부를 때는 진짜진짜 천사였습니다.

무슨 인연인지 그 여선생이 내가 사는 이장 집에서 묵고자고 했어요. 들판에서 홀로 피어 바람에 하늘거리는 하얀 코스모스 같은 여자였어요. 보호본능이 절로 우러나는 연약한 여자였지요.

그런데 하루는 새벽에 사모님이 나를 막 흔들어 깨우데요. 안절부절못하시고, 선생님이 열이 펄펄 끓으니 빨리 뱅원에 가야된다 카더라고요. 나는 선생님을 업고 죽기살기로 뛰었습니다. 울매나 땀을 흘리는지 내 등이 다 젖었어요. 내 땀, 선생님 땀이 범벅이 됐겠지요.

폐렴이래요. 폐렴! 약한 몸에 너무 무리한 탓이었어요. 다행히 사모님의 정성이 하늘에 닿았는지 쉽게 회복을 했어요. 그라고 선생님은 집에 안 가고 산골에서 오래 살았어요.

근데 그만 나무꾼이 선녀를 사모하게 되는 불상사가 발생했습니다. 이를 우짭니까? 말도 안 되는 말인 거 잘 압니다만 그기 어디 맘대로 되나요? 선생님도 그랬어요. 내가 곁에 있으니 많이 의지가 된다면서 참 든든하다꼬요. 선생님은 내가 보호를 해주어야지 혼자선 세상 살기 힘든 여자였어요.

말도 몬 하고 혼자서 울매나 끙끙 앓았는지 몰라요. 그런데 실로 상상도 못 한 기적이 일어났어요. 선생님도 나를 좋아하고, 동네 사람들도 다 도와주어서 우리는 결혼을 하게 됐습니다. 꿈인지 생신지 공중에 붕 떠서 날아다니는 기분이었지요.

선생님 집에서 울매나 반대할까 하고 걱정도 마이 했는데, 다 무사 통과됐으니 나는 행운아인 게 틀림없어요. 선생님은 숨겨진 딸이었습니다. 어느 부잣집 혼외자식으로 태어났는데 아부지라는 작자는 거들떠보지도 않았대네요. 어무이는 일찍 죽었데요. 그래도 아부지 쪽에서 공부는 시켜줬답디다. 거기서 끝이라예. 결혼 때도 꼬빼기도 안 비쳤어요. 나한테는 그기 도리어 유리한 조건으로 작용을 했지요.

이장님은 이 밭떼기한테 밭떼기도 떼어주시고, 집도 한 칸 마련해 주었어요. 내 집, 내 땅에서 나는 최고로 행복한 결혼생활을 시작했습니다. 아내는 애들 가르치고 야학도 계속했어요. 몸이 쇠약해 야학은 그만두었어야 했는데, 저녁에 야학 가는 재미로 산다는 그들을 마다할 수가 없었어요. 다들 "선생님! 선생님!" 하면서 그만두면 안 된다 안 된다 했거덩요.

그러다가 결국은 폐렴에 걸려 세상을 떴십니다. 딸 하나 낳아 노코 그만 가뿌렸어요. 나도 탁 따라 죽을라 카다가, 갓난쟁이 딸 때문에 죽을 수가 없었어요. 딸을 위해 더 이를 악물고 살았습니다.

동네 사람들이 한창 젊은 남자가 우찌 혼자 살 끼냐꼬, 딸을 위해서라도 새장가를 들어야 한다꼬 했지만 어림없는 소립니다. 재혼할 생각은 한 번도 안 해봤습니다. 선생님이 평생 내 맘속에 살아 있는데, 우짭니까.

내 딸은 사모님이 키워줬어요. 동네 아낙 젖동냥에서부터… 친손녀처럼 잘해줬어요. 이 은혜는 머리카락으로 신을 삼아도 다 못 갚습니다. 부모 없는 나도 거두어주시고 내 딸도 거두어 주시고요.

지금도 딸은 "할머니! 할머니!" 하면서 사모님을 무지 좋아해요. 두 부부가 여기 미국에 다녀가기도 했구요.

요즘은 그레고리를 통 볼 수가 없네요. 추수감사절 때도 아들네에 안 왔더라구요. 요시…!! 오기만 해봐라…! 하고 벼르고 있는데도 안 와요. 크리스마스 때는 오겠지요?

사실 딸은 이런 내 맘을 하나토 몰라요. 딸도 지 시아배가 아부지 무시하는 거 알긴 해요. 그러나 나는 아무시랑도 안타꼬, 아부지는 괜찮타꼬 시침을 뚝 떼고 말을 하지요. 내가 고생하며 지 하나 키운 거 알고, 어찌나 아부지한테 신경을 쓰는지, 나는 그게 걱정이랍니다. 그냥 나몰라라 하모 좋겠어요.

내가 미국에 온 것도 딸이 아부지는 지가 모시야 한다

꼬 어찌나 고집을 피우는지… 그래서 온 겁니다. 결혼 하자마자 초청을 하겠다는 거를, 그래도 몇 해는 끌었지요. 미국 와서, 바로 가드너일을 배우러 댕길 때도 딸이 울매나 반대를 했는지 모릅니다. 노동일은 인자 고만 하고 편히 살아야 한다꼬요. 60도 안 된 젊은 나이에 우찌 놉니까? 더구나 타고난 건강에 농사일로 빼가 굵어 힘이 넘치는데요?

그리고 내한테는 노동일이 천직인데 우짭니까?

나는 지금도 실컨 일 더 할 수 있어요. 여전히 건강은 만점입니다. 그런데 딸이 아부지 평생 노동치면서 고생했는데, 이제는 제발 일손 놓으라고 하도 성화를 해서 그 재밌는 가드너 생활을 청산했다 아입니까. 일 더 하모 몸이 다 망가진다꼬 말입니다.

역시 딸의 성화에 못 이겨 골프를 시작하게 됐는데, 이건 더 재미가 있네요. 땅 파는 일이 내게는 참 적성에 맞나봅니다. 농사꾼에 가드너에 골프에… 이기 다아— 땅 파는 일이잖아요? 거기다 초원을 누비니 장로님이 지어주신 무공해 인간하고도 어울리네요. 하. 하. 하. 하.

노인아파트에 살다 보니까 도움이 필요한 노인들이 참 많습디다. 여기저기서 나를 불러대서 아주 바빠요. 남 도와주는 것도 참 재밌고 신나는 일입니다. 그리 어려운 일

김영강

도 아닙니다. 짐을 들어다 주기도 하고, 서랍 삐그덕거려 안 닫치는 것도 고치주고, 저 우에 못 박아서 달력도 걸어주고요. 그중에서도 운전해 주는 일이 제일 많아요.

자꾸 내가 노인! 노인! 하는데 그러고 보니 내 나이도 노인 축에 끼이네요. 테레비 보니까 65세 이상을 노인이라 카데예. 한데 나는 내가 노인이라는 생각이 안 듭니다. 아직도 서른아홉? 하.하.하.하. 착각 속에 삽니다. 용서해 주이소!

우리 노인아파트는 미국 정부에서 보조해 주는 8층짜리 건물인데, 호텔처럼 번듯하고 좋습니다. 거의 다 한국 사람들이 살아, 한국 사람들 모임도 있고 운영위원회라는 것도 있어 참 편리합니다. 작년에는 내보고 회장하라 케서 절대 몬 한다 그랬지요. 뒤에서 도와주는 일은 울매든지 한다 그랬어요.

그레고리가 일본에서 돌아왔을 때, 초청을 해서 사돈 집에 한 번 가 봤어요. 세상에… 집이 우찌나 큰 지요… 내가 잔디 깎던 베블리 힐 집들 같았어요.

그 집은 내가 풀 깎던 집 맹키로 일주일에 한 번씩 정원사가 오는 기 아이라, 아예 정원사가 한 집에 살면서 집 관리를 해준답디다. 저거 할아부지 때부터 대대로 물려받은 집이라 카데요.

집은 그리 커서 뭐합니까? 나는 노인아파트 내 보금자

리가 훨씬 더 좋습니다.

지난 추수감사절에도 얼굴을 안 비친 그레고리가 크리스마스 때도 안 나타났어요. 내가 벼르고 있는 거를 아나? 하고 씩 웃음이 나오네요. 인자는 마음이 다 누그러졌습니다. 그래봤자 머합니까? 꼬부랑 영어가 내 입에 착 달라붙어 쎄가 맘대로 살살 잘 돌아가모 또 모릴까… 농담입니다. 농담. 하도 답답해서.

시간이 약입니다. 한참 눈에 안 보이니 웬일인가 하고 도리어 걱정이 돼요. 오데 아픈가 하고요.

그런데 어느 날, 딸한테서 전화가 왔어요. 나쁜 소식이었어요. 내 예감이 맞았어요.

그레고리가 병원에 입원하고 있다는 거였어요. 거기다 설상가상으로 부인까지 옆방에 입원을 했다지 뭡니까. 남편 간호에 무리를 해 지쳐 쓰러졌대네요.

더 놀라운 소식은 그레고리가 그간에 대장암을 앓고 있었다는 겁니다. 자식 걱정할까 봐, 비밀로 해 왔는데 병이 위중해져서 저절로 알게 됐대요. 마누라만 알고 그 시중을 다 들었다는군요.

고통이 디―기― 심했답니다.

어쩐지 오데 아픈 사람 같다― 했더니마는….

'사돈 미안합니다.'

마음이 급해졌어요. 빨리 병원에 가 봐야지 하고요.

딸이 거의 매일 병원에 출퇴근을 하는지라, 그다음 날로 바로 병원을 향했어요. 먼저, 꽃을 사러 꽃집에 갔어요. 그런데 가마이 생각해 보니 무신 꽃을 좋아하는지도 모리겠고… 도대체 내가 사돈에 대해서 아는 기 아무것도 없데예. 꽃도 우찌나 종류가 많은지 고르기가 힘들고, 병문안에 무신 꽃이 어울리는지도 모리겠고요.

딸한테 여차여차 묻고, 꽃집 주인이 추천해 주는 꽃을 둘러보고 있는데, 저쪽 구석에 태극기와 미국 국기가 커다란 통에 수두룩 꽂혀 있는 게 눈에 띄었어요. 두 나라 국기를 나란히 꽂아 놓은 꽃바구니도 있었고요. 꽃과 두 나라 국기가 참 잘 어울렸어요. 색깔도 딱 두 가지 배합으로 두 국기와 조화를 맞추고 있었어요.

언뜻, 내하고 그레고리 둘이서 얼싸안고 있는 것 같은 느낌이 들었어요.

'아따! 바로 저거다!' 싶었어요.

꽃바구니를 옆자리에 잘 모시고 병원으로 향하는데, 만감이 교차했습니다.

'사돈! 여러 가지로 다 고맙소! 그리고 참 미안했소이

다. 맘 단디이 묵고 꼭 이겨 내이소! 다 나으모, 내랑 쏘
주 한 잔 씨언하게 하입시다.' ✈

황혼에 핀 연분홍 꽃이파리

이 콩밭떼기 앞에 행복의 꽃밭이 펼쳐질 기미가 쬐금 보이고 있습니다. 연분홍 꽃이 필라꼬 싹이 움트는 기라요. 그 얘기는 천천히 하기로 하고요.

우선에 급한 건 우리 사돈 양반 그레고리의 건강입니다. 암이라캐서 걱정을 억수로 마이 했거덩요. 천만다행으로 우리 사돈 양반 수술은 잘 됐다카네요.

요 암이라카는 놈도 순한놈이 있고 못된놈이 있는데, 다행히 우리 사돈 꺼는 순한놈이라고 해요. 유식하게 말해서 불행 중 다행인기라. 못된놈은 장기 안으로 침투를 해서 사람을 직이지만, 순한놈은 장기 바깥으로 실실 돌아 댕기면서 여기저기 붙는다 캅니다. 뭐라 카더라? 그 암세포 이름이… 머더라? 뭐… 무커스라 카던가? 듣기는 들었는데 어려바서 가물가물합니다.

그래가꼬 마, 대장암 말기까지 갔다 카는데도 피똥도 안 누고, 배만 자꾸 아팠다 안 캅니까. 병원에서는 계속 장염이라꼬 항생제와 진통제만 줬다 카고요. 위장내시경을 몇 번이나 했는데도 아무시랑토 않아서 그랬다나요? 의사가 돼 가꼬 우찌 그리 모를 수가 있단 말입니까?

이기 오데 말이나 됩니까? 눈 뜬 장님도 아이고!

한 번은 우리 딸이 지 남편한테서 들었다 캄서 그러데요.

우리 사돈 양반 그레고리는 외아들로 태어나 홀로 외롭게 자라면서, 어릴 적부터 항상 최고가 돼야 한다는 강박관념에 눌려 산 거 같다꼬요. 그래서 아들한테도 똑같이 했지만 아들은 콧방구도 안 뀌었답니다. 아부지가 하버드 법대 가라꼬 밀어붙였지만, 판검사는 딱 질색이라, 단칼에 거절하고 육사를 지원했다지 뭡니까? 그 우에 대학원도 나왔는데, 학교에서 모두 지원을 해줘서, 아부지 신세는 일전 한 푼도 안 졌다 캅니다.

딸 또한 의사 되라꼬 무지무지 난리를 쳤는데도, 종교에 빠져 가꼬 선교사가 됐답니다. 밀어붙이고 야단친다꼬 자식이 오데 부모 맘대로 됩니까? 어림 반푼어치도 없는 일이라예. 자식 이기는 부모 없지요.

우쨌든 간에 지금 보이 사돈 양반이 참 불쌍해요. 마음이 영 짠— 합니다. 이노무 영어 때문에 미워한 기이 자꾸 맘에 걸리싸서 미안해 죽겠어요.

사돈 양반 퇴원하는 날, 딸을 따라 문병을 갔습니다. 세상에… 우찌 그리 마이 말랐는지, 고마 눈물이 날라캐서, 참느라고 눈을 한 번 찔끈 감고 천장을 쳐다봤어요. 불쌍해 죽겠는 기라예. 내가 대신 아파주든가, 내 건강을 절반 뚝 떼어주고 싶은 마음이 저절로 생기데예.

사돈 양반 그레고리가 나를 보고 씩 웃데예. 모기 소리로 뭐라 카는데, 영 알아들을 수가 있어야지요. 아버지 보니까 너무너무 반갑고 좋다는 말이라꼬 딸이 옆에서 통역해줬어요.

수술은 잘 되었고 곧 회복할 수 있다꼬 했지만 내 보기엔 영 아니라요. 그냥 저대로 슬슬 사그라져 먼지 맹키로 폭삭 까부라질 것 같아 계속 짠한 기라예.

아, 그렇다! 산삼 싱싱하고 좋은 놈 몇 뿌리만 잘 대리 묵으모 벌떡 일어날 거 같은 생각이 퍼뜩 들어서 딸한테 얘기를 했더니만, 그것도 의사랑 상의를 해야 하고, 지금은 아마도 산삼을 묵으모 안 될 끼라면서 그냥 시큰둥했어요.

"아이구 아부지, 그거 좋겠네요." 하고 펄쩍 띠며 좋아할 줄 알았더니 그기 아니었어요. 산삼의 효력을 모리는 기이지요.

집에 있으면서도 사돈은 아무런 불편 없이 잘 있다고

했어요. 일본인 부인이 곁에서 일일이 다 시중을 들고 있고, 병원에서 간호사가 하루에 한 번 집으로 와서 상태를 봐준다꼬 합디다. 또 함께 사는 관리인이 집 관리를 다 해주고, 그 부인이 요리사 이상으로 음식을 잘 해서 보양식을 챙기준다꼬 항께네 참 다행이기는 합니다.

근데 보양식을 아무리 해주모 뭐합니까? 묵지를 몬 한다는데… 그래도 안사돈이 즉시즉시 아주 맛있는 거를 따끈따끈하게 맹글어주모 쪼끔은 넘긴다고 해요.

수술을 할 수 있었고, 성공적으로 끝난 것만을 딸과 사위는 아주 큰 행운으로 여기는 거 같았어요. 그래서 산삼은 좀 회복이 된 다음에 시도해 보자꼬 딸한테도 애길 했어요. 내는 산삼을 직접 구해서 대리 묵는 거만 생각을 했는데, 알아보니까 먹기 좋게 맹글어노은 보약도 여러 가지가 있었어요.

그런데, 결과는 꽝이 돼뿌렸어예. 대장을 마이 짤라내서 안 된다꼬 의사가 '노오' 했대네요.

그것 참 이상하네요. 내는 그 반댑니다. 대장을 마이 짤라냈으니까 산삼이 더 필요할 것 같거덩요. 대장암을 장염이라꼬 오진하고, 계속 항생제만 처방해 준 의사들이 산삼의 효력을 우찌 알겠습니까?

근데, 이 와중에 사위가 독일로 발령이 났다지 멉니

김영강

까? 3년을 나가 살아야 한대요. 지 아부지가 저리 아푼데 우찌 외국에 나가 3년이나 떨어져 있을 수 있나요? 그 안에 무신 일이나 생기모 우짤낍니까? 내 말은 아부지랑 같이 있는 시간을 될 수 있는 대로 마이 가지야 한다… 머어… 그런 뜻입니다. 아들이 옆에 있으모 아무래도 든든하게 의지가 되지 않겠습니까? 하나밖에 없는 아들이니 말입니다.

더구나 딸은 아프리카 선교지로 온 가족이 떠나삐리서, 아부지 아푸다는 소식 듣고도 몬 오고, 또 수술할 때도 안 왔다 캅니다. 멀리서 기도만 죽어라고 했다데요. 근데, 아들까지 떠나야 하니….

사위가 꼭 가야 하는 자리라 안 가모 안 된다 캅디다. 사위는 군인 외교관인데 국가기밀을 다루는 일을 하고 있다네요. 내는 무식해서 나라 일은 모리지만… 나라 일보다는 부모 일이 더 먼첨 아인가요? 암으로 마이 아프다는데!

우쨌든 간에 딸은 지 시아배보다 내 걱정 때문에 더 야단인기라요.

"아부지, 내가 없어도 잘 챙겨 잡숫고 몸 잘 돌봐야 합니다. 아부지 아푸모 돌봐줄 사람이 아무도 없잖아요."

"내 걱정은 마라. 내는 건강에는 자신 있다. 세상에 내 같은 사람들만 있으모 의사들은 다 실업자 되고, 병원은 모두 진작에 문 닫았을끼다. 그라이 내 걱정은 말고, 드러누운 니 시아배 걱정이나 해라."

"아부지, 우리 시아부지는 옆에 릴리가 딱 붙어 있잖아예. 거기다가 톰이랑 데이지가 울매나 우리 시아부지를 위해 주는데요."

릴리는 딸 시어매 이름이고, 톰과 데이지는 관리인 부부 이름입니다.

미국 사람들은 참 이상합니다. 우리 사위도 지 새엄마한테 이름을 불러요. 맞대놓고 "릴리 릴리—" 하고요. 내 귀에는 너무나 버릇없어 보이고, 내가 안사돈 보기에 미안해서 어쩔 줄을 모르겠더라꼬요. 그런데도 본인들은 아주 자연스러운가 봅디다. 에이, 쌍것들도 아이고….

다행히 손주 녀석들은 "그랜 마. 그랜 마."라고 불러요. 물론 내한테는 한국말로 "하라버지, 하라버지." 하지요.

하루는 딸한테 "니는 니 시어머이한테 와 이름을 부르노?" 했더니 이름을 불러주는 기이 그만큼 친한 사이라는 뜻이라나요?

"그라모 다른 집 며느리도 시어머이 보고 이름 부리나?"

"아입니다. '맘'이라고 많이 부릅니다."

"그라모 니도 '맘'이라고 불러야 되는 거 아이가?"

그랬더니 딸이 "더 친해지면요…" 그라면서 우물쭈물 하더라꼬요. 그렇다면 '맘'이라고 부르는 기 '릴리'보다 는 더 친하다는 뜻 아닌가요? 서양이건 동양이건 진리는 마찬가지인 겁니다.

잠시 뒤에 딸이 아주 작은 소리로 말하데예. "내는… 어무이라고… 부르고 싶어예, 어무이라고…."

아, 그 말을 들으니 고마 가슴이 팍 미어지는기라! 울 매나 엄마가 그리웠시모… 자라면서 누구를 엄마라고 불 러본 일이 없으니… 이기 모두 내 탓이지요, 내 탓! 참말 로 미안하네요. 안사돈 보기도 더 죄송하고요.

생각해보모 내도 마찬가집니다, 이 나이까지 살면서 누구를 아부지라고 불러보지 몬했으니… 참말로 아부지 가 보고 싶네예. 딸은 지 어무이 보고 싶고, 내는 아부지 보고 싶고, 콩밭 매던 어무이도 그립고….

딸아이는 지 시어매한테 이름 부르는 맹키로 관리인 부부에게도 이름을 불러요. "톰, 데이지!" 하고요.

톰은 키도 크고 덩치도 좋아, 내처럼 힘께나 쓰게 생겼 어요. 정원일에서부터, 온갖 잡일까지도 척척 다아— 잘 한답디다. 더러는 사람을 따로 쓰기도 한대네요. 수영장 청소는 전문가가 온답니다. 집이 크니까 일도 많겠지요.

톰도 흑인인데 뱃사공 사위처럼 아주 새까맣지는 않아

요. 할아버지 때부터 대대로 사돈집에서 같이 사는 시종이라고 하니, 어찌 보면 내랑 똑같은 팔자이기도 해요. 나 역시 이장님께서 가족처럼 거두어주셨지만, 본래는 새끼 머슴 아입니까?

내가 유복자로 태어나는 바람에 울 아부지 본 적도 없지만, 지금 와서 가마이 생각해본게 울 아부지는 이장님 댁 상머슴이었을 거 같아예. 그랑께네 울 엄마는 부엌데기이고, 내는 밭떼기이지요.

물론, 함께 사는 세 사람이 사돈 양반한테 진심으로 잘해주는 거, 잘 알지요. 어쩌면 자식들보다도 더 잘해줄 겁니다. 하지만도 사돈한테는 아무래도 핏줄이 더 땅기지 않겠습니까? 피는 물보다 진하다 캤는데….

우리 노인아파트에서도 그랍니다. 가끔 자식이 와서 용돈이라도 주고 가모 그 가치가 몇 배가 된다꼬요. 백 불이 천 불만큼이나 커지는 거지요. 돈에 비교하자면 그렇다는 겁니다.

우리 딸도 용돈을 잘 줍니다. 지는 그 돈으로 주로 노인들한테 밥을 사지요. 딸도 그걸 알고, 가끔 이리 말합니다.

"아버지도 이제 노인이에요. 아직도 청년인 줄로 착각하고 너무 몸을 무리하지 마시고, 앞으로는 돈으로 하이소. 그것도 베푸는 거예요. 그 돈은 제가 다아— 대드릴 께예."

사돈 소식이 궁금할 때는 독일에 있는 딸한테 전화를 해서 묻곤 합니다. 사돈 양반이야 내 손 안 닿아도 모든 게 잘 돌아가 불편 없이 살고 있을 터인데도 와 그리 생각이 나는지 모리겠어요. 내 눈에는 병색 짙은 사돈 양반이 자꾸만 얼른거리는 겁니다. 예전에 내가 잠시나마 미워한 기이, 미안하고, 죄스럽게 느껴지기도 하고요.

암 수술 한 담에는 키모라는 거를 정기적으로 일고여 덟 번은 받아야 되는데, 사돈은 딱 한 번 받고는 죽어도 안 받는다 캐서 중지했다 카네예. 죽어도 좋다 캤대요. 치료 안 받고 품위 있게 살다가 죽고 싶다고 했대네요.

뭐? 품위? 품위가 뭐 얼어죽을 품웁니까? 우선은 살고 봐야 되잖습니까? 치료를 거부하다니, 그게 오데 말이나 됩니까, 어찌나 열불이 나는지 내가 고마 띠이가서 사돈 한테 한바탕 해주고 싶었어요.

'보소, 사돈 양반! 치료를 거부하다니 도대체 그기 무 슨 소리요? 우선은 사람이 살고 봐야지, 안 그렇소? 당장에 병원 갑시다! 아, 요새는 백세 시대라 카는데, 와 병을 안 고치겠다는 거요, 엉? 뭐 죽어도 좋다꼬요. 사돈 양반은 개똥밭에 굴러도 저승보다는 이승이 좋다는 말도

모르요?'

그러나 이노무 영어가 안 되니 우짜겠습니까. 딸이 있으므 덱고 가서 통역하라꼬 할 낀데 그것도 불가능하고요. 정말이지, 너무 열불 나서 통역사 하나 덱고 갈까 하는 생각까지 들더라꼬요. 사람 목심이 걸린 일 아입니까?

한때는 사돈 양반 그레고리가 미워서… '내는 영어 몬해도 잘만 산다. 내는 영어 필요 없다꼬. 그라고, 니하고 내하고 무신 할 말이 그리 있겠노?' 하고 큰소리로 한바탕 해주리라 생각까지 한 적이 있었는데, 그기 아니네요.

제기랄… 이노무 영어! 영어! 물론 치료를 받으라꼬 권유할 정도까지는 꿈도 못 꾸지요. 그러나 가끔 전화를 해서 안부를 묻고, 힘내라는 말이라도 해주고 싶은 기라요. 도움이 되고 싶어서요 도움이! 자주자주 찾아가고도 싶구요. 아푸모 외롭고 사람이 그립지 않겠어요? 더구나 피붙이는 다 멀리 있잖습니까?

젠장, 빌어먹을…, 내가 미국 사돈 양반한테 하고 싶은 말이 생길 줄을 그 누가 알았겠습니까? 꿈에도 상상 몬한 일입니다. 사돈 양반 생각해서라도 영어를 좀 배워야 할 낀데, 그기 오데 마음대로 됩니까? 그래도 한 번 해볼랍니다. 영어도 사람 하는 일인데 내라고 못 할 꺼 없지

김영강

요. 안 그렇습니까?

　요새는 카톡이라는 게 있어 가꼬 참 세상이 편하게 돌아가데예. 우리 딸도 수시로 전화를 합니다. 뭐 화상통화라 카던가? 와 그… 얼굴 보고 전화하는 거 있잖습니까?
　"아부지 어디 안 아푸지예. 매사에 너무 무리하시지 말고 아부지 몸부터 챙기이소."
　그러면 나는 또 사돈 안부를 묻지요.
　"아부지, 우리 시아부지는 많이 좋아졌어예. 이제는 먹는 것도 정상이 되고 릴리랑 같이 산책도 하고 그래요. 체중도 좀 불었다고 해요."
　또 릴리야? 내 귀에는 거슬리지만, 우쩝니까? 내 귀가 맞차야지요.
　"데이지가 그라는데, 릴리가 울매나 잘하는지 놀랄 지경이랍니다. 엊그제 화상통화했는데, 얼굴도 아주 좋아 보였어요. 목소리에 활기도 있구요. 데이지 말이 릴리 정성이 하늘에 닿았대요."
　그것 참 신기하지요? 키모를 안 받는데도 별 탈 없이 회복을 하고 있어 병원 의사들도 깜짝 놀라서 연구 대상이라 캤다네요. 진짜 그렇습니다. 내 생각에도 안사돈의 정성이 하늘에 닿아 기적이 일어나고 있는 것 같아요.
　식물은 농부 발자국 소리 듣고 자란다 카지요! 참말로

그래요. 정성만 있으모 비실비실 죽어가는 나무도 살릴수 있지요. 내는 무식해서 잘 모르기는 해도, 사람도 마찬가지 아닐까 싶네요. 지성이면 감천이지요, 지성이면 감천!

의사들 말입니다. 사돈을 대장암 말기까지 가게 맹근 것도 그 사람들 아입니까? 만일, 의사 시키는 대로 키모라는 걸 계속 받았시모 또 무신 안 좋은 일이 생겼을지 누가 압니까?

아이고, 세상에! 갑자기 돌발사고가 생겼습니다. 사돈한테가 아이라 관리인한테요. 높은 사다리에 올라가 나무를 짜르다가 고마 땅바닥에 떨어졌다지 멉니까? 허리를 크게 다쳤고, 그 외에도 타박상을 억수로 마이 입었다고 해요. 몇 번 만났을 뿐이지만 그때마다 하얀 이를 다드러내고 활짝 웃으면서 내게 친절하게 대해줬어요. 말은 안 통해도 마음은 통했어요. 그 부인 데이지도 그렇고, 참 좋은 사람들입니다.

생각에 생각을 거듭하다가, 하루는 사돈댁을 찾아가기로 맘을 묵었습니다. 예쁜 과일바구니를 사들고 집 앞에 다다르니 휠체어를 탄 톰이 마침 앞뜰에 나와 있었어요. 나를 보고 아주 반가워했어요.

사돈 양반 그레고리는 부인이랑 같이 병원에 갔다 카

데요. 안사돈이 운전 몬 하는 거를 아는데, 누가 모시고 갔는지 궁금했어요.

그래서 두 팔로 운전하는 시늉을 하면서 "후 드라이브?"하고 물었지요. 톰이 얼른 알아듣고 "택시, 택시." 하더라고요. 택시? 택시라꼬?

주인도 아푸고, 관리인도 아푸고… 집도 마이마이 아파서 기가 팍 죽어 보이데요. 정원 꼴이 엉망인 기라요. 내가 그냥 샤악— 잔디도 깎아주고 나무들도 다듬어주고 싶은 마음이 꿀떡 같아 고마 말이 티이나오고 말았습니다.

말만 가지고 안 되니 손짓발짓 몸짓까지 동원했지요. 먼저 오른손으로 가슴팍을 팍팍 치고, 풀 깎는 시늉을 하면서 이렇게 말했지요.

"아이 엠 까드나. 아이 엠 까드나, 유노!"하고요. 그라고 "텐 이얼스. 텐. 텐."이라고 덧붙이며 열 손가락을 다 쫙 피고 10년이나 풀을 깎은 경험이 있다는 걸 강조했지요. 참 희한하게도 금세 알아듣습디다.

이렇게 시작이 돼서 그날, 내가 사돈집 잔디도 깎고, 나무도 다 손질을 했어요. 부숭숭한 잔디며 들쑥날쑥, 삐쭉삐쭉한 나무들이 새 단장을 하고 보니 내가 봐도 아주 깔끔했어요. 무엇보다도 모퉁이에 우거져 있는 잡초들을 다 없애뿌리고 나니, 들어올 때와는 달리 여엉— 딴 집 같았어요. 톰과 데이지는 원더풀, 비우티풀을 연발했구요. 정원 다듬어 놓은 기이 그들 맘에 쏙 들어나 봅디다.

실은, 내가 잔디 깎으로 댕길 때, 손님 중의 한 분이 미용실을 경영하셨는데, 그분이 그랬습니다. 미용사가 되었더라면 아주 일류가 됐을 거라구요. 남자가요? 그랬더니 요즘은 남자들이 훨씬 더 미용 기술이 좋다고 해서 웃고 넘긴 적이 있습니다.

정말 저는 정원일을 즐깁니다. 일손 놓은 다음에도 딸네 집 갈 때마다 정원 손질해 주면서 일을 즐겼는데, 딸이 외국으로 떠나고 나니 정말로 손이 근질근질해 죽겠네요.

일이 재미있다 보니 시간 가는 줄도 몰랐어요. 기계도 예전 내 꺼보다는 최신식인지 힘 안 들여도 지 혼자서 방향까지 잡아가며 잘도 나가데예.

정원 손질 끝내고 야외 식탁에 앉아 햄버거까지 아주 잘 얻어먹었지요. 어쨌든 앞뒷말 다 잘라 먹고 "굿, 굿, 베리 굿… 델리셔스." 하고 엄지를 치켜세우고 하는 내 말을 그들은 다 알아 들었어요. 하얀 이를 드러내며 아주 기분 좋게 웃기도 하고, 부부끼리 큰 소리로 애길 나누며 즐거워했어요.

그 사람들 말이 정원사가 일이 생겨 몇 주째 못 오고 있는데 이제 곧 온다 캄서, 오늘 일 너무 마이해서 미안하다꼬, 담엔 그냥 놀러 오라고 그랬어요.

하지만 일을 해서 내는 더 좋았는걸요.

그들도 내 영어 몬 하는 거 알고, 아주 천천히 손짓발짓 해감서 행동으로 말을 했습니다. 근데 이노무 영어가 말하는 거보다는 듣는 기이 쫌 나아요. 일단, 뭣에 대해 말하는 거만 감이 잡히면, 그 다음은 적당히 때리잡으모 노 프라블럼인 기라요. 하.하.하.하.

막 가려고 일어서는데 우리 사돈 양반 그레고리가 탄 택시가 집 안으로 들어왔어요. 깜짝 놀랐습니다. 딸 말이 그간에 많이 회복을 해서 산책도 하고 체중도 좀 불었다 카더마는, 그기 아인기라요.

운전사가 트렁크에서 휠체어를 꺼냈어요. 얼른 내가 사돈 양반 그레고리를 부축했어요. 노인 아파트에서도 휠체어 타는 분들을 모시고 병원에 댕기 봐서 내게는 아주 익숙한 일입니다.

그레고리가 씩 웃으며 온몸을 내게 맽기데예. 휠체어에 앉으면서 "땡큐!" 하고 나를 쳐다보는 얼굴에 어찌나 병색이 짙은지 가슴이 찡했어요. 안사돈도 많이 말라서 그 동글동글하고 오동통한 얼굴이 길쭉해졌더라꼬요. 그리고 기가 다 빠져나간 사람 맹기로, 살짝 건디리기만 해도 땅바닥에 주저앉을 것만 같았어요. 수술하기 전에도,

남편 시중드느라 무리를 해서, 옆방에 입원까지 했던 거, 기억이 납니다.

온 집안 식구들이 저리 비리비리한데, 자식 둘은 먼 타국에 나가 나 몰라라 하고 있으니 사돈이 참 안 돼 보였어요. 저거들은 자주 화상통화 하고 '사랑한다.' 그러면서 안부 주고받고 있겠지마는 말로만 사랑하는 거, 아무 짝에도 소용없다 아입니까? 사랑은 말이 아니라, 행동으로 해야 하는 기라요, 행동으로! 옆에서 도움이 돼야지요. 도움이! 자식들! 손주들이 자주 들랑날랑해서 얼굴이라도 보여주모, 그것도 사돈한테는 기쁨이지 않겠어요?

멀리서 죽어라꼬 기도만 해봤자 그기 소용이 있겠습니까? 하나님, 미안합니다.

관리인 부인 데이지가 휠체어를 밀고 집 안으로 들어가는 거를 지켜보고 있으려니, 와 그리 내가 슬픈지, 그냥 답답했습니다. 밖으로 나와 차를 타려고 하는데, 그녀가 막 쫓아 왔어요.

"댕큐, 댕큐." 하고 두 손을 앞으로 모으고 연신 고개를 주억거렸어요. 그라고 그레고리, 릴리, 어쩌구저쩌구 하면서 '댕큐'라는 말을 반복하는 것을 보니 사돈이 나한테 고맙다는 말을 전하라고 한 것 같았어요. 나는 "잇즈 오케이, 잇즈 오케이. 노 프라블럼, 노 프라블럼,"이라고 반복을 했지요. 사실, 지는요… '노 프라블럼'이라는 말을 마이 써 묵십니다. 오데다 갖다 붙이도 적당히 잘 통하더라꼬요.

데이지가 다시금 "댕큐"라고 하는데, 다음에는 내가 운전을 해주자 하는 생각이 퍼뜩 들었어요. 그리고 김 장로님이 하신 말씀이 떠올랐어예.

앞서도 말했지만 나를 무공해인간이라고 하신 분 말입니다. 지를 좋은 사람 맹글어주시고, 또 자신감을 심어주신 분이 바로 그분입니다.

그분께서 언젠가 제게 그러셨어예. 하고 싶은 말이 있으모 속에다 담아두지 말고 밖으로 표현을 하라꼬요. 그래서, 장로님 말씀에 힘입어 운전이 필요할 때는 나를 불러달라는 말을 했어요.

"넥스트 타임. 아이 드라이브. 노오 택시. 노 택시." 하구요. 오른손으로 가슴팍을 팍팍 치고, 운전하는 시늉을 하고, '노 택시' 할 때는 손을 내저어가면서요.

그리고 "유 허즈반드 투. 아이 드라이브. 아이 드라이브." 하고 톰이 병원 갈 때도 내가 운전해 주겠다고 했습니다.

물론 우린 금세 다 통했지요. 그녀는 "오케이, 오케이." 하고 손뼉을 치면서 좋아했습니다. 아직도 손짓발짓 몸짓까지 동원해야 하는 내가 참 한심합니다. 사돈이 "너는 미국 온 지 10년이나 됐는데, 어째 영어를 그리도 못 하냐?" 하던 말이 딱 맞는 말입니다.

김 장로님을 떠올리고 보니 갑자기 그분이 왈칵 그리워집니다. 몸이 안 좋아져서 얼마 전에 아들이 와서 뉴욕으로 모시고 갔거덩요.

아들네에서 같이 살다가 지금은 두 분 다 양로원에 계시다네요. 사모님도 마이 편찮으시다꼬 해요. 늙으모 몸이 성해야지… 결국은 양로원 신세를 지는 분이 많아요. 우리 노인 아파트에서도 편찮으신 분들이 안 보이면 다들 양로원으로 갔다 캅니다.

집에 오자마자 바로 딸한테 전화를 걸었어요. 말인즉, 사돈 양반이 그간에 많이 회복이 돼서 잘 걸어댕기고 했는데, 얼마 전에 산책을 하다가 고마 땅바닥에 주저앉는 바람에 엉덩이뼈가 뿌라져서 또 수술을 했다지 멉니까? 오른편 엉덩이 큰 뼈랑 주위의 작은 뼈도 몇 개 뿌라아졌답니다.

우째 이런 일이… 관리인도 그렇고요. 엎친 데 덮친 격입니다.

쇠를 잘 박고해서 수술은 잘 되었으니, 회복만 되면 거뜬히 걸을 수가 있답니다. 딸한테는 내가 잔디 깎은 얘기는 안 했습니다. 그냥 병 문안차 갔다 카이 딸도 좋아했어요.

요새는 골프를 자주 치고 있는데, 가끔 가다가 허무한 생각이 듭니다. 사람 사는 기, 이기 아인데 하고요. 재미가 있어서 골프에 빠져드는 거는 사실입니다. 하지만, 다른 사람들 맹키로 골프에 미치모 안 되는 기라꼬, 내는 그리 알고 있어요. 사돈 양반 생각을 해서도 내가 풀밭에서 공이나 때리며 노니작거리고 있을 수야 없지요.

밤에 잠이 쉽게 안 와서, 가마이 누어 이런저런 생각을 한참 했습니다. 내가 일주일에 딱 한 번씩이라도 사돈집 정원일 봐주고, 병원 운전도 해주모 울매나 좋을꼬 하고요. 남 도와주는 것 맹키로 기분 좋은 일도 없지요. 아, 사돈은 남이 아니지, 친척이지, 가까운 친척!

그라고 퍼뜩, 수영장 청소는 남바왕을 소개하면 어떨꼬 하는 생각도 떠올랐습니다. 남바왕은 내가 잔디 깎으로 댕길 때 같은 집 풀 청소를 해서 알게 된 친군데, 사람이 정말로 구수합니다.

고향이 이북인데, 영어도 이북 억양을 넣어 웃기게 씨부렁거려서 배꼽을 잡게 하는 아주 재미나는 사람이라요. 영어 몬 하는 거를 모면할라꼬, 끄뜩하면 엄지를 척 치켜들고 "남바왕! 남바왕!"이라고 외치는 바람에 별명이 남바왕이 됐어요. 상대방 얼굴을 보고 대충 이때다 싶을 때, 탁 감을 잡아서 커다란 몸짓까지 하며 "남바왕"이라고 외치면 다 통하고, 상대방도 활짝 웃으며 좋아하더라나요? 성실해서 믿고 일을 맽낄 만한 사람입니다. 나중에 기회가 되모 얘기해 볼랍니다.

지금은 잔디 깎는 사람도 오고 풀 청소하는 사람도 오고 있으니, 물론 말을 말아야지요. 그 사람들 밥줄이 더 중하니까요.

한참 손 놓았다가 아까 낮에 잔디를 깎는데, 물 만난 물개 맹키로 어찌나 신이 나는지 풀밭을 훨훨 날아댕깄다니까요. 이런 맘도 모리고 딸은 아부지 무릎 망가진다고 못 하게 할 게 뻔합니다.

딸네 정원 손질해 줄 때도 잔디는 절대로 못 깎게 했습니다. 정원사가 정기적으로 왔고, 내는 그냥 나무들 다듬어서 더 보기 좋게 맹글어준 기라요. 옆집에서 보고 낼로 소개해 달라고까지 했는데 딸이 절대로 몬 하게 했어요.

병색 짙은 사돈 얼굴이 왔다 갔다 하면서 계속 맘이 답답합니다. 답답한 기 더 답답한 거는 영어를 몬 해서 더 그런기라요. 톰하고는 뭐가 통하는 것 같고 맘도 편하고 하니, 이런 내 맘을 그한테라도 다아— 표현을 할 수 있으모 울매나 좋겠습니까? 내… 참…, 내가 이런 상황에 부닥칠 줄 누가 알았겠습니까! 영어 몬 하는 기이…

김영강

뭐… 천추의 한… 그 정도는 아이라도… 그 비슷한 그런 기분입니다.

그런데 말입니다. 너무나 신기한 일이 벌어졌습니다. 내가 영어에 통탈을 한 기라요. 물론 현실에서였지요. 꿈도 현실 아입니까!

꿈! 꿈! 꿈이었지만 우찌 그리 통쾌하고 기분이 좋은지 말로는 이루 다 표현할 수가 없습니다. 내가 우리 사돈 그레고리한테 영어로 좔좔좔 말을 하는데, 꿈속에서도 내가 놀래서 뒤로 나자빠질 뻔했지 멉니까? 무슨 말을 했는지 기억은 안 납니다만 유창한 영어로 씨부렁거렸다니까요. 그리고 또 관리인 톰한테도 머라꼬 한참 얘길 하고요.

평소에 생각하던 거를 꿈에서 실천을 한 깁니다. 한데 그 꿈이 고만 금세 깨버렸십니다. 꿈에서는 그리 통쾌하고 행복하더니 깨고 보니 무척이나 허전하데예.

사돈 관계만 탁 빼삐리모 내가 영어를 해야 할 필요는 진짜 없습니다. 마켓에 가도 한국말, 쇼핑센터 가도, 병원 가도… 다 한국말이 통하니까요.

하루는 한국마켓에 갔는데, 이층 분수 앞에서 장애우 모금행사가 열리고 있었어요. 보니까 청중들이 외국 사람도 꽤 있어요. 그리고 사회 보는 사람은 한국말을 주로

하면서 영어도 섞었는데 미국 사람 맹키로 유창하게 자
알― 했어요. 그러다가는 또 멕시코 말도 하는 거야요.
진짜 신기하데예.

저 사람은 머리 구조가 우찌 생겼을까 하고, 존경이 갑
디다. 한데, 여자 둘이서 노래를 부르는 순서에서 굉장히
감명을 받았어요. 1절은 영어로 부르고 2절은 한국말로
불렀는데, 귀에 익은 곡이었어요. 제목이 뭐더라? 내가
학교는 마이 못 댕깄지마는 노래에는 좀 소질이 있고, 무
슨 곡을 들으모 그 곡이 금세 귀에 들어와요. 아! '유 레
이즈 미 업' 바로 그 노래였어요. 곡도 감동적이나 가사
역시 감동적이었어요. 찰말로 참말로 감동을 받았습니
다.

내 귀에는 천사의 노래처럼 들렸어요. 둘다 나이가 한
50은 돼 보이는 중년 여자였는데 날개만 달면 영락없는
천사였어요. 장애우들에게 사랑을 전하려는 마음이 진하
게 느껴져 돕고 싶다는 마음이 절로 샘솟았어요.

저 여자들에게 혹시 장애 자식이 있나 하는 생각이 퍼
뜩 들기도 했지요. 살펴보니, 어쩌다 잔돈을 모금함에 넣
고 가는 사람도 있지만, 대부분의 사람들은 무관심하게
지나쳤어요.

나는 커피가게로 달려가 커피를 사다가, 노래를 마친
두 여자에게 건네주고, 주머니를 뒤져 나오는 돈을 모두

모금함에 넣었습니다.

그런데 그만, 장보는 걸 깜빡했지 멉니까? 노래 듣는데 정신이 팔려 장보는 걸 잊고 그냥 왔네요!

'어쨌든 다 좋다, 나는 오늘 천사를 만났으니까!'

딸 얘기를 들으니, 병원에서 간호사가 정기적으로 집으로 온다네요. 톰한테도 물리치료사가 집으로 와서 운동을 시켜준다고 했어요.

딸한테서 안부를 듣고는 있지마는, 사돈 얼굴에서 병색이 좀 가셨는지, 또 관리인이랑 안사돈 상태는 우떤지가 참 궁금했어요. 내 눈에는 안사돈도 환자로 보였거덩요.

지난 번 갔을 때 관리인 부부가 담에 또 놀러오라는 얘기도 했고, 또 모든 일이 자연스럽게 잘 돌아가, 에라 모르겠다, 그냥 또 가보자. 궁금해서 죽겠는데 못 갈 거는 없다 아이가. 하고 갔습니다. 집도 그리 안 멀어예. 행콕 팍이라고, 우리 아파트에서 15분 남짓밖에 안 걸립니다.

관리인도 우리 미국 사돈 양반 그레고리도 굉장히 반가워했어요. 아직도 둘 다 휠체어 신세를 지고 있었지만 지난번보다는 혈색이 좀 나아 보였습니다. 회색빛이던 사돈 얼굴 색깔이 마이 하얘지고요. 그런데 안사돈은 더 초췌해 보였어요. 어쩐지 걱정스럽데예. 왠지 모르게 그런 생각이 드는 기 쫌 이상했어요.

정원사가 온다꼬 하는데 집 꼴이 별롭디다. 다들 몸들이 그러니 집을 예쁘게 가꾸고 어쩌고 하는 그런 맘이 시들하겠지요. 자식들도 좀 왔다갔다하고 손주들도 띠이댕기고 해야 집이 활기를 띨 터인데, 그 분위기가 완전 바람 빠진 풍선 같았어요.

내가 영어를 잘해, 재미나는 얘기도 해서 기쁨조 노릇을 하면 울매나 좋겠습니까? 내가 잘하는 거라고는 정원 손질하는 거밖에 뭐가 더 있겠습니까? 그런 나를 그들도 좋아했습니다.

그렇게 길을 터서 병문안도 할 겸 가끔 가서 정원 손질을 깔끔하게 해주었지요. 더러는 김밥도 사 가꼬 가고요. 한 번은 삼계탕과 갈비탕을 사 가꼬 갔어요. 사람이 넷이니 누가 묵어도 묵겠지 하고요. 설마 버리기야 하겠습니까. 근데 효과 백프로였어요. 안사돈이 삼계탕을 그리 좋아했대요. 그래서 그 다음부터는 삼계탕을 꼭꼭 사들고 갔지요. 산삼 생각을 또 했어요. 사돈에게 안 맞으면 안사돈한테라도 해줘야지 하구요. 일본 사람이니 산삼의 효력을 알지 않겠어요?

그러던 어느 날, 간호사가 왔어요. 뜻밖에 한국 여자였어요. 참 반가웠습니다. 가늘가늘한 몸매에 아주 곱게 생겼더라꼬요. 어디서 본 듯한 그런 느낌을 받았어요. 어디서 봤더라?

그날도 정원 일을 좀 봐주고, 관리인 부인이 차려 놓은 햄버거를 맛나게 잘 먹고 막 일어서는데 간호사가 일을 끝내고 집 안에서 나왔어요. 안사돈이 따라 나오며 '미스 명'이라고 소개를 해주었어요.

'미스 명? 아주 희귀한 성을 가졌군. 근데 쉰은 족히 넘어 보이구먼, 곱게 생긴 여자가 와 시집을 못 갔을꼬?'

아! 그때서야 생각이 났습니다. 언젠가 한국 마켓 갔을 때, 이층 분수 앞에서 있었던 장애우들 모금행사에서 노래를 부른 바로 그 여자였어요. 천사! 천사! 바로 그 여자였어요. 두 여자가 이중창을 불렀는데, 참 감동을 받았었지요. 그날 내가 주머니를 탈탈 털어 있는 돈을 몽땅 장애우 모금함에 넣은 기억이 납니다.

보아하니, 안사돈과는 아주 친한 사이 같았어요. 딱 찝어 뭐라고 말해야 할지 모르겠는데, 둘 사이의 분위기에 은은한 사랑과 믿음이 흐르고 있다고 할까요?

어쩌다 보니 간호사랑 같이 길거리까지 나와서 간단히 인사를 하고 각자 차를 탔지요. 뭐가 그리 바쁜지 그녀는 부리나케 떠나데요. 한국 사람이라 내는 디기 반가웠는데 그녀는 그런 기색이 통 없어 보였습니다.

쌀쌀맞아 보여 말을 붙일 엄두도 안 나, 얼마 전에 노래 부르는 거, 봤다는 얘기는 꺼내지도 못했습니다. 그날 노래를 한참 동안 들었지마는 물론 간호사는 나를 기억할 리가 없지요. 글쎄요. 커피를 건네주기도 했지마는.

아파트 앞에 막 당도했는데, 어? 내 앞에 주차를 하고 내리는 사람이 바로 명 간호사였어요. 얼떨결에 나도 차를 세우고 내렸지요.

근데 그 간호사 첫마디가… 나 참! 기가 맥혀서…"왜 날 따라오세요?" 글쎄, 그러잖겠어요? 말투가 우찌나 쌀쌀맞은지 찬물을 뒤집어쓴 거 맹키로 전신이 오싹했어요. 상을 약간 찌푸리고 나를 째려보는 얼굴이 성질깨나 있게 생겼더라꼬요. 이런 여자, '아이고 무서바라.' 하고 남자들이 도망가기 딱 좋지요. 이런 걸 올드미스 히스테리라 카나요?

세상에… 분수 앞에서 노래 부를 땐 완전 천사였던 여자가 이리도 돌변할 수가 있나요? 악마 정도는 아니었으나 마, 그 사촌쯤은 될 것 같았습니다.

낼로 우찌 보고? 이거 원! 70고개를 바라보는 내가 여자 꽁무니를? 내는 젊디젊을 적에도, 아니 일평생을 통틀어서도 그런 적은 한 번도 없는 남자라요.

어이가 없어 말이 안 나오데요. 그러더니 금세 바로 말을 이었어요.

"저한테 혹시 하실 말씀이라도 있나요?"

김영강

얼굴은 좀 펴졌으나, 이번에 완전 석고상이라요. 세상에… 기가 맥혀도 유분수지… 내기 첨 보는 여자한테 무신 할 말이 있겠습니까?

"아닌데요. 내는 간호사님 따라 온 것도 아이고. 할 말도 없는데요? 요오-가 내가 사는 뎁니다."

하도 기가 차서 아파트 건물을 가리키면서 말을 했지요. 물론 상대방 말투에 버금갈 만치 아주 퉁명스럽게요.

나는 이 여자 차가 내 앞에서 가는지 어쩐지도 모르고 집으로 왔거덩요.

간호사가 갑자기 얼굴이 새빨개져 가꼬는 안절부절못하고 미안해 했습니다.

"아이— 죄송해요. 이를 어째— 죄송합니다, 죄송합니다. 제가 큰 실수를 했어요. 저는 사돈에 관해서 뭐 궁금한 것이 있나 하고…."

'사돈?' 아마도 그레고리 진료 중에 내가 사돈이라고 애길 했나 봅니다.

그러고 보니 나도 너무 앞서갔네요. 서로가 오해를 한 거였어요. 무척이나 멋쩍었습니다.

사실, 사돈에 대해서 궁금한 기이 너무 많지요. 딸은 맨날 좋은 소리만 하지만 오데가 울매나 아픈 건지, 엉덩이 수술한 기이 다 나아서, 앞으로 진짜로 걸을 수가 있는 긴지, 또 사돈은 무신 생각을 우찌하고 있는 긴지, 다아― 궁금하니까요. 내는 마, 건강 하나는 타고나서 평생 병원 한 번 안 가보고 살았으니 아픈 사람 마음을 모르지요. 알 수가 없는 기라예.

한데, 간호사 아버지가 내랑 같은 아파트에 삽디다. 내가 잘 아는 분이었어요. 몇 번 병원에도 모시고 간 적이 있는 분이었어요. 한국에서는 대학교수였다꼬 해요. 아 그리고 본께, 교수님 성씨가 명 씨네요. 90이 다 돼 가는 분이라, 몸은 약하신 데도 기억력도 좋으시고 아주 총명하십니다. 정부에서 영어 편지가 오모 지는 얼른 교수님한테 가꼬 갑니다.

부인이 딸처럼 젊어서 이상하다 했더니, 5년 전에 재혼을 하셨대네요. 그랑께네 80이 넘어서 재혼을 한 거라요. 놀랄 일입니다.

학교 때 제자였대요. 사모님 생전에도 알고 지내던 사이인데, 사모님 돌아가시자마자 딱 달라붙어서 안 떨어졌대요. 옛날부터 교수님을 사모하던 터라 참으로 지극 정성으로 남편을 위한다꼬 합니다. 지한테 반찬도 가끔 해다 주십니다. 솜씨가 참 좋으세요.

말이 나왔으니 말이지, 혼자 살다 보니 아파트 할매들이 신세를 졌다 캄서 반찬을 가꼬 오기도 해요. 늙은 할매나 젊은 할매나 다들 내 보고 "아저씨, 아저씨." 합니다. 더러는 애교를 부리는 할매도 있지요. 내는 그런 거마아, 딱 질색입니다. 이거 원… 징그러바서….

교수님 부부께서는 유일하게 지를 '공 선생'이라고 불러줍니다. 아들 셋은 다 한국 살고 막내딸만 미국 있다는 얘길 들었는데, 그 딸이 바로 사돈 간호사라니, 세상은 넓고도 좁다는 옛말이 딱 맞아요. 맞아! 그녀는 미국 와서 간호사 자격증을 땄지만, 병원에서 근무하지를 않고 파트타임으로 가정에만 파견을 나간다고 하네요.

사나이 콩밭떼기 인생 황혼에… 이렇게 한 여자가 등장하게 됩니다. 성질께나 있게 생겨 '아이고 무서바라.' 하고 남자들이 딱 도망가기 좋은 여자라고 결정타를 날린 바로 그 명 간호사라요. 하지만 천사였던 첫인상이 자꾸 생각나는 건, 또 무신 일인지… 내… 참. 우찌 돼 갈긴지 내도 감이 안 잡히네요. ✤

바람이 되어

명 간호사와 첫 만남 이후로, 그녀가 아부지 집에 왔을 때, 교수님이 나를 불러서 밥을 한 번 같이 묵었습니다.

그날, 제자사모님이 맛있는 반찬을 마이 해서 잘 묵고 싸오기까지 했지요. 또 한 번은 아부지가 신세를 마이 진다꼬 아주 근사한 미국식당에서 밥을 거하게 산 적도 있습니다. 비프스떼끼라 카는데, 세상에 세상에… 그리 연한 고기는 생전 처음 묵어 봤어요. 입에서 살살 녹더라꼬요.

명 간호사는 남편과는 일찍 사별하고 서른 중반에 아들 하나 덱고 미국 왔답디다. 안사돈이 '미스 명'이라고 소개를 한 거는, 현재는 독신이다 뭐 그런 뜻이었나 봅니다. 명 간호사 이름이 안젤라라는 것도 알았어예. 안젤라? 이름이 참 좋네예. 그 뜻이 바로 천사 아입니까? 내가 본 첫인상이 딱 이름 그대로였지요.

그 좋은 이름 놔두고 안사돈이 와 미스 명이라고 소개

를 했는지 모리겠네요. 명 간호사가 독신이라는 걸 내한 테 밝힐 필요도 없는데 말입니다. 친한 사이면 이름 부린다 카더마는. 저거 둘이는 친해도, 내가 완전 한국적인 한국 남자라 미국 이름을 피했나? 아이구 마, 내가 그런 거 깊이 생각할 게 머 있노? 안젤라건, 미스 명이건 상관할 게 뭐 있노?

어쨌든 간에 내는 안젤라가 명 간호사보다는 부리기가 좋네예. 미국서는 친하모 이름 부린다 카더마는⋯.

그날 식사 도중에 제자사모님이 안젤라랑 내를 은근히 묶을라 캐서 여엉 어색한 자리가 되었었어요. 자기네끼리는 말이 오고간 듯한 느낌이 들었어예. 말이나 됩니까? 공부 마이 해서 똑똑하고, 또 젊고 예쁜 여자가 내한테 가당키나 합니까? 내보다는 나이가 10년도 더 젊어요.

더구나 깍쟁이 중에도 상깍쟁이로 보이는데 내 같은 촌놈은 어림도 없지요. 암, 어림도 없구말구요. 말도 안되는 말이지요.

그런데, 머리는 그리 돌아갔으나 마음은 그기 아닌기라요. 옛날에 아내 만났을 적 생각이 나며, 선녀와 나무꾼이 재현되는 기이 아인가 하고 가슴이 두근두근했어요. 깍쟁이라꼬 결정타를 날렸으모 멀리 내빼야 되는 기이 정상 아입니까? 이 콩밭떼기 성질에 말입니다. 그런데 도대체 콩밭떼기는 오데로 간기고? 첫 대면에서 천사 같아 보인 기이 탁 머리에 백히서 그런 긴가?

근데, 그날 저녁에 교수님이 제 방에를 오셨어요.

"공 선생, 아까는 미안했네. 실은, 집사람 성격이 너무 적극적이다 보니 좀 주책스러운 데가 있어요. 아까는 실례를 했어요. 우리 딸한테 공 선생이 어떠냐고 집사람이 몇 번을 나한테 얘길 했는데 내가 가만있으니까 답답해서 그만 말이 나왔나 봅니다."

'아닙니다. 실례 안 했습니다.' 하는 말이 입안에서 뱅뱅 도는데 말은 안 나오고 아까 낮에 식사도중에 사모님이 얘길 꺼냈을 때와 마찬가지로 가슴에서는 막 파도가 출렁출렁했어요. 한데, 입안에서 돌던 말은 어디로 갔는지 머리는 엉뚱한 방향으로 내빼고 있었어요.

'서로가 좀 비슷해야지 여러 가지로 너무 차이가 나. 내가 너무 부족해서 안 돼 안 돼.'

할 말을 찾지 못해 침묵의 무게에 짓눌리고 있는데 교수님이 갑자기 말의 연결에서 벗어나 제 칭찬을 했어요.

"공 선생은 그 어떤 사람보다도 좋은 사람이에요. 온갖 악이 난무하는 이 세상에 공 선생이야말로 참으로 순수하고 선한 사람입니다."

무안해서 할 말을 잃고 "아이 별 말씀을요…." 하고 기어들어가는 소리로 한마디를 했는데 교수님께서 화제를

김영강

바꾸었습니다.

"실은, 딸아이가 젊은 나이에 혼자되었지만, 아들 때문에 재혼 같은 건 상상도 않았어요."

아들 때문이라니….

교수님으로부터 참 슬픈 이야기가 흘러나왔습니다.

딸이 결혼하고 아들을 낳았는데, 장애아였답니다. 태어난 지 6개월이 지나도 몸을 뒤집지도 못하고 해서 이상하다는 생각이 들어 정밀검사를 받았대요.

검사 결과, 뇌에서 까만 점이 별견되었는데, 그기이 혹이 아니고 구멍이었다 캅니다. 혹이라면 그리 어려운 문제가 아인데 구멍이라서 수술이 불가능했다네요. 결국은 선천성 소아마비라는 진단이 내려졌답니다.

그러나 머리는 완전 천재였대요. 머라 카더라? 머? 하일리 기프디드? 그러니까 한국말로 하모 천재학교쯤 되겠지요? 거서도 일등만 했답니다.

아이가 어릴 적부터 그리 질문을 마이 했답니다. 하늘은 왜 파라냐, 노을은 왜 빨가냐 등등, 우주에 대해서 많은 걸 묻고 아주 궁금해 했대네요. 모두가 다 명 간호사는 생각도 못한 질문들이라, 그거를 일일이 사전을 찾아가며 대답을 해줬답니다.

그라고 아들의 견문을 넓혀주기 위해 음악회 등, 미술

전시회에도 데리고 댕기고 여행도 참 마이 댕깄다 캅니다. 무슨 행사나 모임에도 참석을 하구요.

자신의 인생을 아들에게 온통 다 바친 거지요. 아니, 그기이 자신의 인생이었을 겁니다.

사위는 아이가 세 살 때 세상 떠나고, 아이 열 살 적에 길이 열려 미국으로 왔대네요. 교수님 부부가 미국에 온 것도 딸 때문이었다고 해요. 사모님은 손자 뒷바라지하는 딸 뒷바라지하느라고 평생을 가슴 미어지게 살다가, 그래도 손주가 박사학위 받는 거는 보고 돌아가셨다고 합니다.

그러니까 그 아이가 우주공학박사 학위까지 받은 겁니다. 어머니가 기적을 이루어낸 거지요. 진짜진짜 인간승리입니다.

교수님 애기를 들으면서 깜짝깜짝 울매나 놀랬는지 모릅니다. 본인의 의지도 의지이지만 엄마의 피눈물 나는 노력과 헌신에 감동해서 눈물이 났어요.

아! 명 간호사! 대단합니다. 훌륭합니다. 존경합니다.

아들은 지금 서른 중반인데, 재택근무를 하면서 정부기관의 우주공학 연구팀 일원으로 일하고 있대네요. 물론 엄마랑 함께 살면서요. 엄마가 지 때매 평생을 희생하는 것을 늘 가슴 아파하는 아들이래요. 언젠가 한 번은 엄마도 남자 친구가 있으면 좋겠다고 할아버지한테 얘기를 한 적이 있다는군요.

"딸애가 아들 하나에만 온갖 정신을 쏟고 사느라고, 남자가 호감을 보이며 다가와도 일체 눈을 안 돌려요. 찬바람으로 다 싹싹 쓸어버려요. 더구나 한 번 안 좋은 일이 있고부터는 더해요."

교수님 말씀인즉, 딸이 어떤 남자한테 호되게 당한 적이 있다는구먼요. 첫째로 아들한테 잘해주고, 또 둘이서 좋아해 결혼까지 생각을 했었는데, 결국은 남자가 떠나버렸답니다. 근데 나중에 알고 보이 아주 나쁜 놈이었대요. 장애아들 둔 것을 노골적으로 성처를 줬다니… 그것도 떠나기 위한 방편으로요. 어쨌든 집 한 채를 날렸다는구먼요. 아주 홀랑 쏙았더래요. 완전 이용만 당했다지 멉니까? 그래서 그 담부터는 남자 기피증이 생겨 주위에 남자들이 얼씬거리기만 해도 톡톡 쏘아서 다 도망을 치게 만든다네요.

아! 그래서 나한테도 그랬었구나.

"남자들한테는 야박해도 아픈 사람들한테는 얼마나 잘하는지, 우리 딸만 찾는 환자들이 많아요. 사돈댁과도 아주 친하게 지낸다고 해요. 특히 안사돈과는 아주 가까이 지낸답니다."

"아! 네에… 저도 그리 느꼈습니다."

"나도 나이 들다 보니 아픈 데가 많답니다. 다행히 집 사람이 있어 얼마나 다행인지 모릅니다. 나까지 딸한테 짐이 되면 어쩌나 하고 걱정 많이 했었지요."

가마이 생각을 해본께 교수님이 80이 넘은 나이에 재혼을 하신 것도, 그라고 노인아파트로 분가를 하신 것도 딸의 짐을 덜어주기 위한 것 같아요. 그런 줄도 모리고 내는 80 넘어서 재혼하신 거를 이상하게 생각했거덩요. 이제 이해가 갑니다.

그라고 그 며칠 후에야 '아!' 하고 언뜻 머리를 스친 어떤 생각이 있어요. 교수님이 그날 제 방에 들른 것이 재자사모님이 주책을 부려 미안해서 오신 것이 아니라 딸에게 장애아 아들이 있다는 것을 나한테 알려주기 위함이 아닐까 하구요.

가끔 저는 교수님이 김 장로님과 비슷한 데가 마이 있다꼬 느낍니다. 참 감사하지요. 주위에 이렇게 좋은 분들이 있다는 것이….

내는 마 배운 기 없어서 잘은 모릅니다만도, 세상이 온통 나쁜 놈들 천지라 캐쌌는데, 그래도 나쁜 놈들보다 좋은 사람이 더 많다고 그래 생각합니다. 그래 믿어요. 그라이 내 같은 무지랭이도 이래 살아남아서 이래 잘 사는 거 아입니까! 그라이 마 쪼매라도 착한 인간, 좋은 사람 될라꼬 애쓰며 살아야지예, 나쁜 짓 하지 말고요! 마, 그리만 살모 내는 앞으로도 그냥 지금 맹키로 잘 살 거 같아예. 막연하게 어떤 믿음이 있는 기라요. 좋은 사람 돼 가꼬 열심히 좋은 일해서 이 세상에 보탬이 되고 남한테 도움이 되면 그기 성공한 삶 아이겠습니까?

하이고, 이거 공자님 앞에서 문자 써서 안 됐네예, 미안합니다….

그런데 말입니다, 우떤 사람은 내를 바보, 축구라 캅니다, 완전 천치 취급을 하는 기라요. 제발 정신 좀 차리라꼬 충고를 해요. 된장인지 똥인지도 분간을 몬 한다는 겁니다. 세상이 내가 생각하는 거 맹키로 그리 호락호락하지 않다는 거라요.

김 장로님이나 이 교수님은 지를 순수하다꼬 좋은 의미로 말씀하시는 것이 분명하다꼬 지는 그래 생각합니다. 그러니까니 김 장로님은 지를 무공해인간이라는 별명까지 붙여주신 거 아이겠어요? 한데, 그 사람은 그게 바로 바보라는 뜻과 같다는 깁니다. 정말 그런가예? 그 사람은 절대로 나쁜 사람이 아인데, 사람을 믿지를 못해요.

앞으로 무신 겁나는 일이 터질지도 모리는 기이 세상인데, 너는 참 천하태평 성질도 좋다야아— 그러다가 나중에는 분명히 크게 당한다꼬! 당해! 그란답니다.

내 보고 무식해서 그렇다는 거겠지요. 자기는 공부 마이 했거덩요.

글쎄올시다요….

하이고, 높은 자리에는 맨 학교 마이 댕기고 공부 마이한 사람들만 앉아 있잖습니까? 그런데 세상이 와 이래 어지러운지 모리겠네요! 그기 다 진짜 나쁜 짓은 공부 마이한 자슥들이 하기 때문 아니겠어요? 한 번은 테레비에서 그랍디다. 아주 완전 까놓고 사기를 친다꼬요. 그기 다 정직하지 못해 그리 된 기 아이겠어요? 학교에서는 그런 거 안 갈켜주나요?

근데 또 웃기는 말도 있습디다. 대학교 중퇴해야 성공한다 카는… 그런 사람이 많타카던데… 그 말이 사실인교?

거 뭐더라? 아, 빌 게이츠라카는 사람도 그렇고, 스티브 잡스라카는 사람도 그렇고… 좋은 학교 잘 댕기다가 티이나와 크게 성공했담서요?

그라고 또 어느 분 왈, 내 오지랖이 너무 넓다고 이제 좀 작작 나서라면서 범위를 줄이래요 줄여! 줄여! 그라다가 오히려 상대방한테 상처를 줄 수도 있다네요. 글쎄올시다. 내는 나서는 기이 아이고 상대방을 도와주고 싶어서 그라는 긴데 말입니다.

그라고 보이, 헷갈리기도 합니다. 내는 남을 위해서 한다꼬 하는 긴데, 상대에 따라서는 상처를 주는 일이 될 수도 있겠다 하고요. 그러니까 남을 도와주는 일에도 상대방 입장을 먼첨 생각해라, 머 그런 말 같네예.

상대방 입장을 생각 몬 하고 내 혼자서 찧고 까분 적이 있긴 있어예. 예전에 내가 사돈을 무지 미워한 적이 있잖습니까? 낼로 무시한다꼬요. 그라고 본께네, 사돈 입장에서는 그럴 수고 있겠다 싶어예. 아니 백이면 백 사람, 다 그랬을 겁니다. 근데 그거를 이해 몬 하고 그리도 미워한 기이 후회가 됩니다. 암 때메 고통이 심한 것도 모리고 만날 얼굴 찡그린다꼬 미워한 것도 후회가 막심합니다.

사돈이 암에 걸린 거를 알고부터는 너무 안돼서 내가 잘못한 거만 자꾸 생각나서 혼났구먼요. 지금 건강 회복이 돼서 천만다행이지, 만일 무신 일이나 생겼시모 우짤뻔했겠십니까? 내가 미안해서 몬 살지요. 몬 살아.

교수님이 제 방에 다녀가신 이후로 자꾸 안젤라 생각이 나고 밤에도 잠을 설칠 때가 많았습니다. 한참 잊고 살았던 아내 생각도 나고요. 교육대학 졸업하자마자 두메산골로 발령받아 농사꾼 만나 결혼하고, 딸 하나 낳고 젊디젊은 나이에 세상 떠난 아내입니다. 수십 년이 지난 지금의 아내 모습을 그려보려니, 안젤라 얼굴과 겹쳐지면서 콧잔등이 시큰해지네예. 그라고 보이, 그녀가 아내와 마이 닮았어예.

그녀가 아부지 집에 올 때가 됐는데 하고 은근히 기다려지는 요즘입니다. 그날 제자사모님이 괜히 주책을 부려, 아부지한테 왔다가 고마 가뿌릤나 하는 생각도 들고요.

여자라고는 진짜진짜 그림의 떡이라고 완전 포기하고 산 이 콩밭떼기올시다. 아니, 그림이니, 떡이니, 하는 그런 말은 내 사전에는 없었습니다. 김이 몰씬몰씬 나는 떡이 눈앞에 보여도 그 근처에는 얼씬거리지 않았어예. 감정이 고마 딱 굳어 돌덩어리가 돼버렸는지 무감정, 무감정… 무감정이었습니다.

일편단심 민들레야! 오직 아내뿐이었지요. 아! 옛날옛적… 나무꾼이 선녀를 흠모하던 그때를 생각하니, 완전 돌덩어리인 내 가슴에 솜사탕이 사르르 녹아듭니다.

변화가 오고 있는 게 확실합니다. 변화가….

아내 가고 처음으로, 뭔가 다른 내면의 갈망이 지를 흔들 것만 같은….

아이고! 이를 우짭니까? 이를 우짭니까?

하루아침에 실로, 청천벽력 같은 일이 생겼어요. 하늘

이 무너지고 땅이 쪼개지는 불상사가 발생한 것입니다.

새벽같이 일어나서 만날 남편 아침을 준비하던 안사돈이 해가 중천에 뜨도록 기척이 없어, 이상해서 데이지가 침실 문을 열어본께 글쎄, 침대에서 떨어져서 바닥에 죽은 듯이 누워 있더래요. 놀래서 급히 가까이 가보이, 진짜 죽어 있더랍니다. 사인은 심장마비라네요.

그 순간에 누가 같이 있기만 했어도 죽지는 않았실 낀데. 사돈 방처럼 응급시에 필요한 조치가 돼만 있었더라도 죽지는 않았실 낀데. 안사돈한테 이런 응급상황이 발생할 줄 누가 알았겠습니까? 소리라도 질렀더라면… 그러나 방도 너리고 집도 커서 들리지도 않았실 낍니다.

세상에 우째 이런 일이 있을 수가 있단 밀입니까? 정말정말 너무 합니다. 신이 있으모 말 좀 해 보이소! 남편 간호에 온 힘을 다 쏟았는데요!… 이기이 오데 말이나 됩니까?

몸이 그 지경이 되도록 본인도 집안사람도 별로 신경을 안 썼다고 합디다. 두 남자가 워낙에 환자이다 보니 그리 됐을까예? 그레고리와 결혼을 하고, 미국에 따라온 다음에는 일본에 있는 가족하고도 별 연락 없이 살았다고 해요. 울매나 외로웠을까요? 전 남편한테서 아들이 하나 있었는데, 어려서 죽었다고 해요.

아, 불쌍한 사람. 딸이라도 옆에 있었더라면 잘해 주라꼬, 잘해 주라꼬 그랬을 낀데….

장례식 때는 독일에서 아들도 오고, 선교사 딸도 오고 다 왔습디다. 이미 죽은 다음인데, 땅을 치고 울고불고 해봤자 머합니꺼? 아무 짝에도 소용 없다꼬요.

사돈 양반이 그리도 슬프게 마이 울데요. 비쩍 마른 외모 맹키로 맘도 비쩍 말라 보이는데도, 그리도 슬프게 마이마이 웁디다. 눈물을 하염없이 흘리면서 슬프게 웁디다. 자기 대신 아내가 갔다고 생각하는 거 같데예. 울면서 뭐라고 중얼거리는데, 무신 말인지 한 개도 몬 알아듣겠는 거를 딸아이가 대충 통역을 해줬습니다.

"그래 당신이 못 다한 목숨까지도 내가 악착스레 살아갈게. 당신 몫까지 살 테니 걱정마! 여보, 미안하고 고맙고 사랑해, 내 사랑 릴리!"

근데, 안젤라가 조가를 불러 깜짝 놀랐습니다. 안사돈과 가깝게 지내는 사이라는 것은 알았으나 그녀가 조가를 부를 줄은 꿈에도 생각 몬 한 일입니다. 실은, 식장에 들어서자마자 혹시 그녀가 왔나 하고 부지런히 눈을 움직였으나 보이지가 않아 이상하다 했더니 사무실에 있었나 봅니다.

그녀의 노래 부르는 모습을 가마이 보고 있노라니, 아내와 많이 닮았다는 것을 또 느꼈어요. 목소리도 참 비슷했어요. 옛날에 아내가 두메산골에서 야학 선생할 때, 풍금 치면서 노래 가르치던 모습이 떠오르네요.

그때 내가 아내의 노래를 듣다가 운 적이 있어요. '울밑이 선 봉선화야!'…

아내의 모습이 딱 울밑에 선 봉선화처럼 외로워 보였지요.

노래 부르는 안젤라의 모습도 아주아주 외롭고, 너무너무 슬퍼 보입니다. 와 안 외롭겠습니까? 또 그 슬픔이 오죽하겠습니까?

마침, 내가 아는 노래인 '천 개의 바람이 되어'를 불러 더 감동적이었어요. 사람들이 어찌나 마이 울던지 고마 장례식장이 눈물바다가 돼버렸습니다.

조가는 영어로 불렀지만, 지는 그 뜻을 다 압니다. 세월호 사건 때 들어 알게 된 노래로 가사가 너무나 좋아서 잊지 않고 있어요. 노래를 첨 들을 적에 가사 한 구절 한 구절이 가슴에 닿아서 감동을 받은 노래였거덩요. 뭐라 그래야 내 느낌을 다 표현할 수가 있을지 모르겠네예. 아무튼, 그 느낌은 이루 말할 수 없이 크고 또 큽니다.

나의 무덤 앞에서 울지 말아요.

그곳에 나는 없어요. 잠들어 있지도 않아요.

천 개의 바람, 천 개의 바람이 되어

저 넓은 하늘을 흘러가고 있어요.
가을엔 햇살이 되어 들녘에 내려 비추고
겨울엔 다이아몬드처럼 반짝이는 눈이 되지요.
아침엔 새가 되어 당신을 잠 깨워주고
밤에는 별이 되어 당신을 지켜줄게요.

천 개의 바람! 천 개의 바람! 안사돈의 영혼이 천 개의
바람이 되어 언제나 어디서나 남편을 잘 지켜줄 겁니다.
그리고 아내 역시 천 개의 바람이 되어 지를 지켜주고 있
다는 것을 처음으로 느꼈습니다.

저는 항상 그랬어요. 내놓을 꺼라고는 아무것도 없는
무지랭이 주제인데도, 그냥 괜히 자신만만하고 믿는 구
석이 있어서 걱정 없이 살았거덩요. 그기 다 아내가 나한
테 믿음을 준 거 같아예.

아침엔 새가 되어 당신을 잠 깨워주고
밤에는 별이 되어 당신을 지켜줄게요.

맞습니다! 맞아요! 맞아!
순간, 흐느끼는 울음 속에 "어무이"라는 말이 내 귀에
들어오지 멉니까? 딸아이가 곁에서 울고 있었습니다.
"어무이, 어무이…" 하면서요.

언젠가 내가 딸아이한테 시어머니한테 와 이름을 부르냐꼬 핀잔을 준 적이 있어요. 그때 딸이 좀 더 친해지면 '맘'이라꼬 부를끼라 카더마는, 금세 "내는 '어무이'라꼬 부를 낍니다."라고 말끝을 맺기에 참 가슴이 아팠었지요.

진즉에 '어무이'라꼬 불러보지 못한 게 한으로 남아, 죽은 후에야 저렇게 '어무이'라꼬 부르면서 서럽게 우는 딸아이를 보니 자꾸자꾸 아내 생각이 나서 더 슬퍼집니다. '엄마' '어무이'를 불러 보고 싶어도 대상이 없었던 딸아이입니다.

아내와 안젤라, 그리고 안사돈이 '어무이'라는 말속에 함께 뭉쳐 있는 듯한 생각이 언뜻 스치네요. "어무이"라는 단어, 세상에서 가장 아름답고, 무한히 좋기만 한, 운명적인 말 아입니까? 노래를 부르는 안젤라 양옆에 아내와 안사돈의 환영이 보이는 듯합니다.

아! 산삼! 산삼이 탁하고 머리를 칩니다. 만날 머릿속에서 오락가락한 산삼…! 내도 참 한심합니다. 와 그간에 실행을 몬 했을까요? 진작에 산삼으로 몸보신을 했으모 안사돈이 이 위기를 면할 수도 있었을지도 모르는데 말입니다.

후회한들 무신 소용이 있겠습니까? 산삼 묵어야 할 사람은 이미 죽고 없는데요.

이 일이 계기가 되어 선교사 딸은 미국본부에 지원을 해서 지 아부지 집에 같이 살게 됐다꼬 합니다. 진짜진짜 잘된 일입니다. 그런데 놀랜 건, 분명히 아이가 둘이었는데, 다섯 명을 덱고 왔더라꼬요. 세 명은 입양을 했대요. 쌔까만 아아들이 얼굴이 빤들빤들한 기이, 참 귀엽습디다. 아들 둘, 딸 셋, 고만고만한 오남매가 한 집에 살모 사돈 회복도 빠르지 않겠어요? 내는 희망이 생깁니다.

그라이까네 이 집은 인종 전시장인 셈이라요, 백인에 일본인 부인, 한국인 며느리와 사돈, 흑인 사위와 아이들… 참 우리 사돈 양반 참 대단한 사람이지요. 마음이 그리 넓어요. 내 같았시모 죽어도 그리 몬 했을 낍니다.

불행히도 톰은 걸어댕기게는 회복할 수가 없다네요. 영원히 휠체어 신세를 져야 한대요. 그러나 얼굴에는 그늘이 없어요. 예전 그대로 건강색이어서 보기 좋고, 아주 밝아요. 뱃사공 사위가 말도 잘 하고 성격도 활발해서 좋은 친구가 돼 줄 낍니다. 그 덕분에 집안에도 활기가 넘칠 거 같고요.

겨우 일 년 만인데도 손주 녀석들이 부쩍 컸더라꼬요. 딸은 미국 있을 때보다는 살이 빠졌는데, 더 세련이 되고 멋있어졌습디다.

"외국 물이 좋은가 보다. 니는 더 멋쟁이가 됐네."

"그래예? 아부지도 더 젊어지고 멋있어졌어예. 아부지 건강한 얼굴 보니까, 지는 마―, 더 바랄 게 없습니다."

참 웃겨요. 내는 내가 앞으로도 더 안 늙고 만날 이대로 유지가 될 것 같습니다. 지금도 주먹을 불끈 쥐모 팔뚝에 알통이 툭툭 불거져 나와요.

딸은 독일로 금세 돌아갔습니다. 사위 일도 그렇고, 애들 학교 때메도 오래 머물 수가 없나 보더라꼬요.

내 예상대로 사돈네는 집 분위기부터가 활기를 띠게 됐고, 사돈 양반 그레고리도 거뜬히 걷게 되었어요. 안사돈이 세상 떠나고, 폭삭 더 사그라들까 봐, 참 많이들 걱정을 했는데, 산 사람은 다 살게 마련인가 봅니다.

장례식 때 "그래 당신이 못 다한 목숨까지도 내가 악착스레 살아갈게. 당신 몫까지 살 테니 걱정 마! 여보, 미안하고 고맙고 사랑해." 하면서 마이도 마이도 울더니 그 의지가 그대로 실현이 된 깁니다. 참 고마운 일입니다.

뱃사공 사위가 안사돈 못지않게 잘한다꼬 해요. 건장한 체격에 젊은 남자 아입니까? 휠체어 타는 톰 시중도 다 든다꼬 합니다. 사위 이름이 하도 길어서 쎄가 잘 안 돌아가, 자꾸 뱃사공이라꼬 부르게 되네예. 이해해 주이소. 제가 농부로 뼈가 굵어서 그런지, 뱃사공이라는 말이 참 친근감이 가고 좋습니다.

내가 저거 시아배 걱정 하는 거 알고, 하루는 딸이 "아부지는 걱정도 팔자야." 하고, "인자 아부지도, 맨날 남 걱정만 하지 말고, 아부지 자신을 위해서 사이소. 우리 시아부지는 무슨 힘 덕인지 모르겠는데, 병원에서도 놀랄 정도로 마이 나았어예. 완전 기적이라예 기적! 아부지는 쪼끔도 신경 쓸 거 없어예."

그라고 보니, 딸 말도 맞네요. 그렇지만 남을 돕는 기 바로 내 자신을 위하는 일이라요. 내가 좋아서 하는 일이니까요. 힘 드는 줄도 모르지요.

잠깐 말을 끊었다가 딸은 엉뚱한 소리를 했어요.

"아부지, 그 노인아파트에서 아부지 인기 짱이라 카던데, 데이트할 만한 여자 없어예? 반찬 해다 주는 여자도 많다카더마는 맘에 드는 여자 없어예? 나이 많은 할매는 안 되고요. 한 육십 정도면 딱 좋겠네예."

나이까지 정해 주며 지껄이는 딸한테 "없다. 없다." 그딴 소리 하지도 마라꼬 대꾸를 하는데, 갑자기 안젤라 얼굴이 떠오름은 웬일이었을까요?

그라다가 언뜻 내가 그 집 정원일을 해주모 우떨까 하는 생각이 머리를 스쳤습니다. 어떤 남자는 아들 때메 멀어졌다고 했지만, 내는 그 반댑니다. 아들 때메 더 마음이 갑니다. 그리고 잔디 깎아 주고 정원 손질도 해주면 그 아들과도 가까워지지 않겠습니까? 아들이 꽃 좋아하

김영강

고 나무도 좋아해서 뜰이 넓은 집에 산다꼬 했거덩요.

그러던 어느 날이었어요. 명 교수님이 저를 찾았어요. 갑자가 딸집에 갈 일이 생겼는데, 라이더를 줄 수 있냐꼬요. 마침 그때 제가 한가했습니다. 아니 바쁘더라도 만사 제쳐놓고라도 가야지요. 암 그래야지요.

택시를 불렀다 카는데 오다가 사고가 났대요. 다음 택시는 좀 시간이 걸린다 카고요. 퍼뜩 제 생각이 나서 부탁한다꼬 했지만 저게는 정말 좋은 기회였습니다.

일 때문에 좀 먼 데 나가 있던 딸이 아들한테서 급한 연락을 받고 집으로 가는 중인데, 프리웨이가 너무나 메어 차가 정지상태이니 아버지보고 아들한테 가보라고 했답니다.

차 안에서 교수님이 손자의 건강이 그리 좋지 않다는 말을 했습니다. 장이 나빠서 설사를 자주 한대는군요.

'무신 일일까?'

도착을 하니, 큰일은 아니었고, 집 전기가 몽땅 나가서 컴퓨터고 뭐고 다 멈추는 바람에 아들 일에 큰 지장이 온 거였어요. 동네 다른 집은 다 괜찮고 명 간호사 집만의 문제이니, 얼른 두꺼비집을 점검을 했지요. 제 짐작이 맞았어요.

간단히 손을 보고 나니 금세 고쳐졌습니다. 별거 아닌

데도 세 사람이 다 얼마나 고마워하는지 오히려 제가 몸 둘 바를 몰랐지요. 이들과는 간단하게 인사만 했고, 할아버지와 손자가 영어로 대화를 하는 것을 보고 저는 정원으로 나왔습니다. 아들이 앉아 있는 휠체어는 좀 특수하게 보였습니다. 노인들 병원에 모시고 다닐 때 보던 휠체어와는 아주 달랐어요.

팔걸이와 등받이 발판 등도 예사롭지가 않았구요. 널따란 오른편 팔걸이 바깥쪽에는 스위치가 여러 개 붙어 있었습니다.

집은 자그마한데 교수님 말씀대로 뒤뜰은 꽤 넓었어요. 척 보기에 손댈 데가 많아 얼른 차에서 전자 가위를 가지고 왔지요. 삐쭉삐쭉 제멋대로 나와 있는 가지를 다듬고 동글동글한 거는 동그랗게, 가지런한 거는 가지런하게 원래의 모습대로 다 다듬어 놓으니 제가 보기에도 깔끔했습니다. 마침, 집 앞 정원 손질을 끝낸 후, 옷을 탈탈 털고 매무새를 고치고 있는데 명 간호사가 들어왔어요. 나를 보고 활짝 웃으며 우찌나 반가바하고 고마워하는지 지가 되려 무안합디다. 웃는 모습이 참 예뻤어요.

"어마나! 집 전체가 아름다워졌어요. 딴 집 같아요."

그리고는 제 팔을 붙들면서 집 쪽으로 발걸음을 뗐어요. 순간 감전이나 된 것처럼 찌르르한 느낌이 전신에 퍼지지 않겠어요? 이 무슨 조화인지….

교수님이 수고 많았다면서 얼른 씻고 나오라며 저를 화장실로 안내해 주었습니다. 어느새 사모님께서는 저녁 준비를 다 해놨었어요. 아들은 이미 밥을 먹었다며 모습을 드러내지 않았어요.

슬픔이랄까, 아픔이랄까? 콕 집어 말할 수 없는 뭔지 모를 물결이 쏴아 하고 가슴을 적셨습니다.

몸 상태에 장애가 없다 해도 장애자는 얼마든지 있는 기이 이 세상입니다. 장애인이라는 기이 영 남의 일 같지 않은 깁니다. 생각해 보이 내도 장애인인기라요! 영어 몬 하는 영어장애인 아닌교? 하고 싶은 거 몬 하는 기 장애인이지 별 겁니까?

그날 밤이었어요. 아내가 꿈에 나타났어요. 물론, 아내가 늘 내 맘속에 같이 있었으나 꿈에 나타난 적은 거의 없습니다. 하도 그리워서 꿈에라도 한 번 봤으모 울매나 좋을꼬 하는 생각을 한 적도 있어요. 그리움이 잔잔한 행복이 되기도 했지마는 그리움이 너무 짙다 보니 괴로움이 되기도 했지요.

참 웃기는 거는 말입니다. 꿈속에서도 꿈이라는 것을 안다는 사실입니다. 잔디 깎으로 가는 도중 집을 못 찾아서 막 헤매고 다니는 꿈을 꿀 때도 '괜찮아, 괜찮아. 이

건 꿈이야! 꿈! 꿈일 뿐이야.' 하고 나를 위로한 적이 있다니까요.

꿈속이었으나 참 행복했어요. 온몸이 살살 녹는 거 맹키로 행복했습니다. 진짜로, 진짜 같았어요. 꿈같지가 않았어요.

품안에 쏙 들어온 아내를 폭 안고 행복에 젖어 입을 맞추려고 얼굴을 맞대고 보니, 품에 안긴 여자는 아내가 아닌 안젤라로 변해 있었습니다. 후다닥 놀라야 마땅한데, 이상하게도 나는 그 감정이 그대로 유지되면서 계속 행복했어요.

잠을 깼는지 말았는지 그 다음엔 비몽사몽간에 딸과 안젤라 아들이 우리 둘을 무표정하게 바라보고 있었어요.

꿈속에서는 그리 행복하더마는, 꿈을 깨고 보니 그기 아이라예. 딸과 안젤라 아들 얼굴이 눈에 밟혔기 때문입니다.

딸이 이런 말을 더러 했었지요.

"아부지는 자알 생기고 굉장히 젊어 보이는데 여자 친구 없어예? 여자한테 관심을 갖고 좀 둘러보세요."

하지만 저는 "그딴 쓸데없는 소리는 하지도 마라." 하고 핀잔을 주곤 했습니다. 물론 명 간호사 얘길 하면 딸은 손뼉을 치며 좋아할 건 분명합니다. 그러나 그녀에게 장애아들이 있다고 하면 손뼉을 치지는 않을 겁니다.

한국서 두메산골 살 때, 농부로서 뼈 빠지게 일을 하면서도 동네 궂은일은 다 맡아 하는 나를 보고 딸은 못마땅해 하면서도 아부지가 좋아서 하니, "아부지는 팔자야, 팔자!" 그랬고. 또한 미국 와서도 노인들 뒤치다꺼리하는 아부지를 "아부지는 팔자야 팔짜! 그랬으니, 이번에도 "팔자야 팔짜!" 하고 이해할 거예요. 딸은 착하니까요.

딸 말마따나 진짜 팔자는 팔자인 갑십니다. 팔자는 못쏙인다 카더마는.

아무튼 간에, 아부지가 행복하다는데 우짜겠습니까?

내는 마, 나로 인해서 상대방이 행복해지면 그기 바로 내 행복입니다.

그 후, 내내 안젤라 생각을 했지요. 그런데 말입니다. 내가 이리 미적거리고 있는 기이 혹시 딸 때문인가? 하는 생각이 불현듯 듭니다. 그간에 내가 그런 생각을 통 몬 했는데 어떤 잠재의식이 나를 지배했었나? 하구요.

아입니다. 그건 아일낍니다.

야! 이 콩밭떼기야! 도대체 니 지금 뭐하고 있는 기고? 자신을 가져라, 딸도 분명 좋아할 끼다.

그렇게 마음을 굳힌 바로 그 다음날이었어요. 사돈네

에서 지를 초대했어요.

딸이 시아부지랑 톰 건강이 아주 좋아졌다 캐서, 큰 맘먹고 소주를 사 가꼬 갔지요. 요새는 소주도 독하지 않은데다가, 이런저런 과일 향이 나게 만든 것도 많데요. 여자들이 술을 마이 묵는 바람에 여자용으로 그래 만들었다 카데요.

내는 모리고 갔는데, 그날이 톰 생일이었습니다.

집 풍경이 확 달라졌더라고요. 정원이 아주 잘 손질되어 있었어요. 저쪽 놀이터에서 놀던 손주 다섯이서 띠이와서는 내 앞에 쪼르륵 서서 인사를 하는데 진짜진짜 귀엽습디다. 누가 가르쳐줬는지 내한테 '하라버지'라 캐서 놀랍고, 기쁘고, 좋아서… 기분이 날아갈 것 같았어요.

잠깐 안사돈이 눈앞을 스칩디다. '죽은 사람만 불쌍하지…' 그래도 마아, 하늘나라에서 남편이 건강 되찾아 잘 살고 있는 거를 보모 기뻐할 겁니다. '산 사람은 살아야 하는 기 세상 이치 아닙니까?'

그라고, 기분 좋은 미소를 머금은… 사돈 양반의 건강해진 모습을 보니, 진짜로 진짜로 안사돈이 '천 개의 바람이 되어' 남편을 지켜주고 있는 것 같았어요.

근데, 뜻밖에도 사돈네에서 안젤라를 만났지 멉니까? 굉장히 반가웠습니다, 데이지와 아주 가까운 사이로 보이고, 선교사 딸하고도 무척 친한 것 같았어요. 영어로 좔좔좔 말하는 그녀가 신기해 보이고 존경스럽기까지 했어요. 우리 사돈 양반 그레고리도 그렇고, 톰 건강에도 그녀의 역할이 아주 컸었나 봅니다.

그라고 말을 들어본게, 그간에 다섯 아아들하고도 자주 봐서 가까워졌다고 하네예. 아아들이 명 간호사를 그리 좋아한답니다. 그랑게네, 하라버지라는 말도 그녀가 가 가르쳐준 모양이네예.

진짜진짜 반갑더라꼬요. 우찌나 반가운지 하마터면 띠이가서 얼싸안을 뻔했다니까요. 그녀를 보는 순간 가슴이 쿵.쿵.쿵. 하고 막 띠었어요. 30년이 훨씬 넘게 완전 돌부처가 돼 가꼬 살아온 싸나이한테 말입니다.

"해피 버스데이"를 외치며 내가 가꼬 간 쒸주를 근사한 와인잔에 담아 건배를 했어요. 다들 맛이 좋다고 눈을 똥그랗게 뜨고 "굿. 굿." 하네예. 뱃사공 사위와 선교사 딸은 계속 홀짝홀짝 마시고 있구요. 저 역시 쒸주 맛이 이리도 좋은 걸, 예전엔 미처 몰랐네예.

향긋한 바람이 붑니다. 서로가 서로를 바라보는 눈빛에도 얼굴에도 화색이 만연합니다. 다들 바람이 되어 서로서로를 어루만지고 있는 거 같아예.

천상에서도… 지상에서도….

식사를 끝낸 안젤라가 손주들을 덱고 저어— 저쪽 잔

디밭에서 띠이 놀고 있네요. 아아들 다섯이서 손뼉을 치고 좋아하는 모습과 더불어 온 집안에 행복 꽃이 만발했습니다. 행복의 꽃밭에서 내 눈은 지금, 오직 한 사람만 따라 댕기고 있습니다. 오로지 한 사람만….

어, 멀리서 안젤라가 나를 향해 활짝 웃으며 손을 흔드네요. 한 손이 아닌 두 손을 다 들고요. 아이고, 우찌나 반갑고 고마운지 내도 두 팔을 번쩍 들고 마구 흔들었지요. 팔을 흔들었다기보다 머라카노… 만세를 불렀다카는 기 맞겠네예.

대한독립 만세! 콩밭떼기 만세! 만세, 만세, 만만세! ✗

김영강

정해정 약력

전남 목포 출생.

1993년 《미주한국일보》 문예공모 시 등단, 《미주중앙일보》 소설 당선.

한국아동문예 아동문학상, 가산문학상, 고원문학상 수상.

저서로는 동화집 『빛이 내리는 집』, 그림이 있는 에세이 『향기등대』,

그림이 있는 시집 『꿈꾸는 바람개비』, 5인동인지 『참 좋다』 『다섯나무숲』 출간.

미주아동문학가협회 회장 역임.

현재 글마루문학회, 미주가톨릭문인협회 회장. 미주한국문인협회 이사.

연작소설 _ 시몬 아부지

정해정

여기도 사람 사는 세상
있을 때 잘해

여기도 사람 사는 세상

그리운 시몬 아부지

50년을 함께 살면서도 단 한 번도 "여보"라고 불러본 적이 없어, 걍! '시몬 아부지'라고 부를라요. 괜찮으것지라우? 으째서 남들같이 "여보"라고 불러보덜 못 했능가 모르것네요. 참말로….

어젯밤 당신이 불쑥 꿈에 나타나 "마스크 있냐"고 묻길래, 나는 "여깃소!"허고 돌아 봉께 금세 어디로 가부렀는지 없어져 부렸드랑께라우. 여그저그 찾다가 눈을 떠 봉께 꿈이었구먼요. 마스크를 못 준 것이 영 껄적지근해서 다시 꿈을 꾸어 볼락 한께 잠은 아예 다라나부렀소.

다른 사람들은 꿈에 죽은 사람이 나타나믄 말을 안 한다 하든디, 당신은 나올 때마다 생시와 똑같이 젊은 모습으로 식구들과 웃기도 하고 이야기도 하고 그럽디다. 오늘은 참말로 징하게 찌부둥한 날이요.

시몬 아부지, 당신은 그 나라에서 시방 뭣허요? 거그

는 천국이니께 아픈 디도 없고 늘 팽안하시지라우?

시몬 아부지, 당신은 누구보다 나를 잘 아시지라우? 우리가 이민 와서 삼서 고향의 깨복쟁이 동무를 기다리듯 오월을 기다리는 이유를… 미국 이민 와서 보라색 자카란다 가로수를 겁나게 좋아하는 이유를….

나는 당신을 보내고 바로 노인아파트에 신청서를 넣었소.

〈금테안경〉

남편이 떠난 지
49제가 지났는데
안경점에서
안경 찾아가라는 전화가 왔다.

첨으로 금테안경을 맞추었다며
아이처럼 좋아하던 그

꿈속에서
금테안경 끼고
세상이 밝아 보인다고
화안하게 웃고 있었다.

잃어버린 봄

시몬 아부지, 노인아파트에 신청서를 넣고, 징하게도 8년을 기다린께 게우 입주 통지서가 왔구만요.

근디 말요, 일 년 내내 가뭄인 이곳에 어쩔라고 봄에 비가 와 쌌더니 보라색 가로수는 더 짙고, 꽃들도 다른 해보다 훨씬 화려하고 더 이쁜 색이요.

시몬 아부지, 근디 시방 여그는 생전에 보도 듣도 못한 '코로나19'라는 전염병 땜시 밖에 나가는 걸 금해 모두들 생 감옥살이를 하는 통에 창 너머로만 오는 봄, 가는 봄, 잃어버린 봄을 보고 있자니 솔찮히 힘들고 슬프기까지 하요. 이 꼴 안 보고 내빼뿌린 당신이 부럽기도 하구먼요.

시몬 아부지, 노인아파트라는 곳이 인생 해으름 참에 늙은 찌끄래기들이 모여 사는 곳이 아니라 살아생전 마지막 생을 살아야 할 곳이라고 생각하니 솔찮히 들뜬 마음이었소.

손바닥만한 원 베드룸 아파트지만. 이제야 혼자서 홀가분하게 살게 되았네! 내가 꿈꿔 오던 일이였네!… 좁은 집답게 손수 성심껏 인테리어도 하고, 내가 그린 그림만으로 장식을 했소. 당신이 직접 보고 참 잘했다고 칭찬이라도 해주었으면 참말로 좋았을 텐디. 쪼까 거시기 허구만요….

들뜬 마음으로 이곳에 들어와 본께 막상 내가 생각했던 것하구 다른 점도 많아서 놀랍구먼요.

여기 사는 사람들은 모두 살 만큼 살아왔고, 이제는 떠날 준비를 하며 지내는 노인네들이라 이해심이 더 많고, 더 즐겁게 서로 의지하며 사는 곳이라 생각했었소. 시몬 아부지, 이것은 매겁시 큰 오해였었소. 윔메! 이 양반들은 아그덜보다 밸라도 더 옹졸하고, 뭔 말이던지 멋대로 맹글어 씨부리며, 욕심도 허벌나게 많고, 배려심이라고는 눈꼽만치도 없고, 거기다가 겁나게 이기적이요.

시몬 아부지, 가만히 나를 뒤돌아본께 나는 당신도 아다시피 예전에는 물에 물 탄 듯. 술에 술 탄 듯하다고 별명을 '물텀벙'이라 했지라우? 글고 원래 성격이 유순해서 삐질 줄을 모른다고 내 자신을 착하고 이해심 많다고 생각했었소. 근디 말이요. 나한테도 그런 성격이 있드랑께요. 그것을 새까맣게 몰랐당께요. 참말로 사람이 뭔지, 거시기하네요. 곰곰이 생각해 봉께 그런 나쁜 성격 안 부리고 산 것도 다 당신이 잘 감싸준 덕인 줄 인자 알것구먼요. 생각해보믄 고마운 일이 한두 가지가 아니지만요….

거시기

가장 가까운 자식들이 평소에는 암시랑토 않은 것을

쪼까 거시기 하믄. 나도 금방 따라서 '쌔 빠지게 키워논 께…' 함시롱 거시기 하고, 고놈들이 쪼까 외롭게 한다고 생각이 들면 금방 거시기 하고, 또 금방 '맘 좋은 엄마?' 는 "뭐시 중헌디…." 함서 거시기 한다요.

하하, 시몬 아부지. 우리는 거시기라는 단어를 참말로 거시기 하지요. 아무리 긴 문장도 거시기로 시작해 거시기로 끝나도 하는 사람이나 듣는 사람 모두 다 이해를 하고말고라우.

〈노인 아파트〉

아들도 딸도
모두 떠나버린
노인아파트 조그만 방
하루 종일
찾아오는 이도, 전화방문도 하나 없다.

누군가 기다리는 하루
누구도 오지 않은 하루

창 너머로 빠알간 노을이 왔다
다시 어둠이 그리움을 데리고 왔다

모두 정다운 벗들이다

모두 정다운 친구들이다.

녹슬은 스피커

시몬 아부지, 노인아파트 정원 가운데 팔각정이 있습니다. 노인들의 사랑방 겸 쉼터라오. 거기에 오락가락 들락날락 허는 노인네들은 많은디. 시몬 아부지 같이 듬직하고 잘 생기고, 멋쟁이는 안 뵈누만요. 지 눈에 앵경인가?

백발에 주름 가득, 흐려진 눈망울에 죄다 허리 굽은 노인네들… 거기다 그들의 친구인 휠체어, 워커, 지팡이… 어느 것 하나 이 세상을 떠날 때 미련 없이 함께 버려질 쓰레기들이오. 간간히 이들 중 누군가 앰뷸런스에 실려 가면 바로 집이 채워지니까 이 자리도 채워지곤 한다요.

노인네들은 너도나도 귀가 어두워 주고받는 이야기들이 너무나 커서 꼭 싸움이 일어난 것 같소. 하는 얘기란 날마다 똑같은데, 자기가 젊었을 때 잘나가는 큰 회사 사장이었다는 둥, 자기가 어렸을 때 집에 금송아지가 12마리 있었다는 둥, 지금도 하우스를 세놓고 여기 왔다는 둥, 지금 장관하는 아무개는 자기가 데리고 있었던 애고. 국회의원 아무개는 군대 후배였다는 둥. 왕년에 명동에서 내노라 하는 주먹이었다는 둥둥둥….

다음 순서는 자식자랑!

어쩌면 하나같이 좋은 학교를 우수한 성적으로 나와서, 하나같이 좋은 직장에서 일하거나 좋은 비즈니스를 하며 하나같이 그런 효자, 효녀가 없다고 앵간히들 떠들어대제….

시몬 아부지, 다음에는 미국 처음 와서 영어 땜에 실수한 이야기들.

어떤 이는 고등학교 막 졸업한 아들놈을 영어 배우라고 미국마켓에 취직시켰더니 손님이 와서 "미역" 달라고 하드래요. 그 녀석은 여기서도 미역을 파는가 해서 마켓을 뒤지고 다니는데, 주인이 손님에게 우유를 건네고 계산을 하드래요. 'MILK'의 본토발음을 '미역'으로 알았다고….

또 다른 노인 이야기 "나는 첨 왔을 때 청소일을 하는데 프리웨이 입구에 'Wrong Way'라고 써 있길래, 아! 일루 가라는 말인갑다 하고 그 길로 갔다가 죽을 뻔하고 경찰한테 혼났다는 얘기….

이에 질세라 여기서 유식하다고 폼을 잡는 노인네가 끼어드는구먼요.

"허허 나는 말여 미국 땅에 첨 발을 딛고 시내 나갔는데 말여, 어느 가게에 'HOT DOG'라는 간판이 있지. 이거 뭐여. 아! 이 미국 놈들도 보신탕을 먹는구나. 한국사람 개고기 먹는다고 무시해 쌌더니…하하하…."

또 한 노인네가 말하네요. "이놈의 영어가 뭐 길래? 한 이 년쯤 됐을까, 이태리 식당을 갔지. 피자와 파스타를 시켜 먹고 남아서 투고해 갈라고 투고박스를 달라고 했지. 종업원이 와서 '비자 오올 메스터?' 그래서 나는 비자 카드도 없고 매스터 카드도 없어 '캐쉬!'라고 했지. 그러나 종업원은 다시 '비자 오올 메스터?' 나도 라고 해서 '캐쉬!! 캐쉬!!'라고 했어. 나중 알고 보니 그 종업원이 이태리 억양으로 '피자 오올 파스타'라고 했던 거야. 하아, 영어가 뭐 길래!"

끝으로 팔각정 영감들은, 고국의 정치 얘기로 피를 튀긴다요. 노인들이라 시간이 많아서 그런지 날마다 유튜브를 보고 가짜뉴스와 막말에 욕설… 자기들이 무슨 애국자나 독립투사나 된 듯. 매캡씨 거품을 물다가 밤이 되면 뿔뿔이 헤어진다요. 날마다 레파토리가 똑 같은데, 날마다 새롭게 또 거품을 물고 떠들어대는구먼요.

그러고는 어쩌다가 물주라도 생기면 값이 싼 뷔페집으로 우르르 몰려가기도 하고, 맥도널드로 와글와글 몰려가기도 한답니다.

시몬 아부지도 알지라우? 맥도날드는 '맥다방' 칼스주니어는 '별다방'이라고 부르는 거요. 옛날 노인네들은 웨

정해정

스턴 길을 '원서동' 버몬트 길은 '보문동' 올림픽 거리는 '오류동'이라고 불렀당께요. 지금도 아파트에서는 웰페어를 '월패' 참말로 영어가 불쌍해서 워쩐다요?

그래도 평화는

시몬 아부지. 이런 사람들 꼬라지들을 옴막 보고 여그서 살아가는 다람쥐 가족들은 잔디밭을 뒹굴고, 커단 아몬드 나무를 오르락내리락 한다요. 새들은 아는지 모르는지 오래 살다봉께 주뎅이만 살아가꼬, 명랑하게 노래만 부르며 이곳의 평화를 알리고 있소.

시몬 아부지, 나는 날마다 어둑어둑 날 새기 전 새벽에 포도시 일어나 싸묵싸묵 운동 겸 산책을 나가요. 그때마다 부스스 일어나는 녀석이 있소. 집 없는 늙은 고양이. 노숙자요. 노숙자! 털은 윤기가 없고, 색이 바래고, 거기다 듬성듬성 빠져 볼품이라고는 앵간히 거시기하요. 어찌 보면 우리 아파트 노인네들 비슷하기도 하고… 고양이 색깔은 하양, 노랑, 검정색이라 이 땅에 사는 사람들의 피부색깔인 것도 같소. 다리도 부실하고, 밥 주는 것도 사무실에서 금지 시켰다니 더 징하게 가엽네요. 더 늙어 뵈고, 더 불쌍해 뵈네요.

녀석도 한때는 주인에게 사랑도 받았을 꺼고, 집도 있고, 그럴듯한 이름도 있었겠지라우. 여기가 노인아파트인 줄 어찌 알고 뭣 땜시 여기서 사는 걸까요? 녀석은 S.S.I(정부 보조금)도 없을 텐디 말요. 긍께 듣기로는 주민 노인 누구가 몰래 밥 주어 포도시 연명한다 하네요.

〈동네〉

노인 아파트에
늙은 홈리스 고양이 한 마리
여기가 노인아파트라는 걸
누가 가르쳐주었을까

어느 노인이
심어놓은 분꽃 밑
간밤에 뿌린
스프링클러 고인 물을
아침 식사인가
할딱할딱 먹는다.

고양아
미안하다
우리는 같은 처지
한 목숨인 것을.

정해정

시몬 아부지. 팔각정 주변에는 삥 둘러 잔디밭이 있소. 근디 노인네들이 잔디밭을 텃밭으로 맹글었다요. 허기사 우리 한국사람들은 손바닥만한 땅만 있어도 파헤쳐서 밭을 만들지요. 허천나게 가난했응께… 이 텃밭은 시방 노인네들이 직업 맹키로 즐기는 일터요, 뭐시냐, 지난 세월의 아련한 추억이랍니다. 시몬 아부지.

〈코리아타운〉

코리아타운은 사랑이다.

서울의 이태원보다 더 한국스러운
코리아타운은 사랑이다.

텃밭에는 화초처럼 자라는 상추, 쑥갓,
그리고 배추와 열무.
우리만이 아는 향기 깻잎.
그 사이사이 키 큰 접시꽃은 목을 빼고
소소한 소문 날리고
일 년 내내 피어있는 제라늄과 능소화.
크고 작은 선인장들….
이 모두 꽃이 피면 아름다운 화초렸다.

코리아타운은 사랑이다.

영어 못 해도 상관없다.
영어 못 알아들어도 상관없다.
우리들만 아는 찌개내음
그리움.

코리아타운은 사랑이다.

별별 이야기

시몬 아부지. 살다 본게 참으로 얼척 없는 일도 많소.

아침저녁으로 선선한 바람이 부는 해거름 때였소. 이곳에서 친히 지내는 후배 쌍둥 엄마가 얼굴이 벌게서 헐레벌떡 왔소. 분해서 죽겠다면서요.

자기네 바로 옆집 할머니가 있는데 자식들이 멀리 살아, 자기가 돌보았다 하네요. 그런데 자기는 열쇠 맡아준 죄밖에 없는데, 어느 날 도둑으로 몰아, 그것도 고무장갑과 딸이 선물해준 화장품을 도둑질 해갔다고 동네방네 소문내고 다니니 미쳐버리겠다며 길길이 뛰네요.

시몬 아부지, 또 어느 날이었어요. 같은 아파트에 사는 항상 명랑하고, 오래 살아야 한다고 영양제를 한주먹씩 털어 넣는 신자 씨가 왔네요. 그녀 특유의 잇몸을 드리내놓고 웃음서… 손에는 부침개 한 접시가 들려 있네요.

"텃밭에서 뜯은 깻잎이라서 향기가 좋아요. 그런데 여기서는 더 못 살겠어요, 이사 갈까 봐요."

"왜 그래요?" 나는 의아해서 물었지요.

"앞집에서 낮이고 밤이고 싸우는 통에…."

"다 늙은 사람들이 싸울 일이 뭐가 있다고요?"

"의처증 의부증 아라네요. 세상에 태어나서 첨 들어보는 쌍욕과 살림 부서지는 소리에 내가 제 명에 못 살겠어요."

부부 싸움은 칼로 물 베기라는데, 물 베는 소리가 대단한 갑네요.

〈늙은 쌈닭〉

창밖은 아직도 깜깜한 밤이다.

우장창! 와장창!

물건 부서지는 소리가 요란하다

색 바랜 털이 뽑혀 날리고

벌겋게 핏발 선 흐려진 눈알

벼슬에 상처가 나고

부리가 꺾이는 전쟁이다.

아직도 살아있는 사랑인가?

아직도 살아있는

의심병의 질투인가?

날마다 이 꼴을 보고 사는 옆집 할매

"아이고! 더러워라. 기운도 좋다.

늙고 추접한 것들.

들개도 안 물어가겠다"

시몬 아부지. 이 아파트에 날마다 검정색 비닐 커다란 앞치마를 입고 쓰레기통을 뒤지는 할머니가 있소. 빈 페트병과 빈 깡통을 뒤지는 할머요. 나는 처음 이곳에 와서 여기 주민인지 다른 동네 사람인지 몰랐지요. 그런데 밤이고 낮이고 보이길래 옆집 사람한테 물어봤소.

"아! 그 깡통 할머요? 105호 사는 할머닌데요, 월패를 아들한테 다 뺏겨서 그런대요."

"어머나!! 노인아파트에 사는 노인네 들은 웰페어 가지고 '계'도하고, 교회 헌금도 내고, 손주 용돈도 주고 아주 편히 산다던데요?"

"하아! 말도 말아요. 저 할머니는 월패 받는 날 아침 일찍 아들이 와서 차를 태워 은행에 가서 아들은 차에서 담배 피움서 기다리고, 엄마는 은행에 들어가 돈을 타오면 렌트비 제하고 다 가져 간대요. 그래서 깡통 주어서 겨우겨우 살아 간대요… 쯧쯧… 아들이고 뭐시고 다 소용 없어요….”

참으로 징하게 슬프네요. 오래 전에 어느 심리학자가 쓴 책에서 본 기억이 나요. 자식들이 부모 것을 뜯어 갈 때, 뜯기는 그 순간 단 몇 분이나, 아니 단 몇 초라도 자식의 그 환한 웃음과 기뻐하는 모습이 순간적으로 부모 가슴에 박힌다는….

엄마는 아낌없이 내어주는 파도가 된다.
밀어내도, 밀어내도 달려드는 파도가 된다.

〈엄마 마음〉

옛날 옛적에
우렁이 가족이 살았대
새끼우렁이는 엄마 우렁이의 살을
야금야금 파먹고 살았지

새끼 우렁이는 이젠 다 컸고
엄마 우렁이는 새끼가 살을 다 파먹어
빈껍데기만 남았단다.

엄마 우렁이는

빈 껍질째

파도 타고 둥둥 떠가는데

그것을 본 새끼 우렁이

"하하, 우리 엄마 파도 타고 시집 가네…."

　시간이 남아 허송세월 하는 노인네 들은 '계'도 모집해서 하고, 치매예방이라는 핑계로 화투도 치고, 거기서 쌈박질도 하고, 또 은제 그랬냐고 음식을 해서 나누어 먹기도 한다네요.

　일주일에 한 번씩 아파트에 올개닉 마켓에서 유효기간이 간당간당한 식료품을 한 보따리씩 가져다주는데, 한국노인네 입에는 안 맞아 반은 버리게 되는 것을 두 보따리 세 보따리 가져갈라고 쌈박질하는 창피한 모습도 봅니다.

　그런가하면 자칭 '고상한 시니어'라는 이름을 부쳐 책이 많은 우리 집에서 책을 빌려다 보기도 하고, 돌려 보기도 한다요. 무료 사설도서관이라고 좋아라들 해요. 사람들이 책 빌려감서 나를 '도서관장님'이라 부르는 바람에 졸지에 출세해 부렀네요. 책 속에 길이 있는 게 아니라 감투가 있는 줄을 예전엔 미쳐 몰랐당께라우.

　수영을 몇 십 년 열심히 하는가 하면, 일주일에 한 번씩 큰 병원에서 신생아 배냇옷 만드는 봉사도 하지요. 또 독서모임에, 영어교실에 열심히 나가는 사람도 있다요.

다운타운 꽃 시장도 함께 가고, 때로는 산타모니카에 가서 고급식사도 하고 바닷가에서 차도 마시고 고상한 시니어답게 힐링하고 오기도 한답니다. 그런 재미에 살 지라우. 그란디….

마스크를 턱에다 쓰고

워메!!! 어째야쓰까!!!

시방은 상황이 완전히 달라졌소.

보이지 않은 전쟁 코로나19 땜시 외출 금지령이 내렸기 때문인갑소. 그래도 너무 답답했던지 팔각정에 단골 손님들이 다 모였네요. 전부 마스크를 턱에다 쓰고….

"코로난지 지랄인지 이렇게 암시랑토 않은데 외출 금지라니… 노인들 답답해서 어디 살겠나? 자식놈들 전화로 감시하는 통에 더 죽겠어."

"말도 말어! 올림픽에 있는 양로병원에서는 20명이 죽었대. 킹슬리 노인아파트에서는 30명이 실려갔대."

똑똑한 노인네가 드뎌 흥분을 하네요.

"그것보다 더 큰일 났어. 이 세상 인구가 너무 많아 줄일라고… 이것이 바로 '천재지변'이라는구먼! 5억 인구를 솎아내려고 말여. 미국에서 백신을 만들 때 동물에 해

되는 것을 넣는다 하잖어?"

또 다른 노인네가 흥분해요.

"거럼! 거럼! 솎아낼라면 이 땅에서 아무 쓰잘때기 없고 나라돈만 축내는 노인들부터 싸악~ 쓸어버리제!" 그러고는 아주 작은 소리로 자기만 들리게 "나. 만. 빼. 놓. 고." 하하.

〈여기도 사람 사는 세상〉

어느 날 창문을 내다보니
아!! 보고 싶고 보고 싶었던
우리 손주 '말틴'이 아닌가
오매! 내 새끼!
미국이름 하나 달고 이 땅에 태어나
어느새
지 애비보다 키가 한 뼘이나 웃돌아
할미 먹을 맛난 것 잔뜩 싸들고
차에서 내리는 모습이다.

아가야
어서 오그라
문 열어 놓았다.

시몬 아부지, 여그도 사람 사는 동네랑께요. 아무리 아웅다웅 티격태격 지지고 볶아도 사람 사는 동네!

삐용 삐용 앰블란스 소리가 아파트 가까이서 들리네요. 또 뭐신가 거시기 헌 일이 생겨서 거시기 한 갑소. 이래도 사람 사는 동네지라우.

시몬 아부지, 또 소식 전할 때까지 쬐끔만 기다리쇼. 우리가 다시 만날 날도 머지 않았겠지라우. 그나저나 은제나 "여보"라고 다정시럽게 불러볼 날이 올랑가요? 참말로 쪼까 거시기 허네요. 여보! 여보, 시몬 아부지!

삐용 삐용 앰블란스 소리가 점점 더 가까워지네요. ✸

있을 때 잘해

있을 때 잘해

시몬아부지 그동안 펭안히 잘 지내셨소?

여그서 유행한 유행가 중에 '있을 때 잘해'라는 노래가 있는디 꼭 나를 놓고 맹글고, 나를 향해 부르는 것만 같아 무담시 가슴이 뜨끔하고 거시기 한디, 눈을 감아도 그 노랫소리가 귀를 울려 갈비뼈가 조이는 것 같아 이 일을 어째야 쓰께라우.

내가 가만히 옛날을 생각해 봉께, 당신을 푸대접하고, 하도 잘못한 것이 많아 당신이 마즈막 떠날 때 '미안했소'라는 말 한마디 못한 것이 날이 갈수록 내 가슴에 대못을 박고, 껄적지근 한 것이 심장이 애리는 거 같당께요.

생각허면 헐수록 징하게 거시기 한데 '있을 때 잘해 후회 하지 말고…' 이 노래를 들으면, 가슴에 멍이 얼추 가실 때도 되었구먼, 상처에 소금을 뿌리는 것만 같구먼요.

시몬 아부지.

〈고해성사〉

남편이 떠난 빈 침대 위
내가 못 다한 고해성사가
어둔 그림자 되어 누워 있다.

침대 시트를 갈고
베개를 갈아보아도
그래도
앙금처럼 누워 있는
어둔 그림자.

내가 용서라 부르는 것들이
모두
거짓일지라도
나는
무릎을 꿇고 고해성사를 드리고 싶다.

시몬 아부지, 이것도 지 눈에 앵경인가? 스컹크가 지 새끼 방구 냄새는 향기롭다 했다등가?

나는 우리 아그들을 "뽕!" 하고 낳기만 했제 잘 해준 것 하나도 없어 생각하믄 솔찮히 부끄럽고 거시기 했는디, 고물고물 즈그들이 잘 커줘서 하나밖에 없는 딸네미는 당신을 꼭 빼어 닮아 세상에서 젤로 이쁜 딸로, 누가 머락해도 시방은 나의 젤로 친한 친구요, 그 가시네 없으믄 한 시도 못사는 꺼꿀로 엄마 같은 보호자요.

시몬 아부지,

낯선 땅에 이민 와서 일 년 내내 24시간 붙어 댕기던 당신하고 젤로 친했던 '레오' 씨가 올봄에 '심장마비'라는 깃발을 들고 당신한테 안 갔습디여? 글고 한 달 전에는 '코로나19'라는 깃발을 들고 간 '요한' 씨도 만났지라우? 병도 없고 평화만 있다는 천국에서 성가나 목 터지게 부름서, 내 자리도 잡아놓고 재미지게 살고 있으쇼.

여기 살 때 성가대 끝나면 우리 집 뒤뜰에서 삼겹살 구어 먹던 생각이 나요. 글고봉께 암시랑토 않은 일을 나는 날마다 밥해 댄다고 씨부렁거렸지만 시방 생각하믄 그때가 얼마나 오지게 행복했는지 모르겄소.

시몬 아부지, 내가 가믄 맛난 음식 원없이 해 줄탱게 기다리쇼잉.

실가리 삶어 내가 맹근 특제 양념에 꼬막 넣고 된장국도 끓여주고, 홍어 삼합도 맛나게 해줄탱께요.

울 아빠가 딱!

시몬 아부지, 노인아파트에 로맨스는 다른 사람은 '뭐시 문제여?' 할랑가 몰라도, 나는 참 남사시럽고, 퀴퀴한 냄새밖에 안 나요. 어쩐 일인지, 여그는 여자 평균 나이가 높아서 인지, 남자 할배 숫자가 가뭄이랑께요.

홀아비 영감이 이사 왔다 하믄 할매들 눈길이 쏠린답디다.

거기다가 홀아비가 운전할 줄 알고, 자동차 있고, 하면 더 인기라요. 정정한 할배는 할매들을 한차 가득 채우고 마켓도 댕기고, 어쩔 땐 꽃놀이도 댕기고, 또 어쩔 땐 싸구려 노인관광도 우르르 몰려서 댕기고 한답디다.

시몬 아부지, 이 인기 있는 영감탱이가 누구냐믄요. 아따! 저번 팔각정에서 코로나가 인간을 솎을라믄, 정부돈만 축내는 쓰잘데기 없는 노인들부터. '자기만 빼놓고' 싸악 쓸어가라는 그 영감탱이요. 하하.

할매들 틈에 끼어 계를 모아서 어울려 댕기며 치매 예방이람서 화투를 친다는 소문도 있고, 날마다 음식을 해들고 몰래 그 영감 집 앞에서 기다리다 쌈박질을 했다는 둥, 어느 날 그 집을 가봉께 계원 누구와 나란히 밥을 먹고 있더라는 둥. 또 영감 한집 건너에 사는 할매와 계원 누구와 머리끄댕이 잡고 싸웠다는 둥. 또 새벽 캄캄한데 그 집에서 계원 누구가 나오더라는. 배라 밸 놈의 소문이

자자한 며칠 뒤 결국은 영감은 한집 건너에 사는 할매와 눈이 맞아 부렀당께요. 영감은 다 정리하고 이 할매와 집이 가까워서 그랬는지 듬시롱 남시롱 애인이 되부러 손잡고 산책도 하고, 자동차 타고 나들이하는 모습도 쉽게 볼 수 있당께요. 즈그들이 주장하는 서로가 다 싱글인데 '머시 걱정이여?'

시몬 아부지,

이 말을 들은 우리 새끼들은 실실 웃으며 나를 보고 놀려요.

"엄마! 엄마는 미인을 아니지만 귄 있응께, 찝적거리는 영감 없어요?"

"아! 나 말이냐? 어떤 영감이든지 들어오라고 현관문 열어놓고 자도 한 놈도 안 들어오드라. 느그덜이 소개 쫌 해줄래?"

애 녀석들이 나를 힐끔거리며 실실 웃음서 또 말해요.

"울 아빠가 딱! 인데… 얼굴 잘생겨. 운전 잘해, 헌 차지만 이름 있는 자동차 있어. 특히 여자들한테 무지하게 친절해… 울 아빠가 딱! 인데…."

"나는 저세상에서 다시 만난다믄 느그 아부지 만날란다. 이 세상에서 잘못한 일 사과할라고야…."

시몬 아부지,

여그서 나한티도, 자주는 아니지만 가끔 지인들이 말

해요.

"아주 존사람 있는데 소개해 줄 탱게 친구로 한번 사겨 바라. 결혼하라는 것이 아니라 걍 친구 말야. 맛있는 것도 먹으러 댕기고, 여행도 댕기고… 이런저런 속 얘기도 하는 걍 친구…."

"아이고메!! 싫다. 왜냐면 사내라는 동물은 구십이나 백 살이 되어도 새 여자 보믄 만질려고 한다니께. 그게 싫다, 싫어. 하하하."

시몬 아부지 나 잘했지라우?

우물 안 와글와글

팔각정은 여전히 마스크 턱에다 쓰고 와글와글.

"빌어먹을! '코로나19'라고 누가 이름 지었지? '코로나18'이라 했으면 날마다 욕먹고 벌서 달아났을 걸…."

또 이놈의 애국자들은 유튜븐지, 가짜뉴슨지, 고국의 정치얘기에 핏발을 선다요.

"말이야! 큰일 났어! 대통령이 공산당 앞잡이라 한국은 버얼서 이북에 넘겼어. 국회 속에도, 국민들도 간첩이 우글우글… 물 반. 간첩 반이야. 허어."

"한국은 얼마 남지 않았어. 정말 큰일이야."

"이번 선거도 부정선거로 독재정권이 되고, 정말 큰일 났어!"

버큼을 물고 침을 튀긴다요. 3동에 사는 점잖은 차 영감이 반론을 하려다가 귀싸대기 한 대 맞고 얼굴이 벌게져 팔각정을 나오는데 평소에 인사만 주고받던 같은 동에 사는 오 영감이 휘적휘적 따라 나섬서. 집으로 가는 소나무 밑 벤치에 누가 먼저랄 것 없이 걍 똑같이 앉았어요. 오 영감은 자기가 귀싸대기는 안 맞았지만 더 먼저 흥분해서 어쩔 줄을 모른당께요.

"칵! 퉤! 버러지만도 못한 놈들… 그렇게 똑똑하믄 한국 가서 지가 대통령 하제, 버러지만도 못한 드런 자식들… 칵! 퉤!"

"지가 회사에서 데리고 있었다는 홍길동이라는 장관 찾아가 한 자리 달라고 하제! 그 금수만도 못한 자식은 유명하다는 사람을 말할 때 꼭 성을 빼고 '길동이, 길동이!' 하드먼. 퉤! 퉤!"

"2동 그놈은 한국에 아파트 몇 채 있는 거 세놓고 와 재산 땜에 시민권 안 따고 영주권으로 산다잖아. 나 같으면 아파트 한 채 팔아 갖고 와서 떵떵거리며 살겠네. 내! 참! 주뎅이만 살아각고!"

"누구는 옛날에 금송아지 12마리 없었나? 말로는 뭔 말을 못 하나? 지가 12마리면 나는 32마리 있었다. 지랄들 하고 자빠졌네."

"여기서 8년째 살지만 효자, 효녀 방문한 거 한 번도 못 봤네. 카악! 퉤!"

한강에서 뺨 맞고 종로에서 눈 흘긴다고, 오 영감과 차 영감은 이렇게라도 하니 속에 남은 찌끄레기가 쪼까 풀리는 것도 같은데 한편으론 징허게 거시기하네요.

그 후 두 영감은 깨복쟁이 동무마냥 둘도 없이 친해졌당께요.

날마다 둘은 바둑을 두고, TV를 보며 함께 낮잠도 자고, 비싼 장어도 먹으러 가고, 스타벅스에서 커피도 마시며 이렇게 맘에 꼭 맞는 친구를 어째서 진즉 못 만났을까 한탄하며 아쉬어하기도 한답니다. 차 영감은 오 영감 보고 말해요.

"우리 아카데미 상 탔다는 『기생충』 영화 곧 들어온당께 들어오면 보러갑시다."

"영화 보고 그 극장 몰에 있는 유명한 집에서 냉면은 내가 쏠께요."

어떤 이별

아침부터 찌부둥한 날이였네요.

여기는 계절이 확실치 않지만 그래도 초복이라고 두 영감은 엘에이에서 젤로 잘한다는 삼계탕을 먹으러 가기로 약속하고, 차 영감은 가기 전에 변기를 고쳐달라고 사무실에 신청해 놓고 갔어요.

오 영감은 며칠 동안 여기저기 병원 다니느라 차 영감을 만나지 못했는디요.

오메!!! 먼 일이당가???

사무실에서 변기 고치러 갔더니 아무리 벨을 눌러도 소식이 없길래 비상 열쇄로 들어가 보니….

오메! 오메! 어째야 쓰까, 이 일을!!!

차 영감은 욕실 변기와 욕조 사이에 끼어서 죽어 있드랍니다.

차 영감은 여기에 가족이 없고, 글고봉께 시애틀에 조카 하나가 있었는갑다. 아파트에 들어올 때 조카가 사인을 해서 글로 연락이 갔나, 급히 조카가 왔드랍니다. 다행히 조카 고등학교 때 친했던 친구 목사가 여기서 개척교회를 하고 있어 연락을 해서 간단히 장례를 치루는데 아파트에서 걸어가는 곳에 한국장의사가 있어 두어 명 노인네들이 싸묵싸묵 귀경 삼어 걸어갔는 갑습디다.

오 영감은 차 영감의 그 꼴을 봄서 두 다리가 풀려 주저앉아 불고, 자기 땜시 생긴 일이라고 통곡을 하는 모습은 눈뜨고 볼 수 없었다고, "각시가 죽었다 해도 저러지는 못했을 꺼라."고 옆집 할매가 말하데요.

그 후 오 영감은 죽은 것 맹키로 쓰러져 밥도 넘기지 못하고 시체가 다 되어 평소 같으면 차 영감 장례도 먼저 와 이럭저럭 다 치룰 텐디 지척에 있는 장의사도 갈 힘이 없어 시체처럼 걍 누어있는 것을 보다 못해 옆집 할매가 샌디에이고에 사는 딸한테 연락해, 급하게 딸이 와 할매와 딸이 살살 달래서 딸네 집으로 모시려는 것을 앵간히 쎈 오 영감의 고집으로 결국은 오 영감 뜻대로 포도시 양로원으로 모셨다네요. 이러크롬 존 나라 미국에서 살면서 죽을 때까지 여그서 뭉개지 뭣 땜시 바쁜 아그덜 신세 짐서 오라거니, 가라거니, 신경 쓰게 할 필요 없다고 두 영감은 입버릇처럼 말했다등가….

　차 영감 집은 비우자마자 그 집은 금방 채워졌고, 이 아파트도 두 영감이 설치는 노인네들이 아니라서 그렇기도 하지만 비운 자리가 점점 잊혀져 가는구면요. 밀물에 파도가 밀려와 그 자리를 채우듯이. 새벽안개가 스르르 벗겨지듯이. 벌써 주민들 기억에서도 사라지고 있구면요. 자우당간에 죽은 사람만 불쌍하지… 세상살이가 참 그렇구면요. 죽은 사람만 불쌍하지. 징하게 거시기 하요….

　두 영감이 타고 댕겼던 차 영감 자동차만 먼지를 뒤집어쓰고 파킹장에서 주인을 기다리고 있어 오다가다 그것을 볼 때마다 가슴 한쪽이 허전하고 솔찮히 거시기 하요.

　그 후 양로원으로 간 오 영감 소식은 몰라요. 오 영감도 차 영감 따라 훨훨 날아갔으면 좋겠다는 생각을 잠깐 해봤네요.

〈우는 노을〉

노을이 울고 있다.

날마다 조금씩
죽음의 행진을 하면서도
막상
내 죽음은 까맣게 잊고 산다.

그러다 노인아파트에서
누군가의 임종 소식을 들으면
그와 친분이 없어도
가슴속에는
오래도록 찬바람이 분다.

어디선가
조용히 들리는 소리

주변에 엉킨 매듭이 있거든
풀고 떠날 채비를 하라는…
창밖의 팜트리 사이로
핏빛 노을이

정
해
정

나를 보고 울고 있는

외로운 오후.

아무리 꽁짜가 좋다지만

시몬 아부지. 이 아파트는 지붕에 태양열을 설치해서 전기, 수도, 개스 값을 따로 내지 않는디요.

근디 말이요. 시몬 아부지. 옛날 지질히도 가난한 시절에 살았던 노인들이어서 그렁가? 자기 것만 아깝다고 해서 그렁가?

주민 전부가 그런 것은 아니지만, 하루 온종일 집안에 전기란 전기는 다 켜 놓고, 외출했다 집에 오믄 시원하라고 에어컨도 켜놓고 외출하고, 수돗물도 원 없이 틀어놓고 산다요. 가을이면 집안에 히터를 윈 종일 켜놓고 띵가띵가 함시롱 산당께요.

몇 월 며칠, 수돗물이 몇 시부터 몇 시까지 단수라고 연락을 주건만 걍 나올 때까지 틀어놓고 사니….

시몬 아부지, 자기들이 돈 내는 것이면 감히 이럴 수가 있을까 시프요. 우리 집에도 윗층 노인이 수돗물을 틀어놓고 잠들었다고 아래로 물이 새 화장실이 한강이 되부러 물 퍼내고 수건 있는 대로 다 적시고 그런 난리가 없었당께요. 그러고 며칠 후 또 부엌이 한강이 되어서 깜짝 놀라 올라갔더니 수돗물 틀어놓고 깜빡했다네요. 그리고 얼마 전에는 거실 천정에 거무죽죽한 진한 커피색깔 물이 떨어져 이불 한 채, 책 5권, 베개 하나 큰 수건 5장… 도저히 빨아서 쓸 수가 없어서 아깝지만 다 쓰레기 통으로 들어가 부렀당께요. 세 번째구먼요. 천정은 커피색깔 커다란 중국지도가 그려져 있고 정말 천정을 쳐다볼 때마다 아무리 정신없는 노인인께 이해한다 해도 신경질 나네요. 또 노인은 암시랑토 안케 "미안해! 깜빡했네."라고….

시몬 아부지, 올 봄에는 아파트에 이런 일도 있었다요.

여기 텃밭에 물을 주는 수도가 군데군데 서너 곳이 있지라우. 근디 말이요. 어뜬 할매가 텃밭에 물을 줌시롱 친구를 만나 호스를 땅에 던져 놓은 채 마냥 세월아 네월아, 하니 물 아끼라고 나라에서 그렇게도 말 하건만….

아파트에서 수돗세가 만 오천불이 나왔다고 텃밭을 다 치우라고 명령이 내렸어요. 시몬 아부지, 아무리 꽁짜가 좋다지만 꽁짜면 양잿물도 마신다고. 이러면 똥구멍에 뿔난다 했지라우….

선거철 풍경

시몬 아부지, 우리 아파트는 한국사람이 90%로 약 100여 명 되지만, LA 다운타운에는 젤로 큰 노인아파트가 있다요. 1300세대에 한국사람이 1000명이 넘는다네요.

그곳은 작은 한인타운으로, 내가 들어봉께 한인회 선거철이면 우리 한국 옛날 6-70년 때와 똑 같습디다. 선거운동, 물질공세, 인신공격….

후보자가 나오면 삼삼오오 짝을 지어 그 사람 과거부터 부풀려서 버큼물고 인심공격을 하는가 하면, 선거운동, 선물공세, 음식공세 등등 등….

그도 그럴 것이 이 아파트는 다 노인들이라 투표하기도 쉽고, 협찬하기도 명분이 좋아서 일하는 사람들은 배가 터질 지경이라네요. 주민들은 이리 쏠리고, 저리 쏠리고 추접스럽다기보다는 참으로 거시기 허네요.

시몬 아부지.

이 노인아파트 입주할라믄 65세 이상 신청할 수 있고요. 글고 엘에이 경우 10년을 기다려야 입주 차례가 와요. 그런데 말이요. 어떤 사람은 아파트 2채를 해놓고 하나는 헌 소파 하나 들여놓고 아파트는 비워두고 김장할때나, 자식들 집에 잔치할 때, 음식 만드는 장소로 사용하지요. 그리고 바리바리 싸 각고 자식 집에 가져간답니다. 어떤 이는 일부러 2채를 받으려고 신청하기 전에 서류상 이혼하기도 한답디다.

비싼 약을 한아름 타 와서 뒤로 팔기도 하고, 공짜로

주는 식품 중 캔은 버스에서 일 불씩 받고 판다니 나 참 남사시럽고, 지절로 얼굴이 빨게지네요.

아파트 두 채 각고 자랑하는 사람을 보면 화가 나는디 그러든지 말든지 냅두라는 사람도 있지만, 10년을 기다리는 사람을 생각하믄 참으로 기가 막히기도 한다요.

아름다운 황혼

시몬 아부지.

우리 아파트에는 나랑 가까이 지내는 후배 남편인디 화가 한 분이 살아요. 날마다 팔각정 하고는 상관없이 팔각정 옆에 이젤을 놓고 그림을 그린다요. 아내는 옆 벤치에서 책도 읽고, 밀린 신문도 본다요. 팔각정의 와글와글만 없으면 청설모와 새들과 더 아름다운 풍경일 텐디 쪼까 아쉽네요.

이 부부는 모자부터 옷까지 예사롭지 않은 멋쟁이랍니다. 칙칙한 이 노인 아파트에서 보기 드물게 정신이 번쩍 나는 그림이고 말고요. 알고 보니, 각자 자기 모자가 30개씩이 넘는다네요. 화가는 여기 미술협회에서 임원으로 일하고 취미가 말 타는 취미라 주말이면 말을 타러 댕기기도 한다요. 아내는 큰 병원에서 바느질 봉사를 하고요. 교양도 있고, 주변 사는 노인네들 잘 건사도 해주고…. 아무리 늙어도 '물텀벙'인 나에게는 '해결사' 노릇을 하지요.

보기에 참으로 아름다운 황혼이 아닐랑가요?

시몬 아부지, 이 부부를 봄시롱 내가 당신한테 쫌 더 잘할 걸… 하고 후회와 반성을 많이 한답니다. 이 부부를 '시니어 모델'에 추천하고 싶네요.

시몬 아부지.

나는 애들한테와, 주변 가까운 사람한테 이미 유언을 했어요. 내가 죽을라고 할 때 심폐소생술인가 뭔가 하지 말고, 생명연장 약은 절대로 사절이고, 이 나이가 괜찮다면, 성한 장기가 있다면, 장기이식 해달라고요.

죽었을 때, 장례미사에 온 분들 좋은 음식 대접하고. 이 유언을 꼭 지켜 달라는 당부와 함께요.

첫째: 관 뚜껑 열지 말 것,

둘째: 조의금 사절.

셋째: 조화 사절.

내가 생각해도 참 잘 한 것 같아요. 그치요? 시몬 아부지.

시몬 아부지.

화가 선생님이 어느 날 내 영정 초상화를 그려 선물로 주셨어요.

눈을 감고 가만히 생각해 봐요.

어느 날.

쟈카란다가 활짝 핀, 화창한 봄날이라면 더 좋겠구먼요. 내가 당신 곁으로 가는 날. 장례미사 끝나고 성당 가운데 길로 미사 집전하신 신부님과 관이 나오고, 그 뒤를 따르는 잘 생긴 남자 하나.

검정 양복차림에 우리 사랑하고 사랑하는 손자 말틴이 내 영정 초상화를 들고 눈물을 흘리며 걸어오는 모습을 상상하면 시도 때도 없이 왈칵! 눈물이 나요.

시몬 아부지.

그러나 여기도 사람 사는 세상이랍니다. ⚘

조성환 약력

경북 대구 출생. 1982년 이민.
2016년 《미주중앙일보》 신인공모전 시조,
2018년 《미주중앙일보》 신인공모전 수필 입상.
2020년 5인동인지 『다섯나무숲』 출간.

연작소설 _ 황 영감의 청춘 일기

조성환

앗싸, 황 영감 심봤네
모두가 다 꿈이로다
깨인 꿈도 꿈이로다

앗싸, 황 영감 심봤네

터푸덕, 현관문 앞에 신문 떨어지는 소리. 황태국 씨는 잠결에 신문 떨어지는 소리가 다른 날과 다르다는 느낌을 받았다. 플라스틱 봉지에 싼 신문이 시멘트 바닥에 떨어지는 소리는 퍽, 이지 푸덕하는 소리가 아니다. 배달부가 오늘은 그라지 옆 화단으로 신문을 잘 못 던진 것 같다. 그리고 보니 배달부의 차 엔진 소리도 평소와는 다른 것 같다. 집 앞에 다다르면 속도를 줄였다가 신문을 던지고 다시 속도를 올리는 소리가 아니다. 웽, 하고 멈춤 없이 달리는 소리와 뒤따르는 차 소리도 귀에 설다. 조용한 동네 거리에 웬 속도를 저리 낸담. 그는 잠결에도 못마땅해서 미간을 찌푸리며 끙하고 돌아누웠다.

평소에 신문은 아침 다섯 시 반쯤 거라지 앞 시멘트 바닥에 던져졌었다. 황 노인은 시간이 그쯤 되었으리라고 생각했다. 간밤에 늦도록 소리 공부하느라고 늦게야 잠자리에 들었는데도 깊은 잠이 들지 못했다. 전날 밤 소리 선생은 유독 잔소리가 길었고 짜증이 묻어 있었다. 선생에게 호되게 당한 그는 식식대며 집으로 돌아와 늦게까지 『흥보가』 중 「제비 노정기」의 한 대목 중 '높이 떠~ ~' 이 부분을 악을 쓰듯 질러댔었다.

"아니, 떠~ 이 부분에 워째 고로코롬 길게 못 끌고 밑으로 폭 떨어진다요? 중모리 장단에 떠, 그 부분은 열두 박 중 여섯 박으로 길게 끌어야 헌다고 나가 몇 번이나 말했간디."

따다닥,

"아, 다시 혀 보씨요, 아니리부터."

소리 선생은 다른 날과 달리 곱상한 얼굴이 시퍼렇게 부아가 난 얼굴로 제 성질나는 대로 애무한 소리북 변죽만 두들겨 패대며 말했다.

황태국 씨는 아무리 딸 같은 젊은 여자라도 선생은 선생인지라 그저 무안해서 시키는 대로 예, 예하며 따라 할 수밖에 없었다. 마누라 가고 난 다음 갑자기 세상이 텅 비어서 마음 둘 곳 없던 차에 소리 선생을 만난 지 이미 두 해가 지났는데도 소리는 나아질 줄 모르고 그 소리가 늘 그 소리다. 노년의 목소리가 어디 젊은 사람처럼 찰지던가. 그저 흉내라도 내서 흥얼거릴 정도만 되면 좋으련만 그게 어디 '쩽하고 해 뜰 날'처럼 쉽게 배워지던가.

'명춘에 나갈 적엔 내가 출행 날을 받아 줄 터이니, 그 날 나가거라. 삼동이 지나고 춘삼월이 방장커늘, 하루난 흥부 제비가 보은 표 박씨를 입에 물고 만 리 조선을 나오난듸, 노정기로 나오것다.'

어잇, 딱 쿵.

"흑운 박차고 백운 무릅쓰고 거중에 둥둥 높이 떠~~ 두루 사면 살펴보니 서쪽 지척이요. 동해 창망하구나."

딱딱.

"뭐디여, 흥부 제비가 바다 가운디 높이 떴다가 물에 퐁당 빠지것소. 바다 건너 높이 날 적은 더, 더 힘차게 펄펄 날아야 쓸 것인디, 그라면 우째야 쓰까? 새가 나는 것처럼 힘이 있어야제. 그란게 둥둥 높이 아, 요 대목에서 끊고 싸게 숨을 깊이 들이마셨다가 떠에서 팍팍 질러야 쓸 것인디 워째 고걸 못하요. 잉?"

태평양 바다 건너 이곳에 온 지 몇 년 되지 않은 선생은 기름통을 삶아 먹었는지, 투박한 남도 사투리로 어절씨구, 감칠맛 나게 잘도 타박하고 있었다. 황태국 씨는 때로 선생의 사설이 곡 중의 아니리보다 더 아니리 같아서 선생의 잔소리를 넋 놓고 들을 때도 있긴 했다. 그렇긴 해도 오늘같이 그게 그렇게 쉽게 잘 넘어가면 솜털 보송보송한 선생 앞에 허구한 날 조아리고 앉아서 탈바가지 깨지는 소리나 듣고 있었겠느냐구.

황태국 씨도 버럭 성질이 나서 한마디 하려다 꾹 눌러 참는다. 확실히 선생에겐 뭔 일이 있었음이 분명하다. 노처녀 히스테리라 여기고 받아넘기기에는 아무래도 지나치다. 설령 소리가 맘에 안 들었기로 소리하는 도중에 죄 없는 북의 우변을 앙칼지게 내리쳐가며 소리를 중단시키는 못 된 성깔이라니. 달 손님을 맞았나? 귀찮은 손님이 왔기로 요란법석 오도 방정을 맵차게도 떨었었다.

비몽사몽 엊저녁 일을 생각하는데 멀리서 딱따구리 나무 쪼는 듯한 소리가 들린다. 자동차 머플러 터지는 소리 같기도… 그는 다시 잠 속으로 가물가물 빠져들었다.

황태국 씨가 어느 순간 눈을 번쩍 뜬 것은 오늘은 신문 배달이 없는 일요일이라는 생각이 잠결에도 퍼뜩 들었기 때문이다. 그렇다면, 아까 그 소리는?

황태국 씨가 침대 옆 작은 탁자 위의 스탠드 등을 켜고 본 시계는 5시를 막 지나고 있었다. 그는 어떤 예감에 자리에서 벌떡 일어나 침대 모서리에 걸터앉아 잠결에 들었던 소리를 새겨 보았다. 그는 작심한 듯 잠옷 차림으로 현관문 쪽으로 한 발씩 걸음을 옮긴다. 마치 적진에 잠입하는 특수 공작원같이 살금살금 걸어 나가 현관문을 빠끔이 열고 주위를 살펴보았다.

늦가을의 짙은 안개가 와락와락 밀고 들어온다. 뭉클

뭉클 움직이는 것이 살아있는 생명체 같다. 늘 있어야 할 자리에 신문은 보이지 않았다. 그의 집과 잇대어 있는 양 옆 집을 제외하고는 안개에 묻혀 보이질 않았다. 황태국 씨의 집 현관을 중심으로 왼쪽으로 네 번째에 있는 김 여 사 집은 아예 보이지도 않았다. 지난 저녁은 김 여사 댁 에 초대를 받아 스파게티를 맛있게 먹은 기억을 떠올린 다. 까탈스러워만 보였던 김 여사가 요즘 들어 전에 없이 사분사분해졌다. 그는 간밤에 본 그녀를 생각하며 공연 히 크고 뭉텅한 코를 엄지와 검지를 구부려 잡고 쓸어내 린다. 그가 코를 비비는 것도 요즘 들어 생긴 버릇이다.

길거리에 듬성듬성 서 있는 가로등이 안개에 둘러싸여 달무리같이 몽환적이다. 어스레한 거라지 양옆을 유심히 살피던 황태국 씨가 눈이 번쩍 뜨인 것은, 사이드 도어 옆 화초밭에서 푸르스름한 플라스틱 백을 발견하고였다. 황급히 백 앞으로 다가간 그는 백 앞에서 사뭇 조심스러 워졌다. 제법 큼직한 쇼핑백은 두툼한 종이 백이 반쯤 삐 져나와 있었다. 그는 저 속의 내용물이 무엇일지 기대와 함께 막연한 불안이 일었다.

야심한 밤에 쫓기듯 달리던 차에서 던져놓은 물건과 그 뒤를 쫓는 듯한 자동차 소리. 필시 저 물건은 음흉한 물건일 것 같은 예감이 들었다. 그는 조심성 많은 강아지가 낯선 물건을 툭툭 건드렸다가 저 스스로 놀라 뒤로 잽싸게 물러서듯, 슬리퍼 발로 빚어 나온 종이 상자와 백을 슬쩍슬쩍 차보고 밀어보고는 했다. 그리고는 강아지처럼 뒤로 내뺄 생각까지도 염두에 두었다.

백 속은 비어 있는 듯했고 종이 상자만 발로 툭툭 건드려보았다. 이몽룡이 춘향이 편지 받고 야밤에 춘향 집 문전에서 도둑괭이처럼 살금살금 다가가듯 황태국 씨도 쇼핑백 앞으로 조심조심 살금살금 진중하게 다가선다. 손가락으로 종이 상자를 툭툭 건드려 보기도 하고 백을 밀쳐 보기도 하며 탐색전을 펼친다. 종이 상자 앞에서 먹잇감을 놓고 잠시 뜸을 들이는 동물들처럼 그도 뚜껑을 열기 전에 요리조리 상자를 살핀다. 이 안에 무엇이 들어 있을지 누가 아나. 잘린 손? 마약? 아니면 돈? 영화에서 본 것이지만, 가끔 조직을 이탈한 배신자에겐 손목을 자르는 등 가혹한 처벌이 있지 않든가.

황태국 씨는 그것이 무엇이든 이제 야릇한 흥미를 느끼고 있었다. 흥부가 박을 켤 때의 심정처럼 스르렁 스르렁 마음의 톱질을 하기 시작한다. 기왕이면 총이나 칼, 손목 대신 흥부네처럼 금덩어리나 몇 개 나오든지, 아니면 돈다발이 꽉 들어차 있었으면 하고 생각한다. 황태국 씨는 그래도 모르는 일이어서 딴에는 조심한다고 뚜껑을 열기 전에 한쪽 다리를 옆으로 빼놓는 것도 잊지 않았다.

잘린 손목이 불쑥 튀어나오기라도 한다면….

헉!

황 노인이 박스의 뚜껑을 여는 순간, 자신도 모르게 뒤로 나자빠질 뻔하며 외마디 소리를 질렀다.

돈이다!

시퍼런 뭉칫돈이 박스 안에 가득하다. 벤저민 프랭클린의 환생! 웃을 듯 말 듯 한 그가 눈을 맑게 뜨고 황태국 씨를 올려다보고 있지 않은가. 황태국 씨는 돈을 보는 순간 놀람도 잠시, 안개 속을 뚫고 누군가가 성큼성큼 다가올 것만 같아 갑자기 몸이 굳어지는 걸 느꼈다. 그는 못 볼 것을 본 사람처럼 재빨리 상자의 뚜껑을 덮고 쇼핑백의 손잡이를 낚아채듯 움켜쥐고는 웅크렸던 다리를 들어 일어섰다. 현관문까지 불과 대여섯 걸음이 만 리 길같이 멀어 보였다. 그 몇 걸음을 딛는 순간에도 누군가가 뒷덜미를 낚아챌 것 같은 느낌과 멀리서 그의 거동을 지켜보고 있는 것 같아서 뒤통수가 저릿저릿했다.

현관문을 여는 순간 두려움은 극에 달했다.

그 가방 내놔! 금방이라도 누군가가 후다닥 들이닥칠 것만 같아 뒤를 돌아볼 엄두가 나지 않았다. 문을 열고 재빠르게 들어서서는 문을 닫고 잠금장치를 거는 동안에도 손이 부들부들 떨렸다.

방안에 들어선 그는 떨리는 걸음으로 소파에 다가가 허물어지듯 무너졌다. 쇼핑백은 그의 손에 단단히 쥐어 있었다. 한참 넋을 놓고 있던 그는 소파에서 일어나 뒷다리를 들고 창가에 다가가 커튼을 들치고 바깥 동정을 살폈다. 밖은 여전히 몇 걸음 앞을 내다볼 수 없는 자욱한 안개.

아무도 본 사람이 없어. 암, 안개가 저리 심한데 봤을 턱이 없지. 그가 마음을 놓고 보니 가방 속에 든 시퍼런 100불짜리 뭉치들이 생각이 났다. 그게 얼만지 알 수는 없었지만, 얼핏 본 것만으로도 묶음 지에 10000이라고 적혀 있는 다발 돈이 열 개는 족히 넘어 보였다.

황태국 씨는 한 번도 손을 떼지 않은 쇼핑백을 들고 침실로 들어가면서 도대체 이 상황을 어떻게 받아들여야 할지 얼떨떨하다. 침실의 커튼을 단속해서 빛이 새어 나가지 않게 한 그는 스탠드 등을 바닥에 내려놓고 백 속의 박스를 꺼내 뚜껑을 열었다.

스무 개의 다발 돈! 그는 황홀한 듯 돈을 바라보았다. 육십 몇 년의 세월을 보내는 동안 한 번도 만져보지 못한 돈이 박스 안에 차곡히 누워 있다. 그는 만 불짜리 다발 하나를 왼손에 들고 오른손으로 차르륵 펼쳐 보았다. 시퍼런 백 불짜리 지폐가 경쾌한 소리를 내며 넘어간다. 돈 넘기는 소리가 지붕 위로 쏟아져 내리는 빗소리 같다. 그는 마음이 벅차올라서 몇 번인가 뭉칫돈을 쓰다듬어 보았다. 다발 돈은 보면 볼수록 든든하다. 황태국 씨는 문득 흥부전에 나오는 한 대목이 생각났다.

주렁주렁 달린 새끼와 마누라를 대책 없이 배를 곯리고 있던 흥부는 양반 체면을 버리고 환자 섬(還子瞻)을 빌리러 동원에 들른다. 흥부는 호방(戶房)에게 좌수(座首) 대신 곤장 10대를 맞는 맷값으로 서른다섯 냥을 받기로 하고 우선 닷 냥을 받아 집으로 온다. 흥부는 마누라 앞에서 흥에 겨운 나머지 덩실덩실 춤을 추며 한껏 거드름을 피운다.

"여보 마누라, 이 돈 근본을 자네 아나. 생살지권을 가진 돈, 부귀공명을 가진 돈, 이리저리 생긴 돈, 이놈의 돈아, 아나 돈아, 어딜 갔다, 이제야 오느냐 얼씨구 돈 봐라."

그때 흥부 마누라가 돈을 보고 놀라서 또 한마디 거든다.

"돈 돈 돈, 돈 좋다 돈 좋아, 돈이라니 웬 돈이요. 일숫돈을 얻어 왔소, 돈 봅시다, 돈 봐요."

황태국 씨는 비록 맷값으로 받은 돈이나마 처자식을 먹여 살릴 돈이 생긴 흥부가 제 마누라 앞에서 거드름을 피우는 대목을 떠 올리며 홀로 쓸쓸하다. 돈은 황태국 씨가 정작 필요해서 가슴을 쥐어뜯을 때는 코빼기도 보이지 않았다.

4년 전에 먼저 간 마누라가 병으로 고생할 때 감당할 수 없는 병원비로 집의 에퀴티를 뽑아서 쓰고도 모자라 제대로 치료해주지 못한 포한이 남아 있다. 그때 이 돈이 생겼다면 그는 흥부보다 더 흥분했을지도 몰랐다.

정말이지, 돈이라니 이놈의 돈! 이 요귀 같은 놈의 돈. 그는 돈 때문에 시달렸던 지난 시절을 생각하며 눈을 부릅뜨고 빤히 쳐다보고 있는 돈 속의 인물에게 한마디 충고를 넌지시 던진다.

"네 놈의 죄를 네가 알렸다!"

황태국 씨는 빳빳한 새 돈 두 뭉치를 한 손에 겹쳐 잡고 준엄하게 꾸짖고서는, 칭얼대는 아이를 맵게 밀어냈다가 얼른 도로 안고 얼리는 어미처럼 돈다발을 다른 손으로 부드럽게 쓰다듬는다.

돈은 보면 볼수록 큰 고목처럼 위엄이 있다. 돈은 실로 어마어마한 위력과 폭발력을 지니지 않든가. 황태국 씨는 당장 장딴지가 터질 일을 앞에 두고도 덩실덩실 춤추던 흥부를 다시 생각해 보았다.

"그래, 흥부 말대로 어디를 쏘다니다 이제야 내게 왔더란 말이냐 응? 이제 튈 생각일랑 말고 진득하게 내 옆에 오래 있어 주어, 응?"

황태국 씨는 다시 침대에 누웠으나 잠이 올 턱이 없다. 오다가다 그에게 머문 돈이긴 하지만, 천사가 와서 쓰라고 뭉칫돈을 던져놓고 갈 리 없다면 저 돈은 검은 돈일 수밖에 없다. 누군가가 돈을 찾으러 올지도 모른다! 그는 여전히 두렵다. 운 사납게도 경찰이 오거나 돈 주가 직접 온다면 백을 내놓을지언정, 스스로 경찰서에 가서 옛수! 하고 내어놓고 싶은 생각은 추호도 없다. 아무려나 그런 일은 일어나지 않을 것이다. 하느님인들 안개 자욱한 내부를 보았을 리 없다. 어쨌든 돈은 그의 손에 들어와 있었다.

요란한 전화벨 소리에 그는 소스라치게 놀라 잠에서 깨어 셀폰의 화면을 보았다. 뜻밖에도 옆집의 김 여사였다. 잠결에도 벨 소리는 공포였다. 혹시, 지난 새벽의 일을 김 여사가 본 건 아닐까. 그럴 리 없지. 황태국 씨는 고개를 힘껏 가로젓는다.

"편히 주무셨어요, 황 영감님."

"어이구, 김 여사가 이른 식전에 웬일이슈."

"식전이라니요, 9시가 넘었구만. 혹시 교회 가실 때 저 좀 태워 주실 수 있나 하구요. 엊그제 차를 정비소에 맡겨 놓는 바람에…."

"어, 어 그러시구랴. 어차피 그리로 지나가는 길이니,

조금 있다가 시간 맞춰서 이리로 오시오"

　황태국 씨는 전화를 끊고 비로소 긴 숨을 내쉬었다. 온몸이 축축하다. 김 여사와는 다니는 교회는 달라도 2, 3분 거리에 있어서 가는 길에 먼저 내려주면 되었다.

　김 여사가 이런 부탁을 하기도 처음이다. 김 여사는 황태국 씨보다 서너 살 아래다. 몇 해 전 남편이 짐 싸 들고 나간 이래로 과년한 딸과 함께 살고 있다. 무역업을 한다는 그녀의 남편은 언제 들어오고 나가는 줄 모르게 코빼기도 보기 어려웠었다. 아무리 바쁘기로서니 주말에도 보기 힘든 그를 두고 이중생활을 하는 모양이라는 근거 없는 소문이 동네에 한 바퀴 돌기도 했다.

　황태국 씨의 아내가 살아 있었을 때는 김 여사도 더러 내왕했지만, 그의 아내가 죽고부터는 내왕은 고사하고 얼굴 보기도 힘들었다. 설령 얼굴을 마주친다고 해도 김 여사는 애써 고개를 돌리곤 했었다. 그녀는 남편과 헤어진 후로 한동안은 요란을 떨었었다. 언제나 집에만 틀어박혀 있던 사람이 난데없이 골프를 배운다고 시도 때도 없이 골프채를 싣고 나가는 꼴이라니. 또 어느 날은 최신형 BMW를 타고 나타났다. 도대체 위자료를 얼마나 받아냈기에… 그는 이유 없이 기가 죽었다.

　그 몇 해가 지난 지금 김 여사는 가정 경제가 찌들어 들었는지 아니면 어느 놈팡이에게 홀라당 껍데기까지 벗겼는지 알 수 없지만, 예전처럼 집에만 눌러 있다. 그녀의 돌출 행동이 있긴 했지만, 그녀는 전형적인 주부 타입으로 수더분한 인상에 모나지 않은 성격으로 동네 사람에게도 좋은 평판을 받고 있었다.

황태국 씨로서는 피차 혼자된 지 오래된 처지에 오다가다 부드러운 말 한마디라도 주고받으면 좋으련만, 언제 보아도 냉랭하기 짝이 없는 김 여사가 은근히 서운했었다. 그녀가 BMW 트렁크에 골프 가방을 싣고 있는 모습을 커튼 사이로 훔쳐보던 그는 커튼을 획 닫으며 혼자 구시렁거리며 배알이 뒤틀리던 것이었다. 그러면서도 꾀죄죄해 보이는 자신이 한없이 작아 보여 주눅이 들곤 했다. 삐까번쩍하던 차도 평범한 차로 바뀐 요즈음 그는 옳다구나! 하고 쾌재를 불렀다. 그러면 그렇지, 지가 언제적에 그 비싼 차를 굴렸다고. 그는 속이 다 시원했었다. 그런 한편으로 눈높이를 낮춘 그녀에게 측은지심이 일어나지 않은 건 아니었다. 사람들은 집이나 차나 업그레이드한 것에서 더 올라갔으면 올라갔지, 다시 내려오면 누구나 비참해했다. 마치 신분 상승에서 나락으로 떨어진 것처럼. 그녀도 한동안 기가 죽어 보이는 것도 같았다.

어쨌거나 저놈의 여편네는 저도 늙어가는 처지에 뭘 믿고 저리 도도 하담. 젊기를 했나, 얼굴이 반반 하나. 그는 김 여사가 늘 못마땅하다. 그런데, 알지 못할 게 사람 마음인지 김 여사가 도도해 보이면 보일수록 자꾸 마음이 끌리는 것도 어쩔 수 없는 일이었다.

황태국 씨가 동네에서 황 영감으로 불리게 된 것도 김 여사 때문이었다.

어느 날인가 변호사인 김 여사의 딸에게 무슨 서류를 내보이며 조언을 부탁한 자리에서 난데없이 '황 영감'이란 말이 그녀의 입에서 불쑥 튀어나왔다. 제 딸에게 한 말이긴 했어도, 하기 좋은 말이 그렇게 많은데 하필이면 영감이라니! 그는 속이 들들 끓었지만 그렇다고 버럭거릴 수도 없어서 대충 일을 마무리짓고 나와버렸다.

문제는 한국인이 비교적 많은 동네에 여자들끼리 모인 자리에서 그녀는 황태국 씨를 '황 영감' 혹은 '황 노인'이라 칭했다. 그 일이 있고 난 뒤로 동네 사람들은 옳다구나, 하며 그를 '황 영감'으로 불렀다. 영감이라니! 서운해도 어쩔 수 없는 일이었다.

이래저래 그는 김 여사의 입방정으로 '황 노인'으로 자리매김한 것이 두고두고 괘씸하다. 어느 땐가 그는 김 여사에게, 내가 왜 영감이란 말요? 하고 발끈한 적도 있긴 있었다. 그러나 그땐 이미 늦어도 한참 늦은 때였다. 더욱 약이 올랐던 것은 김 여사의 대꾸였다.

"그럼 황댓국 씨하고 불러요?"

"아니, 황태국 씨 하면 되지 굳이 센 발음으로 할 건 뭐요?"

"그야 발음이… 이미지가 황탯국을 닮아놔서…."

"그리고 황탯국이면 또 어떻소. 영감보다야 백번 낫지. 뭐, 이제 와서 내세울 것 없지마는, 그래도 이름 하나는 끝내주지 않소? 특별난 것이, 내 코처럼 말이요."

김 여사는 그 한마디에 그만 얼굴이 발그스레한 복숭아 빛이 되어서 흐물흐물 무너져서 눈 둘 곳을 몰라 했었다.

사실 요즘 세상에 60대는 노인 측에 끼이지도 못하지 않는가. 더구나 60대도 초반이라면.

김 여사를 마음에 둔 이후로 그는 샤워를 마치고 나면 종종 거울 앞에서 자신의 얼굴을 보며 혼자 구시렁거리곤 한다. 고개를 돌려 보기도 하고 턱을 올렸다 내렸다 하며, 싱긋 알지 못할 음흉한 미소를 짓기도 하고.

다들 몰라서 그렇지, 얼굴이 장동건이나 김수현같이 매끈하지 못하고 울퉁불퉁한 모과를 닮긴 했어도 그러나 아는 사람은 다 안다. 나훈아만큼이나 크고 단단해 보이는 코를 보면 말이지… 황태국 씨는 그의 코에다 시선을 박고 고개를 끄덕거리며 혼자 흐적흐적 마른 웃음을 날린다.

황태국 씨가 일찌감치 김 여사를 맞을 채비를 하고 연신 창밖을 기웃거린 것은 쉼 없이 두근거리는 가슴, 금방이라도 누군가가 들이닥칠 것만 같은 불안이 마음을 짓누르고 있던 탓이었다.

그때 거라지 앞으로 김 여사가 다가오는 것이 보였다. 그린색 스커트와 겨자색 블라우스 위에 네이비 코트를 걸친 김 여사의 차림새에 가을 냄새가 짙다.

"오늘은 특별히 좋은 일이 있는 모양입니다."

그가 조수석 문을 열어주며 말했다.

"교회 가는 날이니까요."

"교회 끝나고는…."

"…."

김 여사가 별 대꾸 없이 차창 밖으로 시선을 옮기는 것을 보고 그는 마지막 말은 안 하느니보다 못했다고 생각했다.

황태국 씨가 지난 새벽에 일어난 사건에 관한 뉴스를 본 것은 막 교회에 다녀와 소파에 앉아 티브이를 켰을 때였다.

'안개 속의 추격전'이라는 자막을 달고 진행한 뉴스에는 전신주를 들이박고 대파된 승용차가 도로변에 휴짓조각처럼 뭉개져 어지럽게 방치되어 있었다.

사건 요지는 이랬다. 범죄에 연루된 피의자를 추격하던 수사관이 피의자의 집중 사격으로 사망했다. 총격 후 과속으로 도주하던 2명의 피의자도 짙은 안개로 인해 전신주를 들이박고 사망했다는 보도였다. 황 노인의 동네에서 멀지 않은 곳이었다.

황태국 씨가 숨죽여가며 뉴스를 듣는 동안에도 쿵닥거리는 그의 가슴을 진정시키기 힘들었다. 그렇다면 잠결에 들은 딱따구리 나무 쪼는 소리는 총소리였단 말인가?

그는 냉장고에서 꺼낸 찬물을 한 컵 들이키면서 마음을 진정시켰다. 수사관과 피의자, 세 사람이나 목숨을 잃은 어마어마한 사건 속의 돈이었다. 이로써 돈은 피의자들이 도망가면서 버린 돈이 분명해졌다. 마약이나 무엇인가 불법으로 거래한 돈일 터였다. 아니라면 함정수사에 쓴 수사관이 건넨 돈? 이렇거나 저렇거나 그 돈은 피칠을 한 붉은 돈임이 분명했다. 그는 가슴만 뛰는 게 아니라 수시로 얼굴까지 검붉게 변하곤 했다. 지체 없이 돈가방을 경찰서에 가져간다면 마음이 불편할 이유도 두려워할 이유도 없으련만, 돌다 돌다 여기까지 와 품에 안긴 시퍼런 뭉칫돈을 내놓는다는 것은 생각조차 하기 싫었다.

이봐, 당신. 무슨 겁이 그리 많아? 개미마저 잠든 안개

자욱한 새벽에 쥐가 봤겠어? 새가 봤겠어. 거기다가 돈과 연관된 당사자들 모두 죽었다잖아. 너무나도 완벽해. 자신을 가지라구.

마음 한쪽에서 쉼 없이 흘러나오는 소리였다.

황태국 씨는 안방 바닥에 만 불 단위의 다발 돈을 쫙 펼쳐놓고 이 생각 저 생각으로 정신이 없다. 그래, 누구도 알 수 없고, 누구도 찾아오지 않을 것이다. 이 돈은 이제 내 것이다! 그는 애써 불안한 마음을 떨쳐버리고 다발 돈 한 뭉치를 움켜쥐고서는 자신에 찬 목소리로 중얼거렸다. 그는 돈다발을 김치 병에다 세워서 집어넣었다. 한 병에 열세 뭉치면 가득 찼다. 두 병에다 나눠 넣었다. 돈은 밤을 기다려 뒷마당 감나무 밑에다 묻어 둘 것이다.

그는 밤을 기다리는 동안 저 돈을 어디다 어떻게 쓸 것인지를 생각해 보았다. 돈은 권력이기도 했고 인격이기도 하지 않든가. 저 정도의 캐시만 있으면 꼭 필요할 때 곶감 빼먹듯 야금야금 빼먹어도 좋을 것이고, 돈의 위력으로 얼마만큼 허세를 부려도 좋을 것이었다.

그는 소파에 머리를 제치고 눈을 감고 이런저런 생각을 해 보는 게 여간 즐겁지 않다. 복권 한 장 사 들고 꿈을 꾸어 본 사나흘 행복했던 것과는 사뭇 달랐다.

그는 한동안 구름 위에 둥둥 떠돌던 생각들이 어느 순간 허무해지는 것을 느꼈다. 그 돈으로 이런저런 일을 다

조성환

해보고 난 절정 뒤에 오는 허무, 풍만했던 다발 돈이 다 없어지고 난 다음의 황량함이었다.

　그는 다시 곰곰이 생각해 보았다. 내가 발 뻗고 자려면 경찰서에 같다 주는 게 낫지… 그는 막상 그래 놓고도 유리병 속에 든 시퍼런 돈다발을 생각하면 그건 또 멍청한 짓이려니 했다. 그렇게 오락가락하던 마음을 최종 정리하듯 그는 무릎을 탁, 치고 벌떡 일어섰다.

　그래, 저 돈을 오로지 김 여사를 꾀는 데 쓰자. 돈으로 안 되는 일이 세상에 어디 있을 것인가. 사실 황 영감은 아내가 병이 들고 십 년이 넘도록 여자를 안아 본 적이 없었다. 아내가 죽기 전에는 생각도 안 나던 것이 아내가 죽고 혼자가 되고부터는 갑자기 여자의 살 냄새가 슬금슬금 그리워지기 시작했었다.

　어느 때는 젊었을 때나 있을 법한 몽정을 하기도 했다. 이순의 나이에 주책이라고 애서 자신을 나무라지만, 자연적인 생리 현상을 나무란다고 될 일이든가. 그렇다고 바깥 모임에 분주하게 나다니는 것도 아니었다. 더구나 자신 같이 개털인 사람은 여성이 관심조차 두질 않는다는 것을 모를 리 없었다. 이래저래 잊고 살아야지 했다가 마침 혼자가 된 김 여사를 보고 은근히 마음에 두고 있기를 수년째였다. 마음에 두었다고는 하지만, 한 동네 살면서 집안에 숟가락까지야 몇 개인 줄 몰라도 개털이라는 건 그녀 또한 모를 리 없을 것임으로 다가서기에도 썩 자신이 없었다.

그래, 좀 떳떳하진 못한 돈이지만 김 여사에게 보여 주자. 이제 얼마나 더 걸을 힘이 남았다고, 아직 힘이 남아 있을 때 부지런히 여행이나 함께 다니자고 하자. 알래스카 크루즈도 하고 모차르트의 고향 찰즈 브르그의 노상 카페에 가서 맥주도 마시자고 하자. 혼자는 정말이지 외로워서 못 살겠노라고 고백하자. 피차 혼자된 몸 이렇게 아깝게 허송세월로 시간을 버리지 말자고 하자. 맞아, 정말 이게 뭐냐고. 얼마나 더 살겠다고… 황태국 씨는 스스로 진솔해져서 눈가가 촉촉이 젖어들기까지 했다. 김 여사처럼 수더분한 여성의 마음만 잡을 수 있다면 더는 바랄 것이 없었다.

그때였다.

김 여사 생각에 푹 빠져 있던 그 순간, 초인종 소리가 짧게 들렸다 싶었는데 갑자기 문이 열리고 벨트 옆에 경찰 배지와 옆구리에 권총을 찬 백인 형사가 후다닥 들어왔다. 그가 극도의 공포심으로 어찌할 바를 모르고 있을 때 형사가 성큼성큼 다가서는 것이었다.

그가 비명에 가까운 소리를 지르다가 눈을 뜨고 보니 형사는 온데간데없다. 가위눌린 꿈이었다. 잠시 비몽사

몽으로 조는 사이에 벌어진 일이었다.

그는 사지를 부르르 떨었다. 아무리 가위눌린 꿈이라도 초인종 소리가 너무나도 선명했었다. 그는 자리에서 일어나 채 수습이 되지 않은 몸으로 바깥의 동정을 살피려고 현관문을 조심스레 열어보다가 그만 비명을 지르며 뒤로 발라당 넘어지고 말았다.

"아니, 왜 그러세요, 황 영감님."

손에 무언가를 받쳐 들고 있던 김 여사도 놀라서 얼른 안으로 들어와 뒤로 넘어진 황 영감의 손을 잡아 부축해서 소파에 앉혔다. 온몸에 식은땀을 흘리고 있는 그를 김 여사는 자신을 보고 놀란 줄 알고 쩔쩔매며 어쩔 줄을 몰라했다.

"아, 아무것도 아닙니다. 내가 잠시 가위눌린 꿈을 꾸었습니다. 근데 어쩐 일로…."

"아까, 교회 끝나고 동창 모임에 다녀오면서 황 영감님 드리려고 그곳에서 음식을 좀 챙겨 왔어요. 오늘 아침에 신세 진 것도 있고."

"아, 예. 이런 고마울 데가…."

"아니, 무슨 꿈을 꾸셨기에 그렇게 놀라셨어요. 제가 오히려 놀라서…."

"아, 그게… 잠깐 편히 앉으세요. 고백할 것도 있고…."

황태국 씨는 더는 돈에 대한 미련이 사라지고 없었다. 이러다 명대로 못 살지 싶었다.

김 여사는 '고백'이라는 말에 눈을 둥그렇게 뜨고 긴장하는 빛이 역력했다.

"혹시 뉴스 들으셨소, 오늘 새벽에 우리 동네 근처에서 일어난 총격사건 말이요."

"교회 사람들에게 들었어요. 근데 그게 영감님하고 무슨…."

"그 사람 중에 누군가가 돈뭉치를 내 집 앞에 던져놓고 갔지 뭐요."

"어머나, 그래서요."

김 여사도 적이 놀라는 것 같았다. 황 노인은 돈의 액수와 그 돈 때문에 일어난 갈등과 이 기회에 김 여사와 가까워지기 위해 여러 계획도 짜 보았다고 고백했다.

김치 병에 든 돈뭉치를 본 김 여사의 눈빛이 시시각각으로 변하는 모습을 황태국 씨는 스치는 눈길로도 놓치지 않았다. 김 여사는 그녀대로 좀 전에 가위눌린 꿈을 말하면서 엷게 떨고 있는 황 영감의 손에 시선이 머물렀다.

"그런데 이런 걸 두고 일장춘몽이라 하는 모양이요. 돈은, 김 여사 마음을 사는 데는 일조할지 모르지만, 나의 행복을 담보할 수는 없다는 걸 깨달았소."

김 여사는 미묘한 표정이 되어 현명한 판단을 하시라며 일어섰다.

"정말 잘하셨습니다. 내일쯤엔 선생님 댁에 수사 관계자가 찾아갈 작정이었지요. 관계자가 선생님 댁을 찾아가는 것과 선생님께서 직접 이곳으로 그 물품을 가져오시는 것은 많은 차이가 있습니다."

황태국 씨가 김 여사가 가고 난 후 망설이지 않고 돈이든 플라스틱 백을 들고 경찰서를 찾아갔을 때 마침 한국인 경관이 그를 맞아주었다. 한국인 경관은 여러 요로에 전화해본 후 그에게 말했었다.

"사실, 그 돈은 수사기관에서 부착한 칩이 붙어 있고 위치 추적 장치도 되어 있습니다. 누군가가 돈을 유용하면 수사팀이 움직이게 되겠지요. 선생님께서 지체 없이 가져오셨으니 법률이 정한 대로 금액의 일정 부분을 받게 되실 겁니다."

십년감수란 이런 걸 두고 하는 얘기든가, 황태국 씨는 집으로 오는 내내 등골이 서늘함을 느꼈지만, 한편으로는 암울하고 칙칙한 긴 터널을 벗어나 밝은 햇빛을 맞는 것 같았다. 그는 수궁가 중에 토끼 화상이 용궁으로부터 토끼 간을 강탈하기 위한 온갖 유혹을 이겨 내고 고향으로 돌아가며 부르던 노래 가사가 생각이 났다.

'그때에 토끼란 놈이 금잔디밭에서 요리 뛰고 저리 뛰며 좋아라고 춤을 추며 산으로 올라 가는듸. 얼씨구, 절씨구. 얼씨구나 절씨구. 벼슬허기 원치 말고 이사 헐 생각 부디 마소 벼슬 허면 몸 위텁고 이사하면 천대받네 몸 익은 청산 풍경 낯익은 우리 동류 주야장천으로 즐겨 볼 거나 얼씨구 좋구나 지화자 좋네 이런 좋은 일이 또 있느냐.'

황태국 씨는 돈 욕심에 큰일을 치를 뻔했던 자신을, 벼슬에 눈이 어두워 큰일 치를 뻔했던 토끼의 하소연에 맞추어 어깨를 들척거리며 집에 도착하자 대뜸 김 여사에게 전화부터 하였다.

뒷 소식이 궁금하던 김 여사도 어두움을 이용하여 몇 번 주변을 살핀 후에 황 영감의 집에 재빨리 들어왔다.

"나 때문에 까닥 잘 못 했으면 김 여사도 같이 엮일 뻔 했소. 그놈의 음흉한 돈 때문에. 미안하게 되었습니다."

자초지종을 들은 김 여사도 깊은 안도의 숨을 내쉬었다. 그녀 또한 김치 병에 든 돈을 본 순간 비록 그녀와 무관한 일이긴 해도 잠시 갈등이 일었다고 했다.

"채 하루도 안 된 시간에 천국과 지옥을 다 다녀오셨네요. 현명한 판단을 하셨습니다."

"삶이란 별별 일을 다 겪어 가기 마련인 모양이오. 이젠 그런 일조차도 더는 없으리라 믿었는데, 아직도 삶은 진행 중이란 걸 느꼈지 뭡니까. 김 여사가 내 마음속을 비집고 들어 온 것도 그렇고…."

식탁 앞에 마주 앉아 있던 김 여사가 그 순간 붉어진 얼굴로 고개를 살짝 숙였다. 황태국 씨는 그 여세를 몰아 다시 치고 들어갔다.

"엉뚱한 일이었지만, 이 일은 돈보다 김 여사의 마음을 얻는 계기가 된다면 나로선 더는 바랄 것 없겠소만…."

용기 있는 자가 미인을 얻는다고 하지 않던가. 황태국 씨는 더더욱 여세를 몰아 어쩔 줄 몰라 하는 김 여사의 두 손을 낚아채 그의 두 손으로 덥석 감싸버렸다. 아주 꼼짝 못 하게 덥석.

딱, 두둥

흑운 박차고 백운 무릅쓰고 거중의 둥둥 높이 떠~ ~~ 연경을 떠난 흥부 제비가 조선 바다에 다다라 비로소 높이 떠 잽싼 날개깃을 파닥이며 하늘로 박차 오르고 있었다. ⚹

모두가 다 꿈이로다

결과적으로 그 일은 막연하게만 느껴지던 김 여사와의 관계를 이어주는 계기가 되었다. 돌이켜보면 엄청난 파장을 몰고 올 수도 있었던 일이었다. 하루 만에 일어난 일치고는 매 순간이 극적이었다.

덕분에 그는 그해 겨울을 외롭지 않게 보낼 수 있었다. 외롭지 않았다고는 해도 한 사람을 알아가는 과정은 순탄하지만은 않았다.

김 여사는 한 남자를 이미 알고 있었다. 그는 키가 크고 이지적인 풍모를 가진 남자였다. 어깨가 굽은 노인이라는 것만 뺀다면 꽤 괜찮은 사람으로 돈 많은 은퇴한 의사였다.

그는 신문을 주우러 가는 이른 새벽에 고급 세단 한 대가 시동을 켠 채 김 여사를 기다리고 있는 모습을 종종 보았다. 커튼 틈으로 여자의 골프채를 그의 차에 옮기는 것을 보고 그는 홀로 쓸쓸해했다. 어느 날부터인가 그는 그 의사라는 작자에 대한 맹렬한 적의가 솟구쳐 올랐다.

나보다 열 살은 더 됨직한 노인을 뭐 볼 거 있다고… 김 여사가 전직 의사와 골프를 치러 갈 때마다 그는 늙은이라는 것에 초점을 맞춰 혼자 비아냥대곤 했다.

김 여사도 깡마른 수숫대 옆에서 황량한 세월을 죽일 만큼 생각 없는 여자는 아닐 것이었다. 그는 김 여사가 그 정도로 소견이 없는 여인이 아니며 더욱이 분수 밖의 허영을 좇는 그런 여자는 아닐 거라고 자신을 위로하곤 했다.

그녀는 수수한 주부상을 하고 있었다. 외모 또한 자상한 아이의 엄마나 조용히 남편의 뒷바라지를 하는 음전한 여성의 모습을 하고 있다. 그는 그런 그녀의 모습이 좋았다. 남편과 이혼하고 잠시 얼굴에 어두운 모습을 했던 걸 뺀다면 그녀는 늘 밝아 보였다. 오십대 후반이라고는 해도 밝은 성격에 활기가 넘쳐 보였다. 특별히 뛰어난 외모는 아니더라도 가지런하고 흰 치아가 그에겐 더없는 매력으로 보였다.

가끔 식탁 앞에 마주 앉아 차를 마시며 대화를 나누다 보면 그녀의 성품을 알 것도 같았다. 낮은 목소리로 조곤조곤 속삭이듯 말하는 그녀의 음색은 높낮이의 변화가 없이 맑았고 말에는 조리가 있었다. 그는 그녀가 말하고 있는 동안 입술 사이로 비치는 하얗고 가지런한 치아를 보면 불쑥 달려들어 입을 맞추고 싶은 충동에 빠지고는 했다.

사실 황태국 씨가 그녀를 생각하고 있는 동안에도 그녀도 그에게 마음을 두고 있을 거라는 기미는 없었다. 가끔 무슨 얘기 끝에 전 남편에 관한 얘기가 나오면 갑자기 말수가 줄어드는 것을 그는 느낄 수가 있었다. 말 수만 줄어드는 것이 아니라 눈을 내리까는 모습만 보아도 그녀는 헤어진 남편을 못 잊어하고 있는 것 같았다.

올해로 예순넷이 된 황태국 씨는 30년이나 몸담았던 직장에서 은퇴했던 2년 전부터 스스로가 세상에서 더는 쓸모없는 노인이라고 생각하고 있었다. 그렇지 않아도 그는 정신적으로도 이미 노인이 되어 있었다. 병상의 아내 곁에서 정작 환자보다 더 환자 같은 세월을 보내느라 폭삭 늙어버린 자신을 의식하고 있었다.

동부 쪽으로 공부하러 간 딸마저 그곳에서 자리를 잡자 황태국 씨 혼자 썰렁한 집을 지키고 있으려니 스스로 생각해도 더는 할 일이 없을 것 같았고 매사에 자신감도 사라졌다.

수면 밑에 가라앉아 있던 그의 감성을 건드려놓은 것

은 김 여사였다.

가위눌린 꿈을 꾸었던 그날 무심결에 열어 본 현관문 앞에 서 있던 그녀를 보고 숨넘어갈 듯한 소리와 함께 뒤로 나뒹굴었을 때 정작 더 놀란 사람은 김 여사였다. 들고 온 쟁반을 떨어뜨리고 달려들어 쓰러진 그를 추슬러 주었던 그때, 그는 여성의 부드러움과 따뜻함을 진하게 느꼈었다. 아내에게서도 느껴보지 못했던 푸근함이었다. 오랫동안 잊고 있었던 여인에 대한 갈망이 번뜩 눈을 떴었다.

그날 그의 고백을 들은 그녀가 어떤 생각을 했는지는 알 수 없다. 다만 그날 이후 그는 다시 맹렬해졌고 김 여사 곁에 얼씬거리는 그림자에도 질투와 적의가 잠자고 있던 본능에 불을 지피고 있었다. 그렇다고 김 여사와는 특별히 가까워졌다거나 하다못해 풍광명미(風光明媚)를 찾아 함께 나서 본 일조차 없었다. 다만 돈 보따리 사건이 계기가 되어 데면데면하던 사이가 한 겹 허물을 벗었달 뿐이었다.

그 가을이 지나고 겨울이 깊어졌을 때 그는 재취업했다. 동창 친구가 소유하고 있는 17층 빌딩의 관리사무소였다. 건물 정문 옆에 있는 데스크에서 출입을 확인하고 층층이 설치된 CCTV로 모니터링하는 것이 주된 업무였다.

월셔 거리에 있는 사무실은 아침 출근 시간은 늘 활기가 넘쳐 있었다. 변호사 사무실이며 무역 관련 일 등 다양한 업종의 사무실에 출근하는 젊은 사람들이 데스크 앞을 스치고 지나갈 때면 향긋한 냄새가 코끝을 스쳤다. 그럴 때면 그는 기분이 상쾌해졌다. 향긋한 냄새를 풍기며 지나가는 젊은 여인을 보면 뜬금없이 김 여사가 몹시도 그리워지기도 했다.

그도 그 빌딩 안 분위기에 맞춰 매번 세탁소에서 찾아오는 옷과 말끔하게 면도를 하고 향 좋은 에프터세이브를 바르고 출근했다. 희끗희끗한 머리를 염색하는 것도 잊지 않았다. 막상 그렇게 치장을 하니 생기가 돋는 듯했다. 뭔가 넘치는 에너지가 꽉 채워지는 듯한 느낌. 반백의 머리와 거슬거슬하던 수염이, 짙은 브라운 색으로 변한 머리와 말끔하게 수염이 밀린 얼굴로 변해 있었다. 거울 속에는 웬 낯선 젊은이가 그를 보고 있는 것 같았다. 어느 날 출근길에 마주친 김 여사도 환한 얼굴로 감탄하는 눈빛이었다.

"점점 세련되어 가요, 염색하니까 십 년은 더 젊어 뵈시고."

"덕분에 젊은 청춘들 옆에서 일하니까 덩달아 젊어지는 듯한 느낌을 받습니다. 역시 가면이지만 이제 얼추 김 여사 근방에 간 건 아닐까 하는 착각이 듭니다만⋯."

김 여사가 말없이 웃어 보였다.

얼굴과 차림새에 신경을 써 보기로 친다면 실로 얼마 만인지 기억도 나지 않았다. 사실 집에서 궁상만 떨다가 생각지도 않았던 재취업을 하고 보니 모든 면에서 긍정적인 사고로 세상에 접근하게 되는 것을 그는 느끼고 있었다.

그런 어느 날, 퇴근하고 집에 막 도착했을 때였다. 김 여사가 기다리고 있었던 듯 차에서 내리던 그에게 다가와 그녀의 차가 베터리가 꺼져 있다며 도움을 청해왔다. 그는 거라지를 뒤져 점프 케이블을 찾아들고 김 여사의 차 옆으로 그의 차를 옮겼을 때였다. 낯익은 승용차 한 대가 김 여사의 집 앞 도로변에 차를 세웠다. 그는 갑자기 기분이 묘해졌다. 오래전 이른 아침에 익히 보아왔던 은퇴한 의사의 차였다.

그가 차에서 내려 성큼성큼 걸어오는 동안 황태국 씨는 그를 힐금 쳐다보며 내쳐 차가 나란히 서 있는 거라지 옆으로 다가갔다. 그때 차 옆에 서 있던 김 여사가 한 발 앞으로 내디디며 은퇴 의사에게 아는 체를 하는 것이었다.

"아니, 박사님께서 이 시간에 웬일이세요."

김 여사는 그를 의식해서였는지 일순 당황한 듯했으나 이내 덤덤한 어투로 말했다.

"지나던 길에 차 한 잔 얻어 마실라꼬."

황태국 씨가 막 차의 후드를 여는 모습을 보며 조 박사는 자연스럽고 태연하게 김 여사의 말을 받았다.

"차가 시동이 안 걸리는 갑네."

"간밤에 실내등을 켜 놓은 걸 잊는 바람에 베터리가 다 닳은 모양이에요."

"그러게 늘 조심하고 세심해야제. 좋은 이웃이 계셔서 그나마 다행이지만."

굵은 경상도 사투리를 하는 그의 목소리가 강단져 보였다. 황태국 씨가 차에 전기선을 베터리에 연결하는 동안 은퇴한 의사가 다른 쪽 전기선을 자연스럽게 거머쥐었다. 황태국 씨는 전기선을 연결하는 의사의 모습을 유심히 바라보았다. 정신과 의사였다더니 그의 행동은 굼떠 보였지만 찬찬했고 꼼꼼했다.

"인제 시동을 한 번 걸어보소."

의사가 베터리에 손을 떼는 것을 확인한 그는 차에 시동을 걸었고 차는 제대로 발동이 걸렸다.

"잘 되네. 이대로 시동을 걸어놓은 채 한 10분 정도 그대로 놔두소. 그래야 제대로 충전이 되니까네."

그가 김 여사 쪽을 보며 말했다.

시동이 잘 걸리는 것을 확인한 황태국 씨가 베터리에 걸어놓은 연결선을 떼다가 두 집게가 닿는 바람에 스파이크가 일어 짜르르 불꽃이 튀었다. 그는 고개를 얼른 뒤로 젖히며 불티를 피했고 옆에 있던 두 사람은 화들짝 놀라며 뒤로 물러섰다.

"조심하소."

의사가 괜찮냐는 듯 그의 표정을 살피며 걱정스럽게 말했다. 그는 신경이 온통 노신사에게 가 있었던지 조심하라는 그의 말을 듣는 둥 마는 둥 후드를 꽝 소리 나게 닫아버렸다.

"욕봤습니다."

의사가 그를 보며 말했다. 별말씀을, 하는 표정으로 그는 의사의 말을 받았으나 기분은 자못 비뚤어져 있었다. 안과 밖으로 나누어지는 묘한 기분, 김 여사와 은퇴 의사 그리고 그로 나누어져 있는 분위기가 몹시 불쾌했다.

"저 선생님 말씀대로 시동을 걸어놓은 채 좀 놔두세요."

그는 굳어지려는 표정을 숨기기라도 하듯, 표정을 밝게 하며 의사가 한 말을 답습했다.

"이 기회에 차를 하나 바꾸소 고마."

김 여사의 차를 눈길로 더듬던 은퇴 의사가 넌지시 그녀에게 한 말이 들렸다. 순간 황태국 씨의 입에서 정제되지 않은 말이 불쑥 튀어나올 뻔했다.

아니, 얼마 뛰지도 않은 멀쩡한 차를 바꾸라니! 새 차를 하나 뽑아주겠다는 말인가? 그는 의사의 말이 그렇게 들렸다. 이 양반이 있는 티를 내는 건가… 그는 그 의사의 말에 몹시 배알이 뒤틀려 있었다. 김 여사는 은퇴 의사의 말을 못 들었을 리 없었을 텐데도 애써 딴전을 피우고 있었다.

"3만 마일밖에 안 됐던데, 3만 마일이면 아직 새 차지요."

그는 감정을 최대한 다스려가며 의사가 들으라는 듯 혼자 중얼거리며 구시렁거렸다.

"헌 차여서 그런 게 아니라…."

그는 어물쩍 말을 받고는 갑자기 생각났다는 듯 고개를 획, 돌리며 황태국 씨를 빤히 쳐다보는 것이었다. 약간 못마땅한 표정이었다.

"박사님은 안으로 들어가시지요. 조금 전에 새로 갈아서 내려놓은 커피가 다 되었을 거예요."

김 여사도 미묘한 분위기를 눈치채고 두 사람의 말을 막아섰다.

그가 차를 뒤로 빼려고 할 때 김 여사가 운전석 가까이 다가와 조금 있다가 보자는 입술 말을 했다.

"오늘 수고 많았습니다."

그가 어정쩡하게 한 손을 들어 잘 가시라는 손 인사를 했다. 그는 의사 양반이 지금 우리와 당신이라는 이분법으로 그를 밀어내고 있는 것처럼 생각되었다. 오늘 수고 많았다니. 그가 왜?

집으로 돌아온 황태국 씨는 욕조에 들어가 샤워 물을 맞으며 벌렁대는 가슴의 열기를 식혔다. 도대체 김 여사와 은퇴 의사와는 어떤 관계란 말인가. 전에, 그와는 골프동호회에 한 팀으로 가끔 티샷하는 정도라고 그녀가 말한 적은 있었다. 오늘 그의 행동은 단순히 알고 지내는 사이라기엔 너무 당당해 보였고 그의 방문은 자연스러워 보이기까지 했다.

왜소한 체격에, 비쩍 말라 축 처진 잎사귀 같은 노인을….

혼자 못마땅하여 시부렁거리던 그는 샤워실에서 나와 도시락용 플라스틱 용기를 부엌 싱크대에 던지듯 처넣었다. 귀퉁이 한 점이 깨어져 나갔다. 김 여사가 점심용으로 샌드위치를 담아주었던 용기였다. 김 여사는 로펌으로 출근하는 그녀의 딸이 가끔 점심을 만들어 갈 때마다, '만드는 김'에 라는 토를 달아 샌드위치를 플라스틱 통에 넣어 그에게도 건네주곤 했다. 말없이 제 몫을 하던 저 단단한 결정체가 이유 없이 수난을 당하며 된소리를 토

해냈다. 마치 제 살이 찢기며 울부짖는 소리처럼. 그는 따그락 비명과 함께 깨어져 튕겨 나온 플라스틱 한 조각을 선 채로 물끄러미 쳐다보았다.

마음이 깨어지고 있구나. 이성을 무력하게 만드는 집착 앞에 그는 또 좌절해야 하는가. 그러나 정글의 혈투처럼 기왕에 수컷의 본능이 정글의 법칙과 다를 게 없다면 그는 물러설 수 없다는 오기가 솟구쳐 올랐다.

집집마다 불을 밝혔는데도 커튼을 들춰본 창밖에는 여전히 그의 차가 서 있었다.

그녀가 초인종을 누른 것은 그로부터 2시간이 훌쩍 흐른 뒤였다. 때마침 시작한 MLB 메이저리그 다저스의 게임에 한국인 선수가 개막전 선발로 나오는 경기가 아니었다면, 혼자 들썩이며 스스로 부대끼고 있었을지도 모른다. 시합 중에도 간간이 바깥 동정을 안 살핀 건 아니지만, 호투하는 한국인 선수를 보느라 그나마 신경을 게임을 보는 것에 집중했었다. 아니, 바깥 동정에 의도적으로 관심을 두려 하지 않으려 했다는 게 더 솔직한 표현인지도 모르겠다. 혼자서 마음을 들썩이는 건 부질없는 짓일지도 몰랐다. 김 여사나 은퇴한 닥터나 그리고 황태국 씨까지 모두 운명이 정한 대로 흐를 것이었다. 문득 로버트 프로스트의 '가지 않은 길' 시구 한 조각을 떠 올리며 마음을 다독였다.

　나는 이 이야기를 먼 훗날
　어디에선가 한숨 지며 말하리라
　숲속에 두 길이 나 있었는데, 나는…
　나는 사람들이 덜 다닌 길을 택했노라고,
　그리고 그 때문에 모든 것이 달라졌다고.

　목사이자 교수인 찰스 스윈돌도 우리 인생은 운명과 마음가짐으로 구성된다고 하지 않았던가. 선택은 내가 하는 거지만 운명이 나를 어디로 이끌지 알 수 없다. 프로스트의 시구처럼 그가 선택한 길로 인해 모든 것이 달라졌다고는 하지만 다른 길을 택했어도 달라질 건 다 달라질 것이었다. 그는 그 선택마저도 운명일 것이라고 생각하고 있었다.

"전을 좀 부쳐 왔어요."
"그 의사라는 분은 가셨소?"
　황태국 씨가 한참 마음을 들썩이고 있을 때 김 여사가 벨을 누루고 그가 현관문을 열었을 때였다. 그는 대뜸 그 의사라는 방문객의 동정부터 물었다. 감정을 절제한다고는 해도 숨길 수 없는 게 목소리였는지 그녀는 잠시 머뭇

거리는 듯했으나 이내 그녀 특유의 밝음으로 되돌아와 있었다.

"요즘 저는 골프를 안 쳐요. 그래서 그분이 궁금하다시며 오신 거예요."

김 여사가 식탁 앞에 앉으며 말했다.

"왜 그만두셨소. 운동도 되고 재미도 있을 터인데."

"그냥, 여러 가지 이유로 골프 칠 마음이 아니네요. 아까는 뭔가 서운한 게 있으셨는지 별로 유쾌해 보이지 않으셨어요."

"서운할 것까지야…"

"점잖은 분이세요. 배려심도 강하고…"

"그래 보입디다. 다만…"

"다만?"

"멀쩡한 차를 바꿔야겠다는 말이 무슨 의도를 가지고 한 말처럼 들렸소."

"…"

"내가 생각을 앞세우는지 모르겠지만, 차분하고 생각이 깊은 분 같아 보이던 양반이 그런 소릴 했을 땐 뒷말이 있었을 듯싶소만…"

김 여사는 눈을 내리깔고 생각에 젖은 사람처럼 말이 없었다.

"기왕 오신 김에 우리 와인 한잔합시다."

그녀가 동요하는 빛을 보이자 더는 말을 이을 분위기가 아니어서 그는 의자에서 몸을 일으키며 말했다.

그는 얼마 전 뉴욕에 있는 딸이 다니러 왔을 때 잠 안 올 때 한잔 씩 드시라며 사다 놓은 와인을 따서 글라스에 두 잔을 만들어 그중 하나를 그녀에게 내밀었다.

"내 말에 기분이 언짢아진 건 아닌지 모르겠소만, 우리 한 잔 들고 조금씩만 더 진솔한 대화를 누었으면 좋겠소."

김 여사가 비로소 고개를 들고 굳어 있던 얼굴을 풀며 잔을 받았다. 유리잔 부딪히는 소리가 경쾌하다. 그 맑은 소리는 일순간 무겁던 마음을 바꾸어 주는 마력을 가진 것처럼 들뜨기까지 했다.

"잔 부딪는 소리가 김 여사 목소리만큼이나 낭랑합니다."

내리깔린 분위기를 생각한다면 난데없는 추킴이 어색했지만, 실지로 그녀의 목소리는 맑았다.

"황 선생님은 참 유머가 많으신 분이세요. 성격도 좋으시고 사람의 기분을 말 한마디에 바꿔 놓기도 하시니…"

"나는 나쁜 성격도 동시에 가지고 있지요."

"?"

"질투요. 나는 질투도 하는 사람입니다."

그녀는 붉어진 얼굴로 어색하게 웃었다. 그는 얼추 비

어 있는 그녀의 글라스에 와인을 채워 놓고 취기가 오르길 기다렸다. 술김에라도 속에 든 말을 풀어놓길 바라는 마음이었고 더해서 분위기가 익어 그가 의도한 대로 되기를 바랐다. 더는 시간을 끌거나 줄다리기를 할 여유가 없었다. 시시각각으로 죄어 오는 상황으로는 닭 쫓던 개 꼴이 되지 말라는 법도 없었다. 이런 기회를 다시 만들기는 쉽지 않을 것 같았다. 속된 말로 도장을 꽉 찍어놓지 않고는 마음을 놓을 수 없었다.

청년이었던 때에도 그는 오랫동안 교제했던 여인에게 차인 적이 있었다. 몇 번인가를 꼬드긴 끝에 여관으로 데려간 것까지는 성공했는데 결혼 전에는 저를 지켜달라는 애인의 꼬임에 어수룩했던 그는 그때마다 당하곤 했다. 둘이 끌어안고 뒹굴면서도 끝내 이루어지지 못했던 그때의 악몽 같은 밤을 생각했다.

친구는 그랬었다.

"하이구, 그림 좋다. 얌마, 도장도 안 찍어놓고 니꺼라고 생각하냐? 벼엉신."

"마, 걔는 누구 뭐래도 천사야, 천사. 너들 같이 속물이 아니라구."

"웃기고 자빠졌네."

늦은 밤, 임자 없는 남자와 여자가 남자의 집에서 마주 앉아 와인을 마시고 있다. 더구나 남자는 오래전부터 그 여자를 사모하고 있다. 자, 이런 경우 당신은, 당신이 남자라면, 뭐라고 조언하고 싶은가. 대부분의 당신들은 당연히 올라타서 치마부터 벗겨야지, 혹은 차려진 밥상인데 못 먹으면 벼엉~신이다. 라고 응원을 해 줄지 모른다. 당신과 나는 어차피 같은 수컷이고 수컷의 생각은 다 같으니까.

그렇다면, 여자인 당신에게 묻고 싶다. 만일 내가 술기운으로 판단력이 흐려진 여자의 팬티를 벗겼다면 당신은 내게 뭐라고 할 것인가. 여자를 얻으려면 그렇게라도 해야만 한다고 말할 사람보다 야만인, 짐승, 늑대 등 별별 수사를 다 붙여 성토할 사람이 더 많을지도 모른다. 그렇다면 이것 하나는 알아두면 좋겠다. 알면서도 모른 채 내숭을 떨지도 모르겠지만. 오늘 밤도 당신은 늑대 한 마리를 데리고 산다. 만일에 남성인 수컷에게 늑대의 마음이 없었다면, 부처님 가운데 토막 같았다면, 오늘날 당신에게 돈 벌어다 바치고, 밤중에 땀 흘려가며 마음에도 없는 의무 방어전이라도 치르려고 땀을 뻘뻘 흘려가며 당신에게 충실해지려는 노예는 거느리지 못했을 거라고.

그는 한 마리의 늑대가 되어 허점이 보이는 순간포착

을 위해 그녀의 눈빛이며 마음속까지도 헤집고 들어가 보려 했다. 그러다가 어느 순간에 그 절호의 순간을 놓치지 않고….

그가 한 잔을 마시는 동안 그녀는 벌써 석 잔째를 받았다.

"술을 잘 드시는구려."

"한 4년 되었지요. 술을 마시기 시작한 것이…."

4년이면 그녀가 이혼했던 시기와 맞닿는다. 그렇다면….

"충격이 컸던 모양이군요."

'아, 나는 이 말은 하지 말았어야 했다'고 그는 생각하고 있었다. 지금은 그녀의 지나간 상처를 건드려서는 안 되는 순간이었다. 이를테면 좀 과장을 해서라도 앞으로 올 날에 대한 기대와 핑크빛 풍선만 띄워야 할 때가 아니던가.

말 한마디 잘 못 꺼내든 대가로 그는 그녀의 회한에 가득 찬 넋두리를 들어야만 했다.

출장이 잦았던 남편이 이혼 서류를 디밀고 떠난 뒤, 그녀는 30년인가를 그만 바라보고 살았던 세상이 무서워 술을 마시고 죽음보다 깊은 잠을 자곤 했었던 모양이다. 보다 못한 친정 언니가 반강제로 시킨 골프에도 재미를 못 붙이고 있을 때 만난 사람이 은퇴한 의사인 조 박사였다.

그녀 형부의 학교 선배인 그는 막내 외삼촌 같은 자상함과 세련된 매너로 김 여사에게 골프 치는 요령을 가르쳤고 김 여사는 비로소 골프에 재미를 붙이고 적으나마 마음의 안정을 찾을 수 있었다.

김 여사는 이혼한 지 2년째가 되던 어느 날부터 전남편으로부터 받아 오던 생활비를 받지 못했다. 이혼 합의 때 정한 전 남편 수입의 일정액을 그동안 거르지 않고 매달 김 여사의 계좌에 입금이 되었었다. 전 배우자인 엑스 와이프가 재혼하기 전까지라는 단서가 붙은 법적 효력을 지닌 그녀의 권리였다. 돈이 들어오지 않은 이유를 알아볼 방법이 없는 건 아니었지만, 김 여사는 전남편의 사업이 어려움에 처해 있을 거라고 짐작했다. 짐작만으로 끝난 게 아니라 당장 오던 생활비 보다 전남편을 몹시 걱정하는 눈치였다.

그때부터 김 여사는 위자료로 받은 돈으로 오기로 샀던 고급 승용차를 팔았고 골프도 치지 않았다. 가끔 조 박사로부터 안부 전화가 오긴 했지만, 오늘처럼 사전 연락도 없이 찾아와서 그의 마음을 풀어 놓긴 처음이었던 모양이다.

취기가 오른 김 여사는 한 손에 옆얼굴을 받치고서 몽

롱한 눈동자로 와인 잔에 눈을 고정시켜 놓고 옆 사람을 의식하지 않은 혼잣말처럼 조곤조곤 말을 이었다. 볼그레한 와인 빛 얼굴이 몽환적으로 보였고 그녀의 속삭이는 듯한 말들이 연기처럼 몽실몽실 올라가 흩어지는 것 같았다.

"조 박사는 뭐라고 합디까."

"그분은 남은 생을 저와 함께 살고 싶다고 하시네요. 오래전부터 사이가 나쁜 그분의 아내와 이혼을 하겠다면서요."

"…."

"저도 버림을 당했는데 박사님도 아내를 버리고 싶으세요? 라고 되물었지요."

"…."

"박사님을 만나고부터 저를 많이 아껴주신 저의 막내 외삼촌이 환생하셨나 싶었어요, 박사님은. 언제까지나 저의 외삼촌처럼 옆에서 힘이 되어 달라고 했어요."

"잘하셨소. 모르긴 해도 그분은 김 여사의 말을 잘 알아들었을 거요."

"그런데 황 선생님, 꼭 꿈을 꾸고 있는 것 같아요. 어제의 일도 오늘의 일도 사는 게 모두…."

"꿈이 맞을 겁니다. 우리도 머지않아 깊은 잠 속으로 빠져들겠지요. 그때 지나간 건 모두 꿈이라는 것이 증명 되는 순간이고."

"그리고 김 여사, 당신에겐 지금 시간이 필요하오. 삶은 매양 똑같지 않습니다. 김 여사는 아직 앓고 있는 시기일 뿐 또 화창한 날이 옵니다. 설령 그것이 훗날에 보면 춘몽 같은 꿈이 될지언정."

"맞아요. 그것마저 다 꿈일 것 같은 생각이 들어요. 참황 선생님, 요즘 들어 남도소리가 자꾸 듣고 싶어져요. 선생님은 소리 공부하신 분이니까 가능하시다면 한 곡 안 들려주실래요?

난데없이 창이라니. 그러나 꿈 얘기가 나오고 보니 꿈에 대한 민요 한 소절이 문득 떠올랐고 불러 보고 싶기도 했다.

"김 여사가 듣고 싶다니 전래로 내려오는 꿈에 대한 남도 민요 한 소절을 해 보겠소. 기왕에 꿈 얘기가 나왔으니."

그는 거라지에서 소리북을 들고나와 탁자 밑에 내려놓고 그 앞에 앉자 김 여사도 몸을 가누며 의자에서 내려와 그의 옆자리에 다소곳이 앉아 들을 준비를 했다.

두둥 딱.

꿈이로다 꿈이로다 모두가 다 꿈이로다

너도 나도 꿈속이요 이것저것이 꿈이로다

꿈 깨이니 또 꿈이요 깨인 꿈도 꿈이로다

꿈에 나서 꿈에 살고 꿈에 죽어 깨어난 꿈

꿈을 꾸어서 무엇을 허리요

─ 아이고 데고 허허 어어 으으으 성화가 났네, 헤~
홍

둥 둥 두두두~

소리를 하는 동안 그녀는 내내 울고 있었다. 그 모습을
지켜 본 그는 그 순간 그녀를 어찌해보려던 생각을 버렸
다.

그녀의 전남편은 지금 심각한 어떤 문제에 직면해 있
다는 것도 그는 눈치를 채고 있었다. 그는 제대로 몸을
가누지 못하는 그녀의 손을 잡아 식탁 의자가 아닌 소파
에 편하게 앉혔다.

"당신은 아이 아빠를 못 잊고 있소."

그 순간 김 여사는 그를 무섭게 노려보았다.

"그 인간을 못 잊어 하다니요, 제가요? 나를 버린 그
사람을요?"

소리 죽여 흐느끼던 그녀가 그의 말이 떨어지기 무섭
게 말을 받으며 참았던 감정을 된 소리로 나타내었다. 눈
물과 감정이 실린 목소리는 애증의 또 다른 모습일터였

다.

그는 자세를 고쳐 그녀의 두 손을 진중하게 잡았다.

"만일 아이 아빠가 당신에게 손을 내밀면 뿌리치지 말고 잡아주시오. 알고 계시다시피 나는 당신을 사모하고 있었소만, 두 사람이 재결합한다면 나는 진실로 두 분을 축복해 줄 겁니다. 나는 당신이 내 이웃해서 옆에 있는 것만으로도 행복하오."

격앙되어 있던 김 여사가 마음을 다독이고 흐느끼다가 몸을 주체하지 못하고 그의 앞으로 무너지듯 안겨들었다. 그녀의 몸은 따뜻했고 부드러웠지만, 그의 마음은 형용할 수 없을 만치 허전했다.

"그이는 지금 병원에 있어요. 그동안 뭘 어떻게 하고 살았는지 몸이 망가질 대로 망가진 모양이에요. 목숨이 경각에 달려 딸아이가 곧 집으로 모셔올 모양입니다."

"이럴 땐 내가 뭐라고 말해야 할지 모르겠소만, 집으로 모셔오는 것은 잘한 일이요. 결국 가족의 품으로 오지 않소. 그리고 상태가 어떤지 모르지만, 부디 두 분 빨리 화해하시면 좋겠소."

그는 백 보도 안 되는 그녀의 집 현관까지 그녀를 바래다주면서 이것도 다 운명이라는 생각이 들었다.

현관문 앞에서 그녀는 그에게 다시 안겨 왔다.

"황 선생님께는 뭔가 빚진 것처럼 자꾸 미안하단 생각 뿐입니다."

"당신이 행복해진다면 나는 그것으로도 좋소."

황태국 씨가 김 여사를 데려다주고 돌아오는 길에 얼핏 생각나는 것이 청년 시절에 그를 두고 '벼엉~신. 웃기고 자빠졌네.'라고 쏘아붙이던 친구들 말이 문득 떠올랐다.

그는 가로등 불빛이 졸고 있는 문앞에 서서 한동안 그 불빛을 바라보았다.

잘된 일이야. 그녀의 남편이 돌아온다는 것은. 그는 웃는 듯 보였으나 가로등 불이 자꾸 겹보였다. ✻

깨인 꿈도 꿈이로다

만신창이 되어 돌아온 김 여사의 전남편은 집에 온 지 열흘 만에 죽었다.

김 여사는 전남편이 죽은 지 세 번인가 계절이 바뀌고서야 가까스로 평상심을 찾은 듯했다. 남편 말만 나오면 험악스러운 표정으로 변하던 김 여사도 막상 그가 죽자 애증의 편린에서 헤어나지 못하는 것 같았다.

부인에게 늘 시달렸다던 은퇴 의사 조 박사도 늦은 나이에 비로소 자유를 얻은 모습이었다.

김 여사가 마음의 안정을 찾았을 때쯤 적막강산 같았던 김 여사의 집에 사람들이 하나둘 모여들기 시작했다. 김 여사는 음울했던 분위기를 탁탁 털어버리듯 현관문을 활짝 열어 세 사람을 반겼다. 조 박사와 엄 여사까지 가세하여 김 여사의 집은 혼자 사는 사람들의 안식처처럼 되어 갔다.

비비안이라 불리는 엄금자 씨는 김 여사와는 고등학교 동기생으로 조 박사와 김 여사와 함께 고정 티샷 멤버이기도 했다. 그녀는 김 여사 남편의 장례식 때 조객으로 온 이래로 황태국 씨와도 자연스럽게 알고 지내는 사이가 되었다. 엄금자 씨는 김 여사의 집에 셋이 함께 있는 기미만 보이면 먼 길 마다하지 않고 달려오곤 했다.

그녀는 황태국 씨가 부르는 남도창을 특히 좋아했다. 어느 때는 소리 때문에 만사 제쳐놓고 달려오는 사람처럼 보일 정도였다. 황태국 씨가 소리 하는 순서가 되면 멀찍이 앉아 있던 그녀는 쪼르륵 달려들어 그의 옆에 턱을 괴고 앉아 넋을 놓기 일쑤였다. 남도 소리 특유의 계면조 가락에 그는 감정이 북받쳐 눈시울을 적시기도 했다.

조 박사와 김 여사도 그런 엄 여사에게 더욱 친근한 눈길을 주곤 했다. 아니래도 세 사람은 티 없이 밝은 그녀를 좋아했었다. 그녀가 김 여사의 집으로 들어서는 순간부터 집안의 분위기가 밝게 변하곤 했었다.

미술을 전공했다는 그녀의 차림새는 요란하지 않았어도 세련되어 보였고 귀티가 났다. 윤기 나는 웨이브 스타일의 머리와 서글서글한 눈망울은 비비안 리를 연상케 했다. 가냘픈 몸매와 작은 얼굴에 걸맞은 밝은 옷의 색상은, 마호가니 색 가구들에 맞춰 있는 약간은 어두운 거실의 분위기를 환하게 바꾸어주었다. 40대에 혼자가 되어 50대 중반을 넘어선 여인으로는 나이를 가늠할 수 없을 만큼 탱탱한 몸매를 지녔다. 가녀린 외모와는 달리 활기차고 당당했으며 무엇보다 말투에 재치 있는 유머까지 달고 분위기를 주도하곤 했다.

동안인 조 박사가 껑충한 키에 어울릴 것 같지 않은 조그만 우쿨렐레를 가슴에 폭 감싸 안고 익살스럽게 동요를 부르는 모습은 천진난만하다 못해 귀엽기까지 했다. 엄 여사의 크로마 하프와 조 박사의 우쿨레라와 함께 '동무 생각' '등대지기'를 화음을 넣어 합창할 때는 모두 청년 시절로 돌아간 듯 표정이 아련해 보였다. 그런 날은 네 사람이 형제자매 같았다. 한 시절 굴곡진 세월을 겪어 본 사람들만이 가질 수 있는 넘치는 평화였다. 누구보다 그 분위기를 좋아한 것은 조 박사였다. 그는, 그의 말마따나 억눌렸던 구속에서 풀려나 비상하는 한 마리 새였다.

어느 날 모임에서 헤어질 때였다. 엄 여사는 유명 백화점의 이름이 박힌 큼직한 종이 백을 차에서 들고 나와 쑥스러운 표정을 지으며 백을 황태국 씨에게 내밀었고, 그는 얼떨결에 백을 받았다. 그가 집으로 돌아와 풀어 본

백에는 두 개의 작은 박스와 옷이 들어 있었다. 벨트와 지갑, 가을 냄새 짙은 밤색 카디건이었다. 그는 선물을 풀어놓고 서서 한동안 멀뚱거리며 바라보았다. 아무리 생각해도 생뚱맞은 선물이었다. 백 속에는 카드나 어떤 메시지도 없었다.

한때 연적으로 여겼던 조 박사는 김 여사에게 진작 마음을 접은 듯했다.

"더러, 그런 생각을 안 해 본 것은 아니지만, 언제 이별에서 떠날지 모르는 사람이 젊은 사람을 마음에 둔다는 것이… 추한 노욕이었던 거라."

언젠가 황태국 씨의 집에서 바둑을 두다가 그는 문득 생각난 것처럼 혼자 중얼거리듯 말했다. 그의 넋두리를 들은 황태국 씨는 분수를 헤아릴 줄 아는 조 박사의 인품을 미루어 짐작할 수 있었다. 그런 연유로 마음을 접을 수밖에 없었던 조 박사에게 연민이 일었다. 연민이 일었다고는 해도 팔순으로 접어든 노인으로서는 과욕일 수밖에 없긴 했다.

한때 황태국 씨는 김 여사를 대하는 그의 은근하고도 질척한 말투에 몹시 못마땅해한 적이 있었다. 멀쩡한 그녀의 차를 새 차로 바꾸어야겠다고 했을 때, 세계 일주 크루즈 여행에 관해 장황한 설명으로 유혹의 추를 달 때.

그랬던 그였지만 그와 만나는 횟수가 늘어나면서 황태국 씨는 그의 진정성과 외로움을 이해하게 되었고 그로부터 정감 넘치는 사람의 냄새를 맡기 시작했다.

김 여사도 그녀가 한 말대로 조 박사에게 이미 세상을 뜬 그녀의 막내 삼촌에게 하듯 편하고 자연스럽게 대했다.

나중에 안 일이지만, 조 박사는 김 여사에게 황태국 씨에 관한 이야기도 한 모양이었다.

'황 선생은 보기보다는 순수한 사람인기라. 겪어보니 영혼이 맑은 사람이야. 품성이 고와.'

은근한 말투였다고 김 여사가 그에게 말했다.

그는 주말을 기다려 김 여사와 함께 나들이를 하거나, 서로의 집을 오가며 자연스럽게 만나고는 했다. 황태국 씨는 적당한 때에 그녀에게 청혼하리라고 벼루고 있었다. 그런 와중에도 김 여사는 와인을 한 잔 마시는 날엔 어김없이 우울해 보였다. 그런 김 여사를 보는 황태국 씨는 뭔가 불안한 심정이 되고는 했다.

그런 어느 날이었다. 그날도 모두 모였다가 헤어질 때 엄금자 씨의 차가 시동이 걸리질 않았다. 차는 다음날 알아보기로 하고 택시를 부르려던 김 여사를 엄금자 씨가 급히 막아섰다.

"아니 얘, 밤에는 택시도 못 미더워. 혹시 가능하시다면 황 선생님이 좀 수고해 주시면 안 될까요?"

엄금자 씨가 황태국 씨 옆으로 다가서며 은근한 투로 부탁을 했었다.

황태국 씨는 그렇지 않아도 내심 택시를 부르기보다 자신이 바래다주고 오는 것이 마땅할 것 같았다. 얼마 전에 받았던 선물에 대해서도 늘 의문을 물고 있었다.

동네를 벗어나 대로를 지나 프리웨이에 막 진입하고야 침묵을 깨고 황태국 씨가 먼저 말문을 열었다.

"주신 선물은 잘 사용하고 있습니다."

"카디건을 걸치시고 소리를 하시는 모습이 정말 잘 어울렸어요."

"영문도 모르고 받긴 했는데 풀어보니 제겐 너무 과한 것이라서…."

"선생님은 충분히 받으실 자격이 있으세요. 어렵게 공부하신 걸 맨입으로 어떻게 듣겠어요."

"우리들 사이에 그건 좀 심한 표현 아닌가요? 맨 입이라뇨, 제가 좋아서 하는 노릇을."

"꼭 그래서 뿐만 아니라…."

엄금자 씨는 말을 끊고 고개를 돌려 차창 밖을 무심히 쳐다보다가 말을 이었다.

"어느 날 백화점엘 갔었는데 마네킹에 입힌 그 카디건이 눈에 들어왔어요. 순간 선생님 생각이 먼저 나지 뭐예요."

"…"

"부담 같지 마세요. 선생님 말마따나 제가 좋아서 하는 일이었어요."

"그래도… 답례로 여성용으로는 무엇을 골라야 좋을지 궁리가 안 생기더군요."

"그러실 필요 없어요. 정말이에요. 그렇지만 어느 날 마음이 내키신다면 머리핀 하나 선물해 주세요."

마음이 내킨다면? 황태국 씨는 엄금자 씨의 말을 몇 번이나 곱씹어 보았다.

차는 언덕배기를 돌고 돌아 상류층만이 사는 듯한 숲속의 동네에 이르자 집집마다 철 대문이 굳게 닫혀 있는 저택들이 보였다. 산속에는 촘촘히 들어서 있는 나무 사이로 길이 솔은 2차선 도로에 차 한 대 지나가지 않은 깊은 정적만 깔려 있었다. 멀리 산 아래 산페드로 항에 정박해 있는 큰 배에서 배를 밝히고 있는 불빛이 검은 바다에 떠 있었다.

동네 중간쯤에 있는 그녀의 집 앞에 도착하자 그녀는 집 안의 누군가에게 전화했고 이어서 육중한 철문이 양쪽으로 벌어지며 열렸다. 전에 김 여사로부터 엄 여사가 알부자라는 소린 들었어도 이 정도의 저택에 살고 있는 지는 몰랐다.

"괜찮으시다면 차 한잔하고 가실래요?"

"밤이 너무 늦었습니다."

해가 바뀌고 갑자기 세상이 어수선해졌다. 엘에이 북쪽 패사디나에서 직장을 다니며 그 근처에 집을 빌려 살던 김 여사의 아들이 집으로 옮겨왔다. 세상을 들썩이는 역병으로 재택근무를 하기 위해서였다. 엘에이 다운타운에서 로펌에 근무하던 그녀의 딸마저 출근하지 않고 제 방에서 컴퓨터로 업무를 보기 시작했다. 그 바람에 4인방의 모임도 더는 이어질 수 없었다.

황태국 씨와 김 여사의 만남도 소원해졌다. 김 여사는 아이들의 뒷바라지에 바쁘게 지내는 것 같았고 아니래도 이미 어른이 된 자식들의 눈치에 민감해 있는 듯해 보였다.

엄 여사도, 조 박사도 전화를 해 그들의 집에서 저녁 식사 제안을 해도 김 여사는 이런저런 이유를 대며 참석할 수 없음을 알렸다. 그 후로 두 사람도 더는 그런 제안을 하지 않았다.

황태국 씨는 그녀가 한가할 시간쯤 전화를 해도 그녀는 전화를 받지 않았다.

그런 어느 날 김 여사로부터 전화가 걸려 왔다.

"진작에 황 선생님 마음을 모르는 건 아니지만, 사실 저는 마음의 준비가 아직 되어 있지 않았습니다. 남편이 자식들이 있는 집으로 돌아와 죽은 지 얼마 안 되는 때이기도 하고, 자식들도 엄마에게 남자가 생기는 걸 탐탁하게 여기지 않는 것 같았어요. 무엇보다 아이들이 시집 장가가기 전에는 저의 처신을 마음 내키는 대로 해서는 안 되겠다고 생각했습니다."

그날, 그녀는 조 박사님처럼 황 선생님도 좋은 이웃으로 늘 함께할 수 있기를 희망한다고 말했었다.

황태국 씨는 문득 정신이 번쩍 들었다. 그랬었구나. 지금까지 나는 허상을 좇고 있었던 거야. 애당초 김 여사는 내게 마음이 없었던 걸 내가 착각하고 있었던 거지.

허망했다. 나는 또 상처받은 이 마음을 얼마 동안이나 견뎌낼 수 있을까. 본래 있지도 않은 그녀와의 관계로 나는 잠시 꿈을 꾸었을 뿐이었어. 지내놓고 보니 모든 것은 찰나 속의 착각이었다고 그는 생각했다.

황태국 씨에게 그 여운은 길었다. 삶은 잠시도 평화를 허락지 않는 것 같았다. 잔잔한 호수에 잉어 한 마리 꼬리를 차고 물 위에 솟아오르면 호수는 파드닥 놀라 오랫동안 두근거리는 가슴을 다독여야 한다, 삶은 늘 예기치 못한 일들로 살아 있음의 의미를 일깨우고 있는 것 같았다. 꿈을 꾸고 있는 게지. 모든 게 다 꿈과 다를 게 없어. 꿈을 깨 보아야 그 또한 꿈일 테지만. 실성한 사람처럼 그는 혼자 중얼거리는 날이 늘었다.

뒷마당 구석에 뽕나무 잎이 녹물 같은 색을 품고 돌돌 말려가고 있었다. 구름에 잠긴 달이 흐릿한 제 모습을 드러내다가는 이내 구름 속에 잠겨들기를 거듭하고 있었다. 그 모습을 물끄러미 쳐다보던 그는 북을 찾아 들고 뜰에 나가 소리죽여 남도민요의 육자배기를 조용히 읊조려 보았다.

산이로구나~헤
창해 먼 밤 두우성은 월색도 유정 헌 디
나에 갈 길은 천리만리 구름은 가오건만
(딱딱, 따르르륵, 딱, 딱)
나는 어이 손발이 있건마는
임 계신 곳 못 가는 고
장탄수심으로 간장 썩은 눈물이로 구나~헤

그는 육자배기 한 대목을 마치고는 북채를 잔디밭에다 냅다 던져버렸다.
빌어먹을 놈의 남도 소리, 왜 이리 청승맞냔 말이다.

이런 청승 맞는 소리나 하고 있었으니 일이 꼬일 수밖에. 아나, 다시는 소리 하는가 봐라. 그는 부아가 나서 소리북을 앉은 발로 옆으로 툭툭 밀어냈다. 애꿎은 북이 발길질로 밀어낼 때마다 북북 거리고 울었다.

그래 맞다. 한 맺힌 곡이 좋다고 그 소리만 좋아라하니 내 팔자도 짓이 나서 따라가는 게지. 애당초 저런 맺힌 구석이 많은 소릴 좋아하는 건 내 팔자가 그리되려고 그런 소릴 좋아한 게 아닌가 말이다. 그는 누구에게랄 것 없이 핏대를 세우고 있었다. 그가 그런 소릴 좋아해서 팔자가 따라갔는지, 그 소리를 하니 팔자가 따라왔는지, 알 수는 없어도 분명한 건 소리 가사 대로 되어가고 있는 것이었다.

이놈의 발끈거리는 성미하고는… 그는 또 누구에게랄 것 없이 혼자 시부렁거리고 일어나서 잔디밭에 누워 있는 북채를 집어 들고 손으로 한 번 훑어서 털고는 미안한 듯 한 손에 꼭 쥐고 터덜터덜 되돌아왔다.

연 초에 김 여사와 그런 일이 있고 봄 가고 여름 가고 가을도 다 갈 즈음이었다.

"황 선생님, 오늘 퇴근 후에 바쁘세요?"

"아니, 특별히 할 일이 없습니다만…"

"그럼, 퇴근하시면 곧장 저희 집으로 오실래요? 특별

한 초대예요."

"갑자기 웬일로?"

"와 보시면 알아요."

어느 날인가 엄 여사는 그녀의 상가 건물 건으로 이 건물의 변호사 사무실에 들렀다가 그가 이곳 관리실에서 일하고 있는 것을 알게 되었다. 그 후로도 몇 번인가 변호사 사무실에 출입하면서 그에게 들리곤 했었다. 그날도 변호사 사무실에 들렀다 가는 길에 들러서 그에게 한 말이었다.

"무슨 일인지 알고나 가야지…. 오시는 분이 누굽니까?"

"그냥 오시면 알아요. 편안하게 오시면 돼요."

그녀는 무슨 즐거운 일이 있는 것처럼 화사하게 웃으며 말을 전하고는 가벼운 발걸음으로 건물 밖으로 나갔다.

그를 부른다는 것은 김 여사의 집에서처럼 4인방이 모인다는 뜻일 것이었다. 모두 모이면 예전처럼 행복한 시간을 보내게 될까. 그는 마음부터 서늘해져 왔다. 그래도 티를 낼 수는 없는 일이었다.

그는 일을 마치는 대로 전에 가 본 엄 여사의 집을 찾

조
성
환

아갔다. 게이트 앞에 다다르자 육중한 철문이 양옆으로 갈라지며 열렸다. 현관문 우측과 좌측에 큼직한 해태상 한 쌍이 버티고 앉아 있는 모습이 어느 세도가의 집처럼 도도해 보였다. 현관문 앞의 주차장엔 대여섯 대가 주차할 수 있는 큰 공간이 있었다. 그곳엔 엄 여사가 타고 다니는 은색의 세단이 주차되어 있었다. 황태국 씨는 그 옆에 차를 세우며 아직 일행이 당도하지 않은 모양이라고 생각하고 있을 때 현관문이 열리며 엄 여사가 문설주에 서서 그를 맞아주었다. 엄 여사는 집의 외관만큼이나 서 있는 모습이 우아해 보였다.

"다른 분은 아직 안 오신 모양입니다."

그는 주차장 쪽을 힐금 돌아보며 물었다.

"오늘은 황 선생님이 유일한 게스트에요."

"예? 그럼…."

"예, 황 선생님 한 분이세요. 어서 들어오세요."

무슨 영문인지를 모르는 그는 현관에 들어서고서 거실 안을 둘러보는 것으로 무안함을 감추었다. 넓은 실내에 들어설 때 먼저 마주치는 벽에 100호는 됨직한 큼직한 유화가 걸려 있었고 맞은편에도 30, 40호 정도의 유화가 몇 점 더 걸려 있었다. 실내는 모차르트의 클라리넷 협주곡이 구름처럼 뉘엿뉘엿 흐르고 있었다. 모서리 쪽으로 한 계단을 높인 마룻바닥에 윤기 나는 까만색의 그랜드

피아노가 늠름하게 앉아 있었고 피아노 앞 의자 밑에 깔린 새하얀 양털이 백설같았다.

"잘 가꾸어놓으셨네요."

그가 세면실에서 손을 씻고 나오면서 말했다.

"넓기만 하지 온기가 없는 집이에요."

눈이 부신 샹들리에가 달린 식탁에 앉기를 권한 그녀가 말했다. 클라리넷 소리가 적요를 몰아내고 있지 않다면 그야말로 적막만 웅크리고 있을 것 같은 넓은 거실이었다.

"그런데 오늘… 무슨 영문인지 모르겠습니다. 저 혼자라니요."

"천천히 말씀드릴게요. 시장하실 텐데 식사부터…."

그녀가 주방 쪽을 바라보며 이모, 라고 부르자 흰 에이프런을 걸친 중년 여인이 양손에 접시를 들고 나오며 가벼운 묵례를 하였다. 가정부인 모양이었다.

붉은 장미 몇 송이가 호리호리한 작은 화병에 꽂혀 있는 식탁으로 간소한 차림의 음식이 올라왔다. 야채수프와 스테이크 한 조각, 데친 야채 몇 가지가 한 쟁반에 담겨 있었으며 앙증맞게 생긴 작은 소쿠리엔 둥근 식빵과 버터가 있는 조촐한 식단이었다. 촘촘히 박힌 육각형의 크리스탈이 색색으로 어우러진 샹들리에 아래 잠자리 날개 같은 레이스가 달린 핑크빛 홈드레스 위에 검은색 카디건을 걸친 엄 여사가 고혹적으로 보였다.

"부담을 느끼실지 몰라서 간단하게 차렸어요."

깔끔하게 차린 식단이 그는 여간 마음에 들지 않았다. 엄 여사의 사려 깊은 마음 씀씀이가 고마웠다.

뒤뜰에 열린 석류로 만든 5년 된 석류주를 개봉한 엄 여사는 크리스탈 잔에 두 잔을 만들어 그중 한 잔을 그에게 건넸다. 붉은 석류주를 담은 잔이 불빛에 반사되어 황홀한 느낌을 주었다. 잔을 든 엄 여사의 희고 가녀린 손이 매혹적이었다. 문득 주방에서 늘 물과 함께 생활했다던 김 여사가 떠올랐다. 엄 여사의 매혹적으로 보이는 손을 보며 왜 김 여사의 손이 떠올랐는지 모른다. 그때 금방이라도 마늘 냄새가 날 것 같은 다소 거칠고 투박한 김 여사의 손이 눈에 밟혀 왔다.

"저는 지금 어리둥절할 뿐입니다. 아닌 밤중에 도깨비에 홀린 것 같아 봐서…."

"호호, 참 멋있는 표현이시네요. 덕분에 제가 도깨비가 다 되어 보고."

엄 여사가 재미있다는 듯 깔깔거리고 웃었지만 웃는 소리와 표정에는 약간의 억지스러움이 있어 보였다.

술은 석류의 향이 배여 달짝지근했으며 입속에 새큼한 여운이 오래 남았다. 입속의 여운만큼이나 긴 의문으로 남아있는 엄 여사의 의중이 음식에 손을 댈 생각을 잃게 했다.

"황 선생님을 꼭 한번 모시고 싶었어요. 우선 저녁 식사부터 하셔야지요."

"아, 예 뭐… 천천히 그보다… 석류주 한잔 더…."

그는 갈증이 났다. 진작 황태국 씨보다 그녀가 더 자주 잔을 비우는 것 같았다. 달고 부드러워서 알코올 성분이 미미한 줄 알았더니 그렇지도 않은 모양이다. 엄 여사의 얼굴이 발그레 닳아 오른 모습을 보고 그는 얼른 얼굴을 돌렸다. 붉은 입술과 말할 때마다 흰 치아가 두드려져 보였다. 핑크빛 실크 드레스에 움직일 때마다 봉긋 거리는 앞가슴까지 모두가 그의 관능을 자극하고 있었다.

도대체 어쩌자고….

"황 선생님. 오늘 오시게 한 건 선생님과 진지한 얘기를 나누고 싶어서였어요."

"진지한 얘기?"

진지한 얘기라니, 그가 긴장을 풀지 못하고 그녀를 쳐다보았다.

"삶에 대해서요. 그리움에 대해서거나 외로움에 대해서요. 혹은 흘러가는 구름에 대해서…."

"엄 여사가 가을을 몹시 타나 봅니다."

"진짜 가을이잖아요."

"항상 발랄하고 활기차 보이던 엄 여사한테도 그런 게

있었나요?"

"저를 아는 사람들 모두가 황 선생님 같은 생각을 하는 것 같아요. 저도 굳이 티를 안 낼 뿐이었어요. 보시다시피 이 덩그런 집에 혼자 살아요. 슬하에 자식이 있는 것도 아니고… 늘 이 큰 집만큼의 고독과 거실 넓이만큼의 외로움과 함께 사는 거지요. 선생님이 김 여사라고 부르는 혜영이 집에 세 분과 함께 어울렸던 것도 그때 그곳엔 사람의 온기가 있어서였죠. 그분들 중에 황 선생님이 제일 사람의 냄새가 났어요. 창하실 때 정말 진지하셨거든요. 눈물이 다 날 정도로요. 사람이란 누구나 말 못 할 한 움큼의 한을 껴안고 사는 게 아니겠어요? 그런 걸 소리 속에 넣어 어루만지는 것 같았어요. 그런 매력이 있으신 분인데, 그런 분이 사모님 사별하고도 오랫동안 한 눈 안 팔고 계시는 게 존경스럽기도 했어요."

황태국 씨는 순간 분위기가 예사롭지 않다는 느낌이 들어서 바짝 긴장하게 되었다.

"좋게 봐주시니 고마울 따름입니다. 엄 여사는 지금이라도… 주변에 좋은 분이 많으실 텐데 그 미모에 아쉬운 게 없는 분이…"

"모르시고 하시는 말씀이세요. 제게 다가오는 사람들이란 하나같이 많은 생각을 하는 사람이거나 이해에 밝은 사람들뿐이었어요. 인간적인 향기를 품은 대신 욕망으로 이글거리는 악취를 풍기는 사람들이었어요. 남들은 저를 어떻게 볼지 몰라도 제겐 인복이란 없었던 사람입니다. 오래전 헤어진 남편도 남자 구실도 못 하는 무능한 사람이었고 몇 번 만나 본 사람조차 안 그런 척하면서도 저의 뒤를 캐 보는 데 온 신경을 쓰곤 하더군요. 그게 다 제가 가진 짐 때문인 걸 알고부터는 이성을 만나려는 마음을 접었어요. 남들은 저를 자유분방한 여잔 줄 알지만, 이혼한 이래 연애 한 번 못 해본 여자랍니다. 아버지는 제게 무거운 짐을 지워놓고 가셨어요. 무남독녀에게 맡겨버린 이 무거운 짐 때문에 저의 운명이 나락으로 빠진 셈이지요. 그러니 이 재산은 제 것이 아니잖아요. 그래도 다 버릴 수는 있어도 뺏기고 싶지는 않아서 지금까지 울러 매고 있는 겁니다. 운명의 족쇄 같은 거예요. 진작부터 이걸 다 버리고라도 진정한 내 삶을 찾고 싶었는데 그건 끝내 생각 속에서만 있었던 꿈이었을 뿐이었어요. 정말이지 크기만 한 이 을씨년스런 집에서 탈출하고 싶어요. 황 선생님, 저를 좀 도와주실 수 있어요? 누군가에게 이런 하소연을 하고 싶었어요, 그런 날을 오랫동안 기다렸는데 황 선생님이 제게 와주신 거예요."

그는 난데없는 엄 여사의 제의에 당황하기 시작했다. 엉뚱한 일이었다. 몇 번의 만남으로 내 속을 어떻게 알고 이러는지 싶었다. 무엇보다 그녀가 누리고 있는 가정 형편을 보면 그와는 도저히 어울리지 않는 조합이라고 생각 되었다. 그렇다고 서로 필요한 시간에만 어울리는 요즘의 세태에 편승한다는 것도 그로서는 내키지 않는 일이다. 그러나 저렇게까지 심각하게 말하는 사람 앞에 진지한 태도를 보이지 않는다면 그 또한 예의는 아닐 터였다. 그는 잠시 생각해보았다. 확실히 엄 여사는 그에겐 과분하였기에 생각조차 해보지 않은 일이었다. 또 어느 순간 관심을 갖기로 한다면, 이정도의 여인을 받아들이기 싫어할 이유 또한 없었다. 그는 또 김 여사를 생각해보았다. 과연 김 여사가 이후에라도 그에게 손을 내밀어 보일까. 아니다. 김 여사는 다시 돌아서지 않을 것이다. 문뜩 그의 마음에 서늘한 바람이 지나가는 듯한 쓸쓸함을 느꼈다.

"그래서 말인데요, 황 선생님이 저의 애인이 되어 주지 않으실래요?"

"…?"

"엉뚱하지요? 내일 모래 예순이 되는 긴 세월을 살아오면서 저도 사람 보는 안목만은 키웠답니다. 사실 혜영이를 통해 선생님 얘기를 많이 들었어요."

"김 여사가? 김 여사가 내 얘기를 하더란 말입니까?"

"혜영이가 많이 울었어요. 황 선생님이 가련하다고요.

혜영이는 여러 가지 이유로 재혼할 입장이 못 된답니다. 우선 본인은 한 번의 인연으로 족하다는 생각을 하는 것 같았습니다. 부수적으로는 아이들도 제 엄마의 새 출발을 내켜 하지 않는 모양이었고요."

그는 김 여사의 말이 나오자 갑자기 우울해졌다. 한때 마음을 뺏긴 여자, 아니 지금도 미련을 떨치지 못하는 여자.

"혜영이 얘기가 불편하셨다면 사과드리겠어요. 저는 그저 선생님 마음을 위로해 드리려고…."

"다 지나간 얘기죠. 인연이 안 되려고 그러는 거야 어쩌겠습니까. 술이나 한잔 더 주세요."

"그리고 선생님의 답변을 못 들었어요. 제가 드리는 간절한 부탁, 이런 말씀 드리는 건 제게는 엄청난 용기가 필요했었습니다."

그녀는 고개를 숙이고 그를 바로 쳐다보지 못했다.

"솔직히 저는 자신이 없습니다."

엄 여사는 그의 말이 떨어지기 무섭게 고개를 들고 대들 듯 말을 받았다.

"혹시, 저의 짐, 족쇄 때문인가요?"

"아니요. 나에게 그게 무슨 의미가 있겠습니까."

"그럼, 제게 여성으로서의 매력이 없다는 말씀이신지…."

"엄 여사처럼 아름답고 매력 있는 여성을 누군들 싫어하겠습니까. 다만 민물고기는 큰물에 나가면 견디지 못하는 법입니다."

"선생님, 제가 오랫동안 고민하고 용기를 내어 한 이 고백을 진지하게 들어주셨으면 좋겠어요."

당당해 보였고 발랄해 보였던 엄 여사는 신부 앞에 고백 성사를 드리는 신자 같이 식탁 위에 두 손을 모으고 보속을 받을 사람처럼 몸을 폭하니 낮추고 있었다. 그는 또 그 모습이 적이 측은해져서 그녀의 두 손을 끌어안았다. 두 손을 잡힌 엄 여사가 고개를 숙인 채로 굵은 눈물 방울을 뚝뚝 떨어뜨렸다.

모든 자존심을 내려놓은 여인 앞에 그도 약해지는 마음을 느끼고 있었다. 마누라가 있는 것도 아니고 정혼한 이를 두고 있는 것도 아니다. 그런데 왜 이렇게 마음이 떨리는지 내 마음을 나도 알지 못한다. 아, 혜영이.

그날 밤 그는 엄 여사를 품었다. 엄 여사는 전 남편에게 느껴보지 못했다는 남녀 간의 운우지정을 처음 느껴보는 순간이었다고 했다. 그래서였을까 그녀는 격렬한 몸동작으로 울부짖었다.

그는 한사코 붙잡는 엄 여사를 뒤로하고 밤안개를 가

르며 차를 몰았다.

밤 사이에 안개가 세상을 덮고 있었다. 눈 부릅뜨고 왁왁 몰려들다가 뭉텅뭉텅 흩어지며 길을 내어주었다. 손에 잡히지 않지만 뚜렷이 존재하는 안개, 옆에 있어도 만져지지 않던 모호하기만 했던 실체. 문득, 김 여사와의 기억들이 안개처럼 피어올랐다.

그는 집 앞에 차를 세우고 안개가 스멀스멀 기어 다니는 김 여사의 집을 한참 쳐다보았다.

생각하면 무얼 하겠는가. 인연이 아니었던 것을.

그는 안녕이라고 조용히 읊조렸다. 마음을 스치고 지나가는 서늘한 바람. 그는 뒤돌아서며 눈가를 옷소매로 훔쳤다. ✶

아무나 쓰는 소설이 아닌 소설에게

이 글은 편집자의 순정한 독서 전경을 그릴 뿐입니다. 이를 전제로 '평설 발문'이란 용어를 쓰게 됩니다. 논문 형식의 비평학문적인 글이 아니라 독후감상의 설문문장의 글이라는 뜻입니다. 실로 이런 글은 쓰기가 참 어렵습니다. 그런 만큼 빛이 나는 글이 되느냐 하면 그렇지도 않습니다. 까닭은 이민 현장의 '사람 사는 세상' 이야기가 아무나 쓰는 소설이 아니기 때문에 그 문학성에 대한 거론이 쉽지 않은 것이지요. 이민사의 뼈저린 아픔 의식을 경작하는 작품에 대해서, 작가정신에 대해서 자칫 피상적인 글이 될 수도 있기에 그렇습니다. 그럼에도 불구하고 여기 '글벗동인' 다섯 작가의 글은 모국어 운용에 특유한 개성을 보이고 있어 그에 걸맞은 발문을 붙이고자 합니다.

장소현
헬로, 미스타 남바왕 / 춘자야, 연탄 갈아라 / 시험 타령

「헬로, 미스타 남바왕」은 타 작가 연작소설의 주인공을 소재로 쓴 작품이다. 생을 계관하는 원숙한 이민소설이 심상하지 않다. 희곡적인 방언 구술문장이 구성지고 심금을 깊이 울린다. 이 문장을 구사하는 장소현 작가의 장구한 창작연륜이 짚어지는 작품이기도 하다. 오늘날 젊은 세대 작가는 옛 만담가 장소팔 고춘자 식의 구술문장을 구사할 수 없다는 의미도 함축하고 있다. 특히 그의 스마트소설로 읽히는 「춘자야, 연탄 갈아라」「시험 타령」은 오늘날 젊은 세대의 스마트소설 작가와 대항마적인 문학의 기를 높고 넓게 보여주고 있어 반갑고 경이롭기까지 하다.

곽설리
어디론가 사라진 오후 / 고도는 아직 오지 않았다 / 흐르는 나목들

책 읽어주는 칼멘과 톨스토이 손자라는 노인 이야기 「어디론가 사라진 오후」는 화자 레다에 의해 소설의 소설인생을 읽게 한다. / '우리는 서로의 환영이다' 이 말은 믿기기도 하고 안 믿기기도 한다. 바라보고 바라보다 보면 돌고 도는 말이 나를 타넘고 너를 타넘고 우리를 타넘어 둥근 원 속에 환영으로 들어차기 때문이다. 고도를 기다리는 에스트라공과 블라디미르의 대사 이미지도 이에 속한다. 사무엘 베케트의 권태를 지난 무미의 기다림은 이미 환영으로 우리 곁에 와 있는지도 모른다. 베케트의 신을 대행하는 작가적 창작수법으로. 그렇다면「고도는 아직 오지 않았다」는 역설은 와 있다는 것이 되지 않을까. /「흐르는 나목들」은 박완서 작가의 소설「나목」읽어주는 이야기다. 한국전쟁 이후 사회적 배경을 사실대로 그리고 있어 전후사회 정황소설로 박완서 데뷔 출세작이 되었다. 작가의 주제 의식은 인간실존의 형상미학을 구축한다. 그러기에 문학의 역설은 빛난다. 사실「흐르는 나목」은 서서 기다리는 박수근 화가의「나목」그림이기도 하다. 그런데 책 읽어주는 도우미를 필요로 하는 김 할머니는 파란만장한 생의 흐름을 타고 미국까지 흘러와 살고 있는 것이다.

곽설리 소설은 구조의 실험성은 있지만 육화의 문제점이 아쉽게 잔존한다. 이점을 뛰어넘는 작품이 기대된다.

김영강
미국 사돈과 무공해 인간 / 황혼에 핀 연분홍 꽃이파리 / 바람이 되어

전이되는 묘사의 진정성과 감성이 소설의 진실을 깊이 있게 읽힌다. 모든 작가의 소설은 이를 지향한다.「미국 사돈과 무공해 인간」에서 밭떼기는 순박한 씨앗을 심어

가꾸는 전형성을 보이는데 그것이 한국인과 미국인의 마음밭을 공유한다. 그리고 연작「황혼에 핀 연분홍 꽃이파리」에서 다시 한국인 정서의 서사가 펼쳐진다. 밭떼기가 콩밭떼기로 통시성을 갖는 이유가 그것이다. 이어「바람이 되어」연작은 가능의 희망을 노래한다. 따라서 부조리한 실존의 회복 이야기는 이민사 복원 소설이 되고 있다.

김영강 소설가의 소설은 동화와 소설과 희곡의 감을 공유한다. 사물에 대한 성찰이 이성적이기보다 감성적인데 감성이 감성을 조율하는 힘의 특장이 높다.

정해정
여기도 사람 사는 세상 / 있을 때 잘해

전라도 정서 타령은 이청준 소설 『서편제』를 낳았다. 이청준은 한의 가락으로 심금의 실을 자아내어 천상의 나라로 가는 그물길을 만들었다. 그의 문학이 그만의 것으로 힘이 센 까닭이 이 정서에서 근원한다. 이에 빗대어 정해정의 산문, 운문의 두 축을 조율하는 서사의 정서를 살펴보자. 산문 운문의 교직이 남도 방언으로 구구절절이다. 후렴구처럼 '시몬 아부지'를 부르는 이 의미망의 문장을 '어째야 쓸까' 하고 들여다볼 수밖에 없는 남도 정서는 이승과 저승을 넘나드는 그야말로 산문 육자배기이다. 그뿐인가 노인아파트 전경 병풍에, 생의 꽃을 피우고, 늙고 병듦 자체로 자양분을 만들어 하늘나라에서 다시 온전한 꽃으로 피어나는 환상을 보게도 한다. 그래서 우리 모두는 「있을 때 잘해」야 하는 하늘꽃이 되어야 하는 것이다.

조성환
앗싸, 황 영감 심봤네 / 모두가 다 꿈이로다 / 깨인 꿈도 꿈이로다

「앗싸, 황 영감 심봤네」는 소설 구성이 치밀 절묘한 절창이다. 우리 소리 창(唱)에 대한 조예가 깊지 않고는 이만한 소설 가락을 낼 수 없다. 복선적 「홍보가」는 완성도 높은 영화 음악을 듣는 기분을 문장으로 읽게 한다. 오늘날 소설은 무구성의 구성을 전제로 창작되기도 하지만, 그래도 소설 구성을 말하자면 '이런 것이야' 할 만한 수작이다. 둘째 연작 「모두가 다 꿈이로다」와 셋째 연작 「깨인 꿈도 꿈이로다」는 제목 문장의 내용을 그대로 그린 소설이다. 순한 성정은 사람의 알 수 없는 속성 중 하나다. 황태국의 순한 성정은 사람 대인관계를 소재로 하는 소설의 전형성을 보여주고 있다. 그러나 여기서 연작소설의 완성도에 따라 굳이 나누지 않고 중편소설화 할 수도 있겠다는 생각이 드는 까닭은 뭘까. 이런 답이 되지 싶다. 연작으로서의 각 소설의 완성도가 높은가, 중편소설로 합했을 때 중편소설로서 완성도가 높은가는 작가가 재고할 문제다.

　모국인의 원초적 정서 소설로 모국어를 신주단지 모시듯 지켜내는 장소현 곽설리 김영강 정해정 조성환 작가님께 경례를 올립니다. 부디 사족이나 진배없는 졸필의 어눌한 글을 너그러이 혜량하시기 바랍니다. ✍

글벗동인 제2 소설집

사람 사는 세상

1쇄 발행일 | 2021년 05월 17일

지은이 | 장소현 곽설리 김영강 정해정 조성환
펴낸이 | 윤영수
펴낸곳 | 문학나무
편집 기획 | 03085 서울 종로구 동숭4나길 28-1 예일하우스 301호
이메일 | mhnmoo@hanmail.net

출판등록 | 제312-2011-000064호 1991. 1. 5.
영업 마케팅부 | 전화 | 02-302-1250, 팩스 | 02-302-1251
ⓒ 장소현 곽설리 김영강 정해정 조성환, 2021

값 15,000원
ISBN 979-11-5629-120-6 03810